EM QUEDA

T.J. NEWMAN

EM QUEDA

Tradução
Marina Della Valle

 Planeta

Copyright © T. J. Newman, 2021
Copyright © Editora Planeta do Brasil, 2021
Copyright © Marina Della Valle
Todos os direitos reservados.
Título original: *Falling*

Preparação: Andréa Bruno
Revisão: Laura Folgueira e Mariana Rimoli
Diagramação: Márcia Matos
Adaptação de capa: Jonatas Belan, a partir do projeto gráfico original de David Litman
Imagem de capa: Adrian Pingstone / Wikimedia Commons

Dados Internacionais de Catalogação na Publicação (CIP)
Angélica Ilacqua CRB-8/7057

Newman, T. J.
 Em queda / T. J. Newman; tradução de Marina Della Valle. -- São Paulo: Planeta, 2021.
 272 p.

 ISBN 978-65-5535-451-5
 Título original: Falling

 1. Ficção norte-americana I. Título II. Valle, Marina Della

 21-2590   CDD 813.6

Índice para catálogo sistemático:
1. Ficção norte-americana

Ao escolher este livro, você está apoiando o manejo responsável das florestas do mundo

2021
Todos os direitos desta edição reservados à
EDITORA PLANETA DO BRASIL LTDA.
Rua Bela Cintra, 986 – 4º andar
01415-002 – Consolação
São Paulo-SP
www.planetadelivros.com.br
faleconosco@editoraplaneta. com. br

Para meus pais,
Ken e Denise Newman

Vejam o que Deus tem feito!
(Números, 23:23)

Quando o sapato caiu no colo da mulher, o pé ainda estava dentro dele.

Berrando, ela o jogou para o alto. A massa sangrenta ficou suspensa no ar, sem peso, antes de ser sugada pelo buraco imenso na lateral do avião. No chão, ao lado de seu assento, uma comissária de bordo engatinhava pelo corredor, gritando para os passageiros colocarem as máscaras de oxigênio.

Da parte traseira do avião, Bill observava tudo.

A passageira do sapato claramente não podia ouvir o que a jovem comissária de bordo gritava. Provavelmente não ouvia nada desde a explosão. Fios finos de sangue desciam de ambas as orelhas.

A explosão jogara o corpo da comissária de bordo para o alto e, em seguida, de volta ao chão, onde sua cabeça, de cabelo castanho cacheado, bateu com um som surdo. Ela ficou imóvel por um segundo antes que o avião entrasse em um mergulho abrupto. Deslizando pelo corredor, a comissária tentou agarrar as barras de metal debaixo dos assentos dos passageiros. Conseguiu abraçar-se a uma, e seus braços chacoalhavam com o esforço enquanto ela tentava se erguer contra o ângulo descendente do avião. Quando se virou para o lado, seus pés flutuaram e balançaram no ar. Detritos voavam por todo o avião – papéis e roupas, um notebook, uma lata de refrigerante. Um cobertor de bebê. Era como o interior de um tornado.

Bill seguiu o olhar dela ao longo do avião – e viu o céu.

A luz do sol brilhava sobre eles, vinda de uma grande abertura que, trinta segundos antes, era a saída de emergência bem acima da asa. A outra comissária de bordo tinha acabado de passar por ali, recolhendo lixo.

Bill havia observado a comissária de bordo mais velha, ruiva, sorrir, pegar o copo vazio com a mão enluvada, colocá-lo no saco plástico

— e então ela simplesmente sumira, em um instante explosivo. A fileira inteira tinha sumido com ela. A lateral da aeronave tinha sumido. Bill abriu as pernas para se estabilizar enquanto o avião dava uma guinada da direita para a esquerda, parecendo incapaz de manter uma linha reta. *Claro, o leme*, pensou. Toda a cauda provavelmente estava danificada.

Acima da cabeça da comissária de bordo morena, um barulho rebentou quando vários bagageiros se abriram. Bagagens caíram e foram jogadas violentamente pela aeronave. Uma mala rosa e grande com rodinhas disparou para a frente, sugada na direção do buraco. Atingiu o lado da fuselagem ao sair voando, arrancando um pedaço do revestimento da aeronave. As estruturas e as vigas de reforço criavam uma treliça de engenharia contra os céus. Além dos fios que silvavam faíscas amarelas e alaranjadas, nuvens pontuavam a vista. Bill apertou os olhos contra o sol.

O avião nivelou-se o suficiente para que a comissária de bordo no chão pudesse ficar de joelhos. Bill a viu lutando com um corpo que não cooperava. Ela conseguiu puxar a perna para a frente e viu o fêmur saindo da coxa. A mulher piscou algumas vezes ao ver a ferida ensanguentada e, então, continuou a rastejar.

— Máscaras! — ela gritou, arrastando-se pelo corredor, a voz mal sendo ouvida acima do rugido ensurdecedor do vento. Ela ergueu os olhos para um homem que pegava as máscaras de oxigênio. Ele segurou uma e tentou colocar sobre o rosto, mas uma rajada de vento a arrancou de seus dedos, enquanto plástico e tiras de elástico debatiam-se.

Fumaça cinzenta afogava a cabine em um nevoeiro rodopiante de detritos e caos. Uma garrafa de água de metal voou pelo ar, golpeando o rosto da comissária que rastejava. Começou a jorrar sangue do nariz dela.

— Ele levou um tiro! Meu marido! Socorro!

Bill olhou para a mulher que batia os punhos no torso sem vida do marido. Dois pequenos círculos na testa dele derramavam vermelho sobre os olhos, descendo pelas bochechas. A comissária de bordo tirou os cachos de cabelo do rosto ao subir no descanso de braço para olhar mais de perto.

Não eram balas. Eram rebites do avião.

O avião vibrava violentamente, e o assoalho começou a ceder. Bill conseguia sentir tudo movendo-se debaixo de si. Ele se perguntava se a carcaça resistiria. Perguntava-se quanto tempo ainda restava a todos ali.

A comissária de bordo voltou a rastejar, colocando a mão sobre uma mancha escura no carpete no mesmo momento em que Bill sentiu o cheiro da urina. A comissária olhou para o homem no assento do corredor. Ele olhava em estado de choque, a poça espalhando-se debaixo de seus pés.

— Gelo — alguém gemeu.

A comissária se virou. Bill viu a passageira do outro lado do corredor estender as mãos para a jovem, segurando um pedaço carnudo de algo. A comissária se encolheu. O queixo e o pescoço da passageira, que olhava para cima, estavam pintados de vermelho.

— Gelo — ela repetiu, com uma onda de sangue saindo-lhe da boca.

Era a língua dela.

Bill olhou por cima do ombro para a parede escura, vendo o cordão do interfone debater-se no vento enquanto a comissária de bordo se arrastava até ele. Ele olhou para o outro lado da *galley*.¹ A terceira comissária de bordo estava dobrada no chão, uma caixa de suco caída ao seu lado. Bill virou a cabeça para o lado, enquanto os gorgolejos laranja se misturavam com a poça vermelha em torno do corpo dela.

A morena por fim se arrastou até o fim do corredor, esmagando contra o uniforme pacotes de açúcar e minibiscoitos de água e sal. Ela estendeu a mão, mas a puxou rapidamente de volta.

Um par de sapatos sociais pretos bloqueava o caminho.

A comissária de bordo olhou para cima. Deitada aos pés de Bill, ferida e ensanguentada, ela abriu a boca, mas nenhuma palavra saiu. A gravata de Bill agitava-se no vento. O som das turbinas gritava para os dois, desejando que algo, qualquer coisa, acontecesse.

— Mas… se você… — a comissária de bordo gaguejou, levantando os olhos para Bill, com a traição estampada no rosto. — Quem está no controle do avião, comandante Hoffman?

Bill aspirou profundamente para falar, mas não conseguiu.

Ele olhou para o outro lado do avião, para a porta fechada da cabine.

Ele deveria estar do outro lado.

Bill pulou por cima da comissária de bordo, disparando pelo corredor na direção da parte dianteira da aeronave. Ele corria o mais rápido que

---

1. Área das aeronaves em que os comissários executam suas funções, como preparação do serviço de bordo e armazenamento de alimentos e bebidas. (N. E.)

podia, mas a porta parecia se mover para mais longe quanto mais ele corria. Ao redor, pessoas gritavam, implorando que Bill parasse e as ajudasse. Ele continuou correndo. A porta continuou se afastando. Ele fechou os olhos.

Seu corpo bateu na porta sem aviso, o crânio golpeando a superfície impenetrável. As mãos aninharam a cabeça enquanto ele cambaleava para trás. Zonzo, tentava descobrir como poderia abrir a cabine lacrada, mas nem uma só ideia lhe veio à mente. Ele esmurrou a porta até que os punhos ficassem dormentes.

Hiperventilando, deu um passo para trás para chutá-la quando ouviu um clique.

A porta se destrancou e abriu. Bill correu para dentro.

Botões piscavam alertas vermelhos e âmbar em quase todas as superfícies da cabine de comando. Um alarme alto, incessante, guinchava, o barulho estridente intensificando-se no espaço minúsculo. Ele se sentou em seu lugar à esquerda, o assento do comandante.

Bill lutou para se concentrar no monitor diante de si, enquanto os movimentos bruscos do avião faziam os números dispararem. O vermelho o seguia para onde quer que olhasse. Cada botão, cada seletor, cada tela gritava para ele.

Através da janela, o chão ficava cada vez mais próximo.

Ao trabalho, Bill ordenou a si mesmo.

Suas mãos se esticaram diante dele.

Congeladas.

Droga, você é o comandante. Precisa tomar uma decisão. Seu tempo está acabando.

Os alarmes ficaram mais altos. Uma voz robótica ordenava repetidamente que ele subisse a aeronave.

— E o impulso assimétrico?

Bill virou a cabeça. Do assento do copiloto, Scott, seu filho de dez anos, encolheu os ombros. Ele usava seu pijama de sistema solar. Seus pés não tocavam o chão.

— Você poderia tentar — o menino acrescentou.

Bill olhou novamente para as mãos. Seus dedos se recusavam a se mover. Apenas pendiam no ar.

— Tá bom, então. Faça do jeito mais difícil. Mergulhe e use a velocidade para manter uma linha reta.

Bill se virou de novo e viu a esposa reclinada no assento. De braços cruzados, ela lhe lançava aquele sorrisinho malicioso. Aquele que usava quando ambos sabiam que ela estava certa. Caramba, como ela era maravilhosa.

O suor descia por seu pescoço enquanto ele lutava para se mover e partir para a ação. Mas ele permaneceu paralisado de medo. Morrendo de medo de tomar a decisão errada.

Carrie colocou o cabelo atrás de uma orelha ao se inclinar, pousando a mão no joelho do marido.

— Bill, está na hora.

Ele arquejou buscando ar enquanto seu corpo se levantava. O luar atravessava a abertura nas cortinas e traçava uma linha na cama *king-size*. Ele perscrutou o quarto atrás de luzes piscando. Tentou escutar alarmes, mas ouviu apenas o cachorro de um vizinho latindo lá fora.

Bill colocou o rosto nas mãos e soltou o ar profundamente.

— O mesmo? — Carrie perguntou do outro lado da cama.

Ele assentiu no escuro.

CAPÍTULO 1

Chacoalhando o edredom, Carrie alisou as dobras com a mão. Uma lufada de cheiro de grama recém-cortada atraiu seu olhar para a janela aberta. O vizinho do outro lado da rua limpou o rosto com a barra da camiseta antes de fechar com uma pancada a lata de lixo cheia de grama cortada. Arrastando a lata para o quintal, ele acenou para um carro que passava, enquanto a música alta ficava mais fraca conforme o veículo seguia. Atrás de Carrie, no banheiro, o chuveiro foi desligado.

Carrie saiu do quarto.

— Mãe, posso ir lá fora?

Scott estava no pé da escada segurando um carrinho de controle remoto.

— Cadê sua… — disse Carrie, descendo.

A bebê entrou engatinhando no cômodo, fazendo barulho com os lábios. Chegando perto do irmão, Elise se agarrou aos shorts dele e se levantou, o corpinho balançando ligeiramente enquanto tentava se equilibrar.

— Certo, você levou o prato para a pia?

— Levei.

— Então pode, mas só por dez minutos. Volte antes que seu pai saia, tá?

O menino assentiu e correu em direção à porta.

— Não! — Carrie gritou atrás dele, encaixando Elise no quadril. — Sapatos.

A "surpresa" de um bebê, dez anos depois do primeiro filho, havia sido desnorteante no início. Porém, conforme a família de três aprendia a lidar com mais um, Bill e Carrie acabaram entendendo que, com a diferença de idade, o irmão mais velho poderia ajudar em pequenas coisas, como olhar-a-bebê-enquanto-me-visto-e-arrumo-a-cama. Tudo se tornou mais gerenciável depois disso.

Carrie limpava restos de batata-doce e abacate da cadeirinha de bebê quando ouviu a porta da frente se abrir.

— Mãe? — gritou Scott, com um tom alarmante.

Correndo em direção ao filho, Carrie viu Scott encarando um homem que ela não conhecia. O estranho na varanda tinha uma aparência assustada e a mão havia parado a caminho da campainha.

— Oi — cumprimentou Carrie, colocando a bebê do outro lado do corpo ao se mover e se posicionar discretamente entre o filho e o homem. — Posso ajudá-lo?

— Sou da CalCom — disse o homem. — Você chamou a assistência técnica para cuidar da sua internet?

— Ah! — ela exclamou, abrindo mais a porta. — Claro, entre. — Carrie teve vergonha de sua reação inicial e torceu para que o homem não tivesse percebido. — Desculpe. Nunca vi a assistência chegar no horário, muito menos com antecedência. Scott! — gritou, vendo que o filho já estava na calçada. — Dez minutos. — Assentindo, o menino saiu correndo. — Sou a Carrie — disse, fechando a porta.

O técnico colocou a bolsa de equipamentos no chão da entrada da casa, e Carrie o viu observar a sala de estar. Pé-direito alto e uma escadaria para o segundo andar. Móveis de bom gosto e flores frescas na mesinha de café. Na cornija da lareira, fotos da família ao longo dos anos, a mais recente tirada na praia durante o pôr do sol. Scott era uma miniatura de Carrie, o mesmo cabelo cor de chocolate sendo soprado pela brisa do mar, os olhos verdes apertados por causa dos sorrisos largos. Bill, quase trinta centímetros mais alto que Carrie, segurava uma então recém-nascida Elise, cuja pele de bebê imaculada contrastava com o bronzeado do sul da Califórnia do pai. O homem da assistência técnica se virou com um pequeno sorriso.

— Sam — ele disse.

— Sam — ela repetiu, retribuindo o sorriso. — Aceita algo para beber antes de começar? Estava indo fazer uma xícara de chá para mim.

— Adoraria uma, na verdade. Obrigado.

Ela o levou para o outro cômodo, iluminado e preenchido pela luz natural. A cozinha que se abria para um cômodo anexo, salpicado de brinquedos.

— Obrigada por vir em um sábado. — Carrie sentou a bebê na cadeirinha novamente. Batendo as mãos na mesa, Elise riu com um sorriso de poucos dentes. — Foi o único horário que consegui para as próximas semanas.

— É, estamos bem sobrecarregados. Há quanto tempo está sem internet?

— Desde anteontem, acho — ela disse, enchendo a chaleira de água. — Chá-preto ou verde?

— Chá-preto, obrigado.

— É normal — perguntou Carrie, vendo a chama piloto transformar-se em fogo alto — só a nossa casa ter problemas? Perguntei para alguns vizinhos que também têm CalCom e a internet deles não falhou.

Sam deu de ombros.

— É normal. Pode ser seu roteador, talvez a fiação. Vou usar o programa de diagnósticos para checar.

Passos pesados desceram a escada até o hall de entrada. Carrie conhecia bem os sons que se seguiram: uma mala e uma bolsa a tiracolo colocadas no chão, seguidas de sapatos de sola dura cruzando o hall. Em um punhado de passos, ele estava na cozinha, de sapatos sociais pretos polidos, calças bem passadas, terno e gravata. Asas acima do bolso do peito mostravam o emblema da Coastal Airways e BILL HOFFMAN bordado com destaque. Outro par adornava a frente do quepe com barra dourada que ele colocara suavemente sobre o balcão. Sua entrada na cozinha pareceu estranhamente dramática, e Carrie notou como a aura de autoridade dele contrastava com o restante da casa. Ela nunca havia notado isso; afinal, não era como se ele fosse jantar todo dia de uniforme. E provavelmente era apenas porque havia outra pessoa no cômodo, um homem que não o conhecia, não conhecia a família deles. Mas, qualquer que fosse a razão, naquele dia, era perceptível.

Bill colocou as mãos nos bolsos com um aceno educado para o técnico antes de voltar a atenção para Carrie.

Com os lábios apertados e os braços cruzados, ela olhou de volta.

— Sam, você se importaria…

— Claro, eu, hã, vou configurar — disse Sam a Carrie, deixando o casal sozinho.

O relógio na parede marcava os segundos. A bebê Elise batia um anel mordedor coberto de baba no tampo, até que o objeto escorregou de seus dedos e caiu no chão. Bill atravessou a cozinha e o pegou, enxaguando-o na torneira e enxugando em seguida com um pano de prato, antes de devolvê-lo para as mãos ansiosas da filha. Atrás de Carrie, a chaleira começou a assobiar suavemente.

— Vou chamar você no FaceTime quando chegar ao hotel, para saber do jogo...

— Nova York, certo? — Carrie o interrompeu.

Bill assentiu.

— Nova York hoje à noite, Portland amanhã e...

— Tem uma festa do time na pizzaria depois do jogo. Com a diferença de três horas no fuso horário, você vai estar dormindo antes de voltarmos.

— Certo. Então a primeira coisa que...

— Vamos encontrar minha irmã e as crianças amanhã de manhã — ela disse, dando de ombros. — Aí, vemos.

Bill se endireitou, inspirando profundamente, e as quatro listras douradas de suas dragonas subiram junto com os ombros.

— Sabe que precisei dizer sim. Se qualquer outra pessoa tivesse pedido, eu não teria aceitado.

Carrie olhou para o chão. A chaleira começou a chiar e ela desligou a boca do fogão. O barulho suavizou-se gradualmente até que havia apenas o ruído do relógio de novo.

Bill checou o horário, praguejando baixo. Dando um beijo no topo da cabeça da filha, ele disse:

— Vou me atrasar.

— Você nunca se atrasou — respondeu Carrie.

Ele colocou o quepe.

— Telefono depois de fazer o check-in. Onde está o Scott?

— Lá fora, brincando. Já deve estar voltando para se despedir.

Era um teste, e ela sabia que Bill sabia. Carrie o encarou do outro lado da linha invisível que ela havia traçado. Ele olhou para o relógio.

— Eu ligo antes da decolagem — disse Bill, saindo do cômodo.

Carrie o observou sair.

A porta da frente se abriu e fechou alguns momentos depois. Um silêncio dominou a casa. Indo até a pia, Carrie olhou as folhas do carvalho no jardim, voejando na brisa. A distância, viu o carro de Bill dar a partida e sair.

Atrás dela, alguém pigarreou. Esfregando o rosto com pressa, ela se virou.

— Desculpe por isso — ela disse a Sam, virando os olhos com vergonha. — Enfim. Você disse chá-preto.

Abrindo o saquinho de chá, ela o colocou em uma caneca. Subiu vapor da chaleira quando ela serviu a água quente.

— Quer leite e açúcar?

Quando ele não respondeu, ela olhou para trás.

O homem parecia surpreso com a reação dela. Provavelmente imaginara que Carrie fosse gritar. Talvez derrubar a xícara. Começar a chorar, quem sabe? *Algum* tipo de drama ele certamente esperava. Quando uma mulher, sozinha em casa, na própria cozinha, vira e encontra um homem que conheceu havia meros minutos apontando-lhe uma arma, pareceria natural que tivesse uma reação intensa.

Carrie percebeu que seus próprios olhos se arregalaram, reflexivamente, como se seu cérebro precisasse absorver mais da cena para confirmar que aquilo estava de fato acontecendo.

Ele estreitou os olhos, como se dissesse: *jura?*

As batidas do coração de Carrie ressoavam em seus ouvidos, enquanto um torpor frio descia do início da espinha até a parte de trás dos joelhos. Era como se seu corpo inteiro e toda a sua existência estivessem reduzidos a nada além de uma sensação de zumbido.

Mas Carrie não precisava revelar isso a ele. Ela ignorou a arma e se concentrou no homem, sem demonstrar nada.

Fazendo bico e balbuciando, Elise jogou o mordedor de volta ao chão, com um gritinho. Sam deu um passo em direção à bebê. Carrie sentiu as narinas alargando-se involuntariamente.

— Sam — ela disse, calma e lentamente. — Não sei o que você quer. Mas é seu. Qualquer coisa. Faço o que for. Apenas, por favor... — A voz dela falhou. — Por favor, não machuque meus filhos.

A porta da frente se abriu e fechou com uma batida. O pânico fechou a garganta de Carrie e ela tomou fôlego para gritar. Sam engatilhou a arma.

— Mãe, o papai foi embora? — Scott gritou do outro cômodo. — O carro dele não está aqui. Posso continuar brincando?

— Diga a ele para vir aqui — disse Sam.

Carrie mordeu o lábio inferior.

— Mãe? — repetiu Scott, com impaciência pueril.

— Estou na cozinha — Carrie disse, fechando os olhos. — Venha aqui bem rápido, Scott.

— Mãe, posso ficar lá fora? Você disse que eu podia...

Scott congelou quando viu a arma. Ele olhou para a mãe, depois para a arma e então de volta para a mãe.

— Scott — Carrie disse, fazendo um gesto para ele.

O menino não tirou os olhos da arma de fogo ao atravessar a cozinha na direção da mãe. Ela o colocou atrás de seu corpo de forma deliberada.

— Seus filhos podem ficar bem — falou Sam. — Ou não. Mas isso não depende de mim.

As narinas de Carrie se alargaram de novo.

— Depende de quem?

Sam sorriu.

Bill podia sentir as pessoas observando-o.

Era o uniforme. Tinha aquele efeito. Ele ficava um pouco mais alto.

Bill era muitas coisas, mas o consenso parecia ser que ele era, antes de mais nada, *legal*. Professores e treinadores, enquanto crescia, as garotas que namorou, os pais dos amigos. Todos conheciam Bill como o cara legal. Não que ele se importasse. Ele *era* legal. Mas, quando vestia o uniforme, algo mudava. *Legal* não era a descrição-padrão. Ainda entrava na lista, mas não era a única palavra nela.

Cabeças de passageiros se levantavam enquanto ele cortava a fila sem fim da segurança do Aeroporto Internacional de Los Angeles, mas apenas uma olhada para o quepe e para a gravata já bastava para dissolver a indignação com o tamanho da fila em curiosidade. As pessoas já não se vestem mais daquela maneira. Aquela vestimenta as levava de volta a um tempo em que viagens aéreas eram um privilégio raro, um grande acontecimento. Propositalmente inalterado, o uniforme mantinha viva certa mística antiquada. Evocava respeito. Proclamava um senso de responsabilidade.

Bill se aproximou da agente solitária da Agência de Segurança de Transportes, sentada em uma pequena plataforma discretamente ao lado da segurança dos passageiros. Lendo o código de barras no verso de seu crachá, a máquina fez um som de bipe, e o computador começou a trabalhar.

— Bom dia — disse Bill, entregando o passaporte à mulher.

— Ainda é manhã? — ela respondeu, analisando a informação impressa ao lado da foto dele.

Comparando-a com a informação no crachá, ela deslizou o passaporte sob uma luz azul, fazendo aparecer hologramas e impressões ocultas nos espaços em branco do documento. Olhando para cima, ela verificou que o rosto à sua frente era o mesmo do que estava na identificação.

— Acho que não é tecnicamente "manhã" — disse Bill. — Apenas para mim.

— Bem, é minha sexta-feira. Então o dia precisa passar bem rápido.

A informação e a foto do crachá de Bill apareceram na tela do computador. Depois de checar três vezes as três formas de identificação, ela devolveu o passaporte a ele.

— Tenha um bom voo, sr. Hoffman.

Deixando a área em que era feita a verificação de segurança para as tripulações, Bill passou pelos passageiros, que enfiavam de novo seus sapatos e recolocavam líquidos e computadores nas bolsas de mão. Na última viagem, Bill voara com uma comissária de bordo que se recusava a se aposentar, simplesmente porque não queria perder os privilégios de segurança que tinha como parte da tripulação. Ela torcia o nariz para a ideia de precisar viajar como uma mera mortal; esperar na fila, restrições de líquidos, limite de duas bolsas de mão – que seriam examinadas a cada vez que ela voasse, não apenas ocasionalmente, de modo aleatório. Observando agora um homem de meias sendo apalpado pelos seguranças, Bill precisou admitir que ela tinha razão.

Aproveitando a privacidade de um portão vazio, Bill ligou para casa, como prometera. Um caminhão de entrega de comida ia de um lado para o outro lá fora, na pista, enquanto trabalhadores de coletes néon descarregavam e colocavam bolsas no compartimento de bagagem. Bill ouviu tocar e tocar do outro lado da linha. Uma aeronave taxiou para a pista, e outra decolou.

Ele e Carrie não brigavam com frequência e, por isso, eram muito ruins em lidar com uma briga quando ela acontecia. Ela tinha todo direito de estar chateada. Era a estreia de Scott na temporada da Liga Juvenil, e Bill tinha prometido a ele que estaria lá. Ele garantiu que não haveria viagens em sua linha tanto no dia do jogo quanto nos dias anteriores e posteriores. Mas, quando o comandante telefona para pedir que você pilote um trecho, e faz isso dizendo ser um favor pessoal, não tem como dizer não. Você não *pode* dizer não. Bill era o terceiro piloto mais experiente em atividade. Quando era um recém-contratado, ninguém tinha certeza de que a companhia fosse vingar. Novas companhias aéreas raramente vingam. Apesar disso, ele continuou. E agora, quase vinte e cinco anos depois, a companhia aérea era um sucesso total tanto com os passageiros quanto com os acionistas. A Coastal era sua cria. Então, quando o chefe fala que a operação precisa de você, você diz sim. Dizer não nem é uma opção.

Era o que ele explicara a Carrie. Mas ele não contou a ela que o jogo de Scott sequer passou por sua cabeça quando O'Malley perguntou se ele estava disponível. Ou que, mesmo se tivesse passado, não teria feito diferença.

O telefone tocou e tocou antes de finalmente: "Oi! Você ligou para a Carrie. Não posso...". Desligando, ele viu a foto de sua família aparecer na tela inicial do celular antes de colocá-lo no bolso.

Vislumbrando seu reflexo na janela, Bill examinou o cabelo escuro, volumoso. Um grisalho traiçoeiro salpicava suas têmporas. Seus olhos eram de um azul profundo, brilhante.

Bill bateu na sineta no meio da mesinha de café.

— *Olhos. Meus olhos.*

— *Resposta final? É para ganhar.*

— *Ela disse que eles são como nadar à noite. Quando não dá para ver o fundo. Mas ainda assim é empolgante. Então, sim. Meus olhos. Resposta final.*

Carrie ficou de boca aberta.

Bill se inclinou para a frente. Ele sentia o cheiro de cerveja no próprio hálito.

— *Ouvi você falar isso para uma amiga no telefone uma vez. Mas eu nunca lhe contei. Eu te amo tanto, linda.*

Ele soprou um beijo para Carrie.

As esposas celebraram, os maridos provocaram.

— *Certo, Carrie — disse o anfitrião. — Os olhos dele. Qual é sua resposta para: "Qual é a sua parte favorita de seu marido?"?*

As bochechas dela se avermelharam. Com um risinho, ela levantou um pedaço de papel com a resposta dela escrita: "a bunda dele".

O cômodo explodiu. Bill riu mais do que todos.

***

Ele arrumou a gravata. *Sou um bom homem,* recordava a si mesmo sem vacilar. Sua mente vislumbrou o olhar de desapontamento de Carrie quando ele saiu da cozinha. Ele piscou, olhando para longe, seguindo um avião que decolava.

CAPÍTULO 2

Saindo da ponte de embarque para a pista, Bill semicerrou os olhos debaixo da mão que tentava barrar o sol. Folhas outonais e manhãs geladas cobriam a maior parte do país, mas, em Los Angeles, reinava o verão infinito.

A caminhada: a inspeção-padrão da aeronave feita antes de cada voo. Olhar bem a aeronave, verificar se havia irregularidades, sinais visíveis de estrutura comprometida ou qualquer outro problema mecânico. Para a maioria dos pilotos, era apenas mais uma regulamentação da Administração Federal de Aviação. Para Bill, era uma religião. Colocando a mão sobre uma das capotas de motor, ele fechou os olhos. Os dedos se abriram com uma respiração lenta, metal e carne em comunhão, ambos quentes ao toque.

Ele faria dezoito anos no mês seguinte, mas, naquele dia na escola de aviação, Bill soube que tinha chegado a um importante rito de passagem.

— Então, quando registramos um plano de voo, sabe por que escrevemos "almas a bordo" em vez de "pessoas a bordo"? — perguntou o instrutor.

Bill fez que não.

— Falamos assim para que, se cairmos — ele explicou —, eles saibam exatamente quantos corpos estão procurando. Evita a confusão de títulos diferentes como passageiros, tripulação, bebês. Apenas quantos corpos, *filho. Ah! — Ele estalou os dedos. — E, às vezes, carregamos cadáveres no porão, então, precisam saber que não é para contá-los. Portanto, agora, depois que você registrar as almas...*

Bill não conseguiu dormir naquela noite. Deitado de costas, vendo o ventilador de teto girar, ele ouvia seu irmão mais novo roncar suavemente do outro lado do quarto. As janelas abertas faziam as cortinas cor de creme voarem, criando sombras ondulantes que dançavam na parede, e uma brisa quente do verão de Illinois entrar.

Com a escuridão ainda pintando o quarto, ele se vestiu e escapuliu da casa, indo de bicicleta pelas plantações de milho até o pequeno aeródromo da cidade. Havia dois aviões na pista; a torre de controle aéreo, vazia e silenciosa, assomava a distância. Os aviões eram dois pequenos monomotores a pistão, o tipo sobre o qual ele estava aprendendo. O tipo de avião que ele deixaria de lado, trocando-o por motores maiores, maiores cargas, aeronaves mais pesadas. Bill se apoiou na cerca por um longo tempo os encarando.

Ou eles é que o avaliavam? Conforme as estrelas se apagavam e a aurora começou a nascer com pinceladas rosa e laranja, era como se o questionamento tivesse mudado de lado.

Ele conseguiria carregar o fardo da obrigação? Conseguiria ser o homem que o trabalho exigia?

Tudo parecia estar de acordo. Bandas de rodagem novas, equipamentos engraxados, sensores adequadamente posicionados, sem fraturas, sem fissuras. Percebendo um movimento pelo canto do olho, Bill deu mais alguns passos e saiu de debaixo do avião. Na cabine, Ben Miro, seu copiloto, inclinou-se para a frente com um aceno, avisando a Bill que chegara. Quando o jovem segurou seu boné dos Yankees contra a janela, Bill tirou o sorriso do rosto e balançou a cabeça com cara de nojo. Ben continuou sorrindo, mostrando o dedo do meio para o comandante.

Finalizada a checagem, Bill subiu a escada para a ponte de embarque com um olhar por cima do ombro para seu avião. A cauda do Airbus A320, exibindo orgulhosamente o logotipo vermelho e branco da Coastal Airways, enchia-o de orgulho – e então ele se lembrou de Carrie. Digitando o código de segurança da porta, ele verificou o telefone.

Nenhuma mensagem não lida. Nenhuma ligação perdida.

Seus olhos se ajustavam à iluminação fluorescente enquanto a porta se fechava atrás dele. Tropeçando na mala de um passageiro, Bill pediu desculpas com um risinho surpreso quando o homem fez cara feia olhando de cima – o que era impressionante, considerando que o piloto media um metro e noventa e três. Mirando o uniforme de cima a baixo enquanto o comandante passava por ele, o homem retribuiu um sorriso minguado.

A fila de passageiros coleava pela ponte de embarque até o avião, e Bill desviou de malas e carrinhos com um sorriso complacente. Por fim, pisou a bordo com um olhar para a traseira da aeronave através da iluminação ambiente rosa e roxa, a icônica atmosfera descolada de casa noturna da companhia aérea.

— Creio que estamos embarcando — ele disse à comissária de bordo que, na ponta dos pés, tentava alcançar um dos compartimentos em sua *galley*.

Jo, uma pequena mulher de meia-idade, se virou com os olhos brilhando de surpresa quando Bill parou para abraçá-la. Seus cachos negros e macios roçaram no rosto dele enquanto um aroma familiar de baunilha subia de sua pele escura.

— É minha marca registrada — disse Jo. — O mesmo perfume da minha mãe e da mãe dela. Sabe, quando uma menina Watkins faz treze anos, todas as mulheres da família se reúnem para celebrá-la. Homem não entra, só as damas. Sentamos na cozinha. Conversamos, cozinhamos, apenas... sentimos as gerações de mulheres.

Era música, o jeito como ela falava. Bill se deleitava em cada vogal arrastada, preso na cadência montanhosa e na ênfase imprevisível nas palavras. Ele sempre perguntava sobre a infância dela, pois amava ouvir seu sotaque apagado do leste do Texas ficar mais forte, como sempre acontecia quando ela falava do passado. Bill terminou a cerveja, indicando ao atendente do bar que gostaria de outra rodada.

— Nunca vou me esquecer da bisa tirando a garrafa de Dr. Pepper da minha mão e colocando no balcão da cozinha — relembrava Jo, sorrindo para dentro da taça de vinho como se observasse a memória se desenrolar. — Senhor, as mãos daquela mulher. Ela não era uma mulher grande, mas aquelas mãos... Enfim... ela não disse uma palavra, apenas me deu uma caixa dourada brilhante com um laço azul. Eu sabia o que era, todas sabíamos. Eu me lembro dos meus dedos desfazendo aquele laço com muito cuidado e, quando abri aquela caixa, ali estava. Meu próprio vidro de Shalimar. Eu o cheirei. Tinha o cheiro da minha mãe. E da mãe dela. Tinha o cheiro do que eu era e de quem eu me tornaria.

— Não sabia que estava nesta viagem — disse Jo.

— Peguei ontem. Estavam sem reservas, então O'Malley me pediu para ajudar.

— Olha só você, em linha direta com o comandante — ela falou enquanto sorria para os passageiros que entravam.

— Viu? Você entende o que isso significa. Pode, por favor, explicar para a Carrie?

Jo levantou uma sobrancelha.

— Bom, depende. O que você está perdendo por estar aqui?

— O jogo de estreia do Scott na Liga Juvenil. Depois de ter prometido a ele que estaria lá.

Jo se encolheu.

— Eu sei — disse Bill. — Mas o que eu ia fazer? Não é como se eu fosse um pai ausente. Quando estou em casa, estou *em casa*. Sou presente, estou ali. Mas tenho um trabalho que significa que, quando estou trabalhando, estou longe. Vou me redimir quando voltar.

Ele esperou por algum tipo de validação, mas Jo apenas continuou preparando as bebidas pré-decolagem da primeira classe. Ela levantou os olhos depois de um instante.

— Ah, desculpe, ainda estava falando comigo? Pensei que estivesse explicando tudo para sua esposa. Ou para seu filho. Ou para… si mesmo. — Ela pegou a bandeja de bebidas. — Você não está errado, querido. Mas está se explicando para a pessoa errada.

Jo tinha razão. Jo sempre tinha razão.

— Quer café? — ela perguntou sobre o ombro a caminho de servir as bebidas.

— Ah, vá. Você sabe a resposta. — Bill se abaixou para entrar na cabine de comando.

— Chefe! — disse Ben, apertando a mão de Bill enquanto o comandante tomava o assento da esquerda.

Botões e controles pretos e cinza cobriam quase toda a superfície no espaço apertado. Ocasionalmente, um lampejo vermelho ou clarão amarelo. Aqueles botões eram mensageiros de algo que havia dado errado – invasores de um voo tranquilo.

— Desculpe pelo atraso — disse Ben. — Até num sábado à noite Los Angeles tem essa merda de trânsito.

— Acontece — respondeu Bill, estendendo a mão para pegar o microfone no suporte à esquerda de seu assento.

Ele pigarreou.

— Boa tarde, senhoras e senhores, bem-vindos a bordo do voo 416 da Coastal Airways Flight com serviço direto até o Aeroporto Internacional John F. Kennedy, em Nova York. Meu nome é Bill Hoffman e tenho o privilégio de ser seu comandante no voo de hoje. Comigo na cabine de comando está o primeiro oficial Ben, e temos uma ótima equipe de bordo para servi-los, embora estejam aqui principalmente para sua segurança. Jo está na frente, Michael e Kellie estão na parte traseira. O tempo de voo hoje será de cinco horas e vinte e quatro minutos, e parece que será uma viagem tranquila. Se houver algo que pudermos fazer para tornar este voo mais agradável, por favor, não hesite em nos dizer. Por enquanto, acomode-se, aproveite o sistema de entretenimento a bordo e, como sempre, obrigado por escolher voar com a Coastal Airways.

— Você viu a Kellie? A reserva na parte de trás? — perguntou Ben.

— Não, por quê?

Ben parou de digitar as coordenadas no sistema de gerenciamento do voo para fazer uns gestos obscenos, os quadris mandando a mensagem. Bill balançou a cabeça com um grunhido. Os dias antes de Carrie, quando também era um primeiro oficial atrás de um rabo de saia, pareciam outra vida. Ben parou abruptamente quando Jo entrou na cabine com um copo fumegante.

— Quer café, querido? — ela perguntou ao primeiro oficial, passando o copo para Bill sem precisar perguntar se ele tomava puro.

— Não, senhora, mas vou aceitar uma bebida quando chegarmos ao bar em Nova York.

— Correto — ela disse, assentindo e apontando o dedo. — Estamos prontos aqui atrás, esperando só por dois. Vocês se importam em receber um visitante enquanto terminamos?

Bill se virou e viu um menino pequeno espiando por trás das pernas de Jo.

— Claro, entre — disse Bill enquanto Jo saía, virando-se no assento para fazer um gesto convidando o menino a entrar. O pai estava abaixado ao lado dele, sussurrando palavras de encorajamento em seu ouvido.

— Ele é um pouco tímido — explicou o homem. — Mas ama aviões. Sempre estacionamos ao lado do aeroporto para vê-los pousar e decolar.

— O estacionamento da hamburgueria ao lado da pista norte? Meu filho e eu fazíamos muito isso quando ele tinha a idade desse rapaz. Ainda fazemos de vez em quando. — Bill fez uma anotação mental de que deveria levar Scott depois daquela viagem. — Quer ver o que esses botões fazem? — Bill perguntou à criança, antes de começar a visita.

Poucos minutos depois, Jo enfiou a cabeça na cabine dos pilotos enquanto dois passageiros embarcavam atrás dela.

— Tudo pronto, Bill — ela disse, passando para ele a papelada final.

— Bem, melhor começarmos a trabalhar. Obrigado por vir até aqui. Quer um par de asas? — Bill colocou a mão na bolsa, que estava à esquerda do assento, tirando um par de pequenas asas de plástico.

Removendo a parte de trás com um floreio oficial, ele as pregou na camiseta do menino. A criança olhou para as asas brilhantes, levantando a cabeça instantes depois em uma gargalhada antes de afundar o rosto na perna do pai. Bill sorriu com uma pontada nostálgica, pensando em Scott quando ele era pequeno daquele jeito, um tempo que agora parecia muito distante. O pai murmurou seus agradecimentos, e os dois saíram para tomar seus assentos.

Almas a bordo, Bill recordou a si mesmo, enquanto verificava novamente os números na folha de carga. Assinando, ele devolveu o papel para Jo, que o entregou ao agente do portão que esperava. Um momento depois, a porta da aeronave se fechou com um baque pesado, enquanto os passageiros terminavam as ligações de celular e se acomodavam.

— A lista de verificações "antes da partida" linha a linha, Bill? — perguntou Ben.

O telefone de Bill se iluminou. Esperando uma mensagem de "Carrie celular", ele fez cara feia ao encontrar um e-mail promocional de sua academia.

Atrás deles, Jo puxou a porta da cabine do trinco magnético que a mantinha aberta.

— Cabine pronta para *pushback* — disse ela, esperando.

Bill se virou no assento, concordando e fazendo sinal de positivo com o polegar. Então Jo fechou a porta e os dois homens ficaram sozinhos.

Bill colocou o telefone em modo avião, bloqueando a comunicação com Carrie. Ela sabia que seu tempo era limitado; sabia que, depois que ele tivesse decolado, não poderia de fato falar, com Ben sentado ao lado dele. Era infantil ficar irritado. Mas ele estava. Se ela quisesse um pedido de desculpas, deveria ter ligado de volta para ele em solo. Bill mandaria mensagem para ela quando entrasse em cruzeiro, mas isso era o melhor que poderia fazer até que pousassem em Nova York.

— Certo. Lista de verificações "antes da partida" linha a linha, por favor — disse Bill.

Ben tirou a lista laminada.

— Diário de voo, autorizar, prefixo...

Esticando-se, Bill desligou o sinal de AFIVELE O CINTO. O avião havia se nivelado e agora flutuava para o Leste com uma massa de humanidade suspensa no limbo.

— *Coastal quatro-um-seis, contate o centro de Los Angeles um-dois-nove-ponto-cinco-zero.* — O grasnado do controle de tráfego aéreo soou pela cabine de comando.

— Coastal quatro-um-seis — identificou Bill. — Los Angeles em um-dois-nove-ponto-cinco-zero. Bom dia.

Ben se esticou para a esquerda e apertou um botão no painel de controle do console inferior. Girando-o no sentido anti-horário, números digitais amarelos desceram até a nova frequência. O controlador que responderia do outro lado da linha os guiaria pela jurisdição dele até entregar o avião para o controlador do próximo setor. Desse jeito, por todo o caminho através do país, a comunicação do avião com o solo seria passada como um bastão.

Bill esperou até que Ben parasse em 129.50 e apertasse o botão de transferência.

— Boa tarde, centro de Los Angeles — ele disse ao microfone, estudando o painel que indicava a altitude, a direção e a velocidade deles. — Coastal quatro-um-seis entrando no nível de voo três-cinco-zero.

— *Boa tarde, Coastal. Mantenha três-cinco-zero* — respondeu o controlador.

Bill guardou o microfone e apertou um botão no console diante de si. Uma luz verde se acendeu acima da indicação "PA1", confirmando que o piloto automático estava ligado. Soltando as pontas do ombro de seu cinto se segurança de cinco pontos e reclinando-se no assento, Bill se acomodou para o voo de cruzeiro.

— Senhor? — disse Jo. — Senhor?

O homem olhava para a TV na parte traseira do assento diante de si. Jo balançou os dedos na frente da tela, os olhos dele subindo enquanto ele removia com pressa os fones de ouvido e aceitava a taça de vinho que ela oferecia.

— Desculpe — ele disse, voltando para a tela.

— Jogo importante? — ela perguntou, passando água com gás sem gelo na bandeja para a moça de idade universitária no assento de primeira classe ao lado dele.

— Está brincando? — ele disse, com um sotaque pesado de Nova York. — Sétimo jogo da World Series? Sim, é um jogo importante.

— Imagino que esteja torcendo pelos Yankees — comentou Jo.

— Desde o dia em que nasci — ele respondeu, colocando os fones de ouvido de volta para ouvir a cobertura antes do jogo.

Ao lado dele, a moça mandou uma mensagem para o namorado.

Pousamos às 10h30. Pode me buscar?

Ela olhou os três pontinhos na tela que indicavam que ele estava digitando e sorriu quando a mensagem dele chegou.

Na quarta fileira da cabine principal, um homem virou a página de um livro. O facho de luz da iluminação acima dele irritou o homem no assento do meio ao lado, que tentava dormir. Do outro lado do corredor, uma mulher apertou "enviar" no computador, o e-mail chegando segundos depois na caixa de entrada do chefe dela em Los Angeles. O homem na janela se contorcia no assento, perguntando-se quanto conseguiria esperar antes de precisar pedir a toda a fileira que se levantasse para que ele pudesse ir ao banheiro. Atrás dele, um ronco alto vinha do passageiro *plus-size* de pescoço arqueado e boca aberta que havia pedido um extensor de cinto de segurança aos comissários de bordo durante o embarque. Uma criança pequena perambulava pelo corredor passando por todos eles. A mãe a segurava pelos braços, equilibrando-a no balanço gentil do avião.

Do outro lado da porta da cabine de comando, os pilotos falavam com o Controle de Tráfego Aéreo, ajustando a altitude ou a velocidade do avião quando orientados. Verificavam as previsões do tempo para atualizações e observavam a vastidão aberta diante deles, trechos sem fim de desertos e cumes de montanhas cobertos de neve, uma procissão ondulante de paisagens dramáticas da parte oeste dos Estados Unidos.

Mas, com o avião firme em cruzeiro, passavam a maior parte do tempo exatamente como seus passageiros. Ben lia um livro em seu tablet e de vez em quando enviava uma mensagem. Bill mastigava uma barra de granola, enquanto lia, no computador, a parte teórica do treinamento semestral continuado que teria de fazer em algumas semanas.

O laptop de Bill soou com a chegada de um e-mail. Era de Carrie – mas não tinha assunto nem texto, apenas uma foto anexada. *Que estranho*, ele pensou ao clicar no anexo. Não era incomum que ela enviasse fotos das crianças ou de alguma atividade que ele estivesse perdendo em casa. Mas, depois do jeito como tinham deixado a situação, o gesto parecia fora de lugar.

Olhando a foto, Bill piscou algumas vezes, ainda mais confuso. Ele reconhecia o sofá e a televisão. Os livros e os porta-retratos eram familiares. Viu a garrafa de cerveja onde a deixara na noite anterior antes que ele e Scott terminassem de assistir aos Dodgers perderem o sexto jogo, e conseguiu visualizar o carvalho alto no quintal que deixava sua silhueta sombreada na sala íntima ensolarada.

Aquelas coisas faziam sentido para ele.

As duas figuras que estavam de pé no meio da sala não faziam.

Descalços, com as pernas nuas e os braços estendidos em formato de cruz; as mãos tímidas abertas na direção do céu em um apelo silencioso de desamparo. Ele conhecia seus rostos, mas não conseguia vê-los debaixo dos capuzes pretos que lhes cobriam a cabeça. Ele não precisava vislumbrar o esmalte rosa nos dedos dos pés da esposa para saber que uma das figuras era ela e não precisava de confirmação de que as pernas magrelas da outra eram de seu filho.

Bill se inclinou para a frente, tentando entender o que Carrie vestia. Todo o seu torso estava amarrado por um tipo estranho de colete. Era coberto por bolsos na frente e atrás, fios de cores vivas saindo de pequenos tijolos dentro deles. Ele já tinha visto coletes assim em vídeos granulosos de suicidas que explodiam bombas fazendo suas declarações finais de martírio. Mas, naquele momento, sua mente não conseguia processar a visão de algo tão perverso preso no corpo de sua esposa.

Sua boca ficou seca. Ele firmou-se com uma mão na mesinha, e a cabeça começou a girar. Fechou os olhos por alguns segundos, esperando que, quando os abrisse, a foto tivesse desaparecido. Ou que fosse acordar e descobrir que fora tudo um sonho. De algum modo, talvez, pudesse recomeçar. Ou apenas… desaparecer.

Abrindo os olhos, achou que fosse vomitar.

A foto de sua esposa usando um colete explosivo de suicida ao lado do filho na sala da casa deles ainda estava lá.

Outro e-mail chegou na caixa de entrada.

Coloque seus fones de ouvido.

Em seguida, uma ligação de FaceTime apareceu na tela.

CAPÍTULO 3

Bill fuçou na bagagem de mão procurando fones de ouvido. Enfiando a ponta de metal na pequena abertura na frente do computador, ele precisou de duas tentativas para prender um dos pequenos fones na orelha esquerda; era o lado que Ben não conseguia ver. Seus dedos trêmulos tiveram dificuldade para aceitar a ligação, o cursor confuso sob seu toque frenético. Conseguindo clicar no botão verde, ele viu o vídeo ao vivo de seu próprio rosto deslizar para o canto inferior esquerdo enquanto a conexão se estabelecia.

O homem que apareceu na tela era macilento, com sobrancelhas volumosas e cabelo escuro e grosso. A pele tinha um bronzeado leve, e os lábios estavam apertados em uma linha fina. Bill imaginou que o homem estivesse na metade dos trinta – e o reconheceu vagamente, mas não conseguia se lembrar de onde. O homem sorriu, mostrando dentes brancos e alinhados.

Preso ao corpo do homem, havia outro colete de explosivos.

— Comandante Hoffman. Boa tarde.

Bill ficou em silêncio. O Controle de Tráfego Aéreo chiou instruções.

— Coastal quatro-um-seis, *roger*,[2] centro de Denver — respondeu Ben, inclinando-se para mudar a altitude do avião. — Subindo para três-sete-zero.

Girando um botão no painel central até que os números do altímetro mostrassem 37.000, ele o apertou para confirmar o comando, e o avião se levantou lentamente em resposta. Examinando o horizonte por alguns instantes, Ben sufocou um bocejo, voltando para o telefone.

O intruso sorriu do computador enquanto se ouvia o choro desesperado de Elise ao fundo.

---

2. "Recebido", no jargão. (N. T.)

— Você não está sozinho. É claro. Então, que tal fazermos assim? Quando tiver algo a dizer, envie um e-mail. Respondo em voz alta. Além disso, na frente da sua bolsa de trabalho, há uma proteção de privacidade para seu computador. Vá pegar.

A bolsa de trabalho.

A bolsa que colocara ao lado do cara da assistência técnica naquela manhã.

Ele.

Com o maxilar apertado, Bill fuçou na bolsa. Era assim que ele tinha entrado na casa e colocado algo dentro do avião. Ele havia saído do cômodo quando Bill entrara na cozinha. Foi quando colocou o objeto em sua bolsa. Qual era o nome dele? Carrie o dissera em algum momento. Bill não conseguia lembrar se tinha ou não se apresentado.

Encontrando uma folha fina, translúcida, Bill a prendeu na frente da tela. Começou a digitar, zonzo com a incerteza do que mais não sabia. Um *ping* ecoou do outro lado. Bill seguiu os olhos do intruso enquanto lia seu e-mail:

Onde está minha família?

— Eles estão bem — respondeu o intruso. — Agora…

Bill o ignorou, digitando o mais rápido que podia.

Posso ver minha família? Por favor.

— Por favor! Tão educado. Mas não. Vamos conversar de homem para homem um minuto.

Até ver minha família, não tenho nada para discutir.

O homem leu o e-mail revirando os olhos.

— Sua teimosia é irritante.

Inclinando-se, ele fez um gesto para a cozinha. Na mão dele, Bill via o que claramente era um detonador. Sem fio, com uma cobertura plástica de segurança sobre o botão vermelho em cima, não era um dispositivo grosseiro feito à mão.

Carrie e as crianças apareceram na tela e Bill quase engasgou. Os capuzes pretos tinham sido removidos, mas tanto sua esposa quanto seu filho estavam amordaçados e amarrados. Elise tinha parado de chorar, e Carrie lutava para segurar a bebê no quadril com a graça materna transformada em falta de jeito pelas amarras e pelo colete explosivo. O homem trouxe uma cadeira da mesa da cozinha até a escrivaninha, fazendo um gesto para que Carrie se sentasse com a bebê. Ele retomou o lugar atrás dela, enquanto Scott ficou ao lado da mãe.

— Bem — o homem disse, colocando os cotovelos na escrivaninha e inclinando-se para a câmera. — Você é um homem inteligente, comandante Hoffman. Ou posso chamá-lo de Bill?

Bill fixou o olhar na câmera.

O intruso sorriu.

— Veja, *Bill*, você provavelmente já entendeu o óbvio. Aqui está o resto. Ou você derruba o avião, ou vou matar sua família.

A mordaça de Carrie sufocou um som horrível que era algo entre um gemido e um arquejo.

— Se contar a qualquer um — ele continuou —, sua família morre. Se mandar alguém para sua casa, sua família morre. — Trocando o detonador de mão, ele reiterou: — É simples. Derrube o avião ou mato sua família. A escolha é sua.

Uma dor fria e oca se acumulou na base da espinha de Bill. Ele tinha rezado para que o resgate fosse dinheiro, mas sabia que não seria assim tão fácil. No momento em que vira a foto, soube que sua cabine de comando fora violada. Soube, em algum nível, que o próprio avião estava em risco. Bill não conseguia sentir as mãos enquanto elas se moviam sobre o teclado.

Não vou derrubar o avião, e você não vai matar minha família.

— Errou — disse o homem, depois de ler o e-mail de Bill. — Uma dessas coisas vai acontecer. Você escolhe qual.

Vou repetir, meu querido. Não vou derrubar o avião e você não vai matar minha família. Ponto.

O rosto na tela se irritou com o desrespeito deliberado.

— Meu nome é Saman Khani. Pode me chamar de Sam. Eu me apresentei de manhã, mas você não deu a mínima para o técnico.

— *Centro de Chicago para Coastal quatro-um-seis, aviso de turbulência leve a moderada do Delta dois-zero-quatro-quatro a trinta milhas adiante, logo a Noroeste de sua direção.*

Bill pulou com a intrusão do Controle de Tráfego Aéreo, surpreso que o resto do mundo aparentemente não tivesse sido alterado.

— Dormiu aí, velho? — Ben riu, mexendo em seu visor até que mostrasse o radar do tempo.

— Coastal quatro-um-seis, *roger*, centro de Chicago — ele disse no microfone. — No momento, estamos calmos, mas vamos manter as ordens. Avisamos se precisarmos encontrar um trecho mais suave.

— Eu, é... acho que aquela célula deveria enfraquecer a esta altura — disse Bill, em uma tentativa de normalidade. — Deveria virar para o Norte...

Ele parou de falar, apontando o radar.

— É — respondeu Ben, conforme Bill se virou de volta para seu computador. — Ei, você se importa se ligarmos lá para trás e pedirmos uma pausa?

— Hã? — disse Bill.

Ben inclinou a cabeça.

— Tudo bem se eu for mijar? Jesus, você está bem?

— Ah. Claro. Estou bem — ele respondeu, olhando para o laptop. — Na verdade, pode segurar só um minuto? Estou bem no meio de algo.

— Claro. Uso a garrafa se ficar desesperado.

A risada de Sam invadiu o fone de ouvido de Bill.

— É como um dia de "leve a família ao trabalho" esquisito — ele disse enquanto colocava a mão no ombro de Carrie, que se encolheu.

Um e-mail chegou. Sam o abriu, lendo em voz alta:

— "Acho que meu primeiro oficial fará objeções se eu quiser derrubar o avião...". É, acho que sim. É por isso que vai precisar matá-lo antes.

Aquilo o atingiu como um golpe baixo.

Ele e Ben tinham voado juntos apenas algumas vezes, mas ele gostava do garoto. Inteligente, capaz de preencher as lacunas. A confiança dele beirava a arrogância, mas de um modo que na verdade era uma vantagem na cabine de comando. Tinham discutido por causa de esporte. Bill ficara surpreso ao descobrir que ele era vegetariano. O rapaz não era casado, mas certamente tinha família e amigos que gostavam de seu humor fácil. Uma namorada? Talvez estivesse saindo com uma das comissárias de bordo.

Bill precisaria matá-lo antes. Tirá-lo do caminho para poder matar o restante das pessoas a bordo. A náusea fervilhava em suas tripas.

Ignorando o que Bill digitava, Sam disse:

— Tenho certeza de que está pensando em *como* vai matá-lo.

Os dedos de Bill fizeram uma pausa.

— Bom, basicamente, do mesmo jeito que vai matar todo o resto. Derrubando o avião. Mas ele pode de fato tentar impedi-lo. Então, na sua bolsa, no fundo do bolso grande, há um frasco cheio de pó branco. Em sua última pausa antes de pousar, coloque o pó no café dele, chá ou o que quer que seja. Alguns goles e você vai estar voando sozinho.

O que é o pó branco?

Sam leu o e-mail, ignorando deliberadamente a pergunta.

— Ah! — ele disse, levantando o dedo. — No bolso de trás, vai encontrar um cilindro de metal. Depois que seu primeiro oficial estiver morto, mas antes de derrubar o avião, é claro — Ele sorriu —, agite a lata e abra a porta da cabine de comando. Abra a lata, jogue dentro da cabine de passageiros. Feche a porta, derrube o avião, fim.

Bill piscou inexpressivamente para a tela antes de digitar.

O que tem na lata?

— Você faz muitas perguntas, mas nenhuma delas tem importância — Sam disse, rindo. — Não vou contar o que é o pó branco para o primeiro oficial. E não vou contar o que há na lata para a cabine. Sabe, nem chegamos à parte boa ainda, porque você nunca faz uma pergunta interessante. Por exemplo, você poderia perguntar: "Sam, onde você quer que eu derrube o avião?".

Não vou perguntar isso. Não vou derrubar o avião.

— Ah! Então sua escolha é essa? — disse Sam, levantando o detonador. — Escolhe o avião?

Carrie abraçou Elise mais forte. A nuca de Bill se arrepiou.

Não escolhi nada.

Sam cantarolou baixinho, lendo o e-mail.

— Bem, neste cenário, se não fizer uma escolha, vai seguir como planejado. O que significa pousar o avião no JFK. O que *é* uma escolha. Então… — Ele ajustou o colete, mudando o detonador para a outra mão. — Se é o que você…

Bill começou a digitar furiosamente.

Está bem. Onde quer que eu derrube o avião?

Sam leu o e-mail, e um sorriso tomou seu rosto. Cruzando os braços na mesa, ele se inclinou para a câmera.

— Não vou contar.

Observando o homem balançar para trás de tanto rir, Bill sentiu os dedos quase furando a pele dentro de seus punhos fechados.

— Céus, que engraçado — disse Sam. — Olhe, por ora, só siga seu voo normalmente. Não queremos levantar suspeitas, afinal. Vou lhe passar mais detalhes quando você precisar deles. Por enquanto, não se preocupe com o alvo. Apenas saiba que, em algum momento, o avião se desviará de seu caminho.

Bill digitou o mais rápido que seus dedos permitiam.

Isso não é como dirigir um carro. Não posso mudar o percurso sem criar outros problemas. Especialmente se não quiser que ninguém saiba o que está acontecendo. Não tenho tempo para explicar detalhes de navegação aeronáutica. Apenas acredite em mim. Preciso saber para onde estamos indo.

O comandante viu o intruso ler o e-mail, rezando para que o homem não fosse piloto também. O que ele escrevera não era bem uma mentira – mas com certeza não era totalmente verdade. Se o cara fosse piloto, iria sacar a conversa fiada.

Sam piscou algumas vezes, franzindo a sobrancelha por um momento antes de olhar para a câmera e pigarrear, claramente enrolando.

— Não vou passar o alvo, mas vou passar a área — disse, por fim.

Bill observou Sam olhar a variedade de botões e controles que enchiam a cabine em torno dele. Já fizera um número suficiente de demonstrações pré-voo para passageiros que não sabiam nada sobre voar para saber que o homem estava perplexo. Sam inspirou brevemente e fez uma pausa.

— D.C.

A cabeça de Bill pendeu. Claro. Fazia sentido. Washington, D.C., era perto o bastante de Nova York para que fosse quase impossível reagir a tempo de um desvio de último minuto. Ele não precisava saber do alvo exato. Provavelmente era a Casa Branca. Talvez o prédio do Capitólio.

— Não vou dizer ainda a localização exata — disse Sam. — E também não vou dizer o que é o pó misterioso, mas vou dar uma pista. Quer dizer, eu preciso de você vivo. Então, quando abrir a lata para jogar na cabine principal, no seu lugar, eu me certificaria de usar sua máscara de oxigênio.

Um gás tóxico, certamente. Bill olhou pela janela para as camadas de nuvens finas e em deslocamento passando abaixo do avião. Imaginou a cabine cheia de uma nuvem parecida de… quê? Estava recebendo um pedido – não, uma *ordem* – de atacar com gás seu próprio avião, seus próprios passageiros.

E se eu me recusar a jogar a lata?

Sam leu o e-mail e inclinou a cabeça para o lado enquanto pensava. Ele olhou para a família de Bill.

— Bem, vamos ver. Preciso deles vivos até o fim do voo. Mas…

Uma mecha de cabelo caía sobre o rosto de Carrie. Sam a colocou atrás da orelha dela.

— Talvez eu não precise de todos eles vivos? Ou inteiros?

Os nós dos dedos de Bill ficaram brancos quando ele apertou a mesinha. Havia tanto que ele não sabia, não entendia. Ele queria impedir aquilo; queria gritar. Sentia o sangue inundando seu rosto. Uma linha de suor cobria seu lábio superior. Ele a limpou com as costas das mãos.

— Bill, relaxe — provocou Sam, desfrutando da agitação visível dele. — Está se esforçando demais para achar uma solução quando, *spoiler*, não existe uma. Então só deixe pra lá essa merda de ser herói. Você *vai* fazer uma escolha. Sua família ou o avião. E, se o sacrifício for o avião, jogar a lata é parte do acordo. Ponto. — Sam se inclinou para a frente, pousando os dedos entrelaçados na mesa, ainda com o detonador nas mãos. — E, Bill? Apenas para avisar. Não sou um idiota. Existe, lógico, um plano B bem aí, a bordo. Você vai, de um jeito ou de outro, fazer uma escolha.

Bill sentiu o rosto ir de vermelho para branco.

Há um plano B a bordo.

As almas inocentes a bordo.

Quais não eram inocentes?

Que olhos o vigiavam, e o resto da tripulação, para informar aquele maníaco? Tinham armas? Uma lata cheia de veneno já lá atrás? Eles a lançariam? Matariam a tripulação, depois correriam para a cabine de comando, matariam Ben eles mesmos e então forçariam Bill a fazer sua escolha? Bill não conseguia acompanhar os pensamentos que corriam de um cenário doentio para outro.

Quais são suas exigências?

Sam leu o e-mail e ergueu as mãos abertas.

— Como assim? Acabei de dizer.

Você me disse as condições. Mas o que você quer?

Ele riu.

— Bill, o que você não está entendendo? Não quero nada. Não quero dinheiro. Não quero libertação de prisioneiros. Não quero influência política. Não é 1968, cara. Isso não é "Me leve para Cuba". Não é o QAnon procurando crianças em uma pizzaria ou seja qual for a merda em que seus supremacistas brancos acreditam. E também não é nenhuma loucura jihadista de setenta e duas virgens no paraíso. Não tem nada a ver com isso.

Ele se aproximou da tela.

— Eu só quero ver o que um bom homem, um bom homem americano, faz quando está em uma situação em que não dá para vencer. O que um homem como você faz quando precisa escolher. Um avião cheio de desconhecidos? Ou sua família? Sabe, Bill, isso realmente tem a ver com a escolha. Você. Escolhendo quem vai sobreviver. *Isso* é o que quero.

Bill não se mexeu. O homem riu.

— Eu amo como isso o apavora! Saber que não posso ser comprado. Nem sou passível de negociação. Você fica aterrorizado por saber que não quero nada no mundo a não ser exatamente o que está acontecendo.

Os dois se encararam. Bill levantou as mãos para digitar uma pergunta. Suas mãos tremiam.

Por quê? Por que está fazendo isso?

Bill apertou o botão de apagar até que as frases sumiram. Se o homem fosse responder àquilo, Bill sabia que seria nos termos dele. Ele digitou outra pergunta, mas a apagou também. Seus dedos se mexiam freneticamente. Ele queria entender com o que estava lidando, assim, poderia imaginar como consertar.

Elise choramingou. Ele olhou para a filha.

Bill sabia que não chegaria a lugar nenhum se continuasse e que estava apenas perdendo tempo. Precisava começar a trabalhar.

Ele digitou, desta vez apertando "enviar".

Como sabia que eu estaria trabalhando neste voo?

— Você quer dizer como eu me certifiquei de que você estaria trabalhando neste voo? — disse Sam. — Na verdade, seu comandante Walt O'Malley é um belo de um pervertido. Ele não titubeou em garantir que você trabalharia no voo... desde que as fotos dos menininhos no HD dele não viessem a público.

O coração de Bill ardeu com a traição. Seu chefe, seu colega. Seu amigo. Tinham trabalhado juntos por vinte e três anos. Aquilo era podre até o comandante do sistema.

Seus pensamentos saíram do controle, nada para segurá-los, nada para impedi-los. Bill estava impotente em sua própria cabine de comando. Desamparado como homem e como protetor de sua família. Ameaças em casa e ameaças a bordo. Estava apavorado com as outras maneiras pelas quais poderia descobrir que havia sido enganado.

Fechando os olhos, Bill achou que fosse vomitar. Inspirando fundo, esticou as mãos e então cerrou os punhos, repetindo o movimento enquanto imaginava sangue correndo por eles. Gradualmente, seu pulso desacelerou.

Por que me escolheu?

Sam fez uma pausa depois de ler o e-mail, voltando o olhar para a câmera que os conectava.

— Babaca arrogante. Acha que é pessoal? Você é apenas um meio.

Vai parecer pessoal para as cento e quarenta e nove almas inocentes nesta aeronave que você quer matar.

— Bem, é claro que vai. A morte sempre parece pessoal, Bill. Parece pessoal pra caralho. Mas sabe o que é insano sobre a morte? *Não é* pessoal. Todo mundo morre. Ninguém escapa. É a única coisa justa no mundo. Às vezes você é jovem, às vezes é velho, às vezes merece, às vezes não. Mas que porra é essa, de qualquer jeito? A morte não acontece só para gente "ruim", a morte não está nem aí. — Ele balançou a cabeça, murmurando para si mesmo: — Porra de almas inocentes...

O olhar do homem pousou em Scott.

— Olhe para seu filho, Bill.

Bill se recusou. Os segundos passavam.

Sam bateu os punhos na mesa. Carrie apertou Elise com um soluço.

— *Olhe* para seu *filho*.

Scott olhava diretamente para a câmera. Lágrimas silenciosas caíam por seu rosto, os nós dos dedos brancos em um aperto desafiador. Ele tentava *tanto* ser corajoso. A seriedade do homem que ele se tornaria apoiada precariamente nas pernas trêmulas de um menino. Pai e filho, o homem e aquele que viria a ser homem, olharam um para o outro pelas pequenas lentes.

— Comandante Hoffman — Sam perguntou suavemente —, seu filho é bom? Ele merece isso? — O homem balançou a cabeça com tristeza. — Você fala de inocência como se isso significasse alguma coisa para o mundo. Mas somos todos apenas meios para os fins de alguém. — Sam se recostou, cruzando os braços sobre o colete suicida. — A escolha é sua. Eu já fiz a minha.

Bill ouviu alguém fechar a porta do banheiro ao lado da cabine. Pensou em Jo e no restante da tripulação fazendo seu trabalho. Pensou nos passageiros que só tentavam ir para onde precisavam. Imaginou as pessoas em D.C.; senadores e deputados discutindo legislações enquanto seus assistentes lhes passavam documentos. Guardas sorrindo para crianças em passeio escolar. Famílias lendo placas em frente a estátuas e pinturas. Apenas pessoas normais vivendo vidas pacíficas. Pensou na filha, Elise, que não tinha dado os primeiros passos ainda. No filho, Scott, que só queria brincar.

Pela primeira vez, ele se permitiu *realmente* olhar para Carrie.

— Pensei que você odiasse gatos — disse Carrie.

— E odeio — respondeu Bill.

Carrie sorriu, observando-o massagear Wrigley, seu gato ronronante. Ela esticou palitos cheios de pad thai, *e Bill se inclinou sobre o sofá para aceitar um pouco de frango, que caiu sobre as pernas nuas dela esticadas no colo dele. Um Humphrey Bogart preto e branco caminhava pela TV enquanto Bill enfiava o frango na boca.*

Do outro lado do apartamento, perto da porta, sua insígnia da companhia estava no chão, ao lado da mala fechada. Uma pilha de preto – sapatos, meias, calças, cinto – jazia em um monte diante da parede com uma calcinha de renda vermelha no topo. Enterrados sob o paletó do uniforme dele, ensaios sem nota cobriam o chão, a caneta vermelha dela esperando na mesa da cozinha até o dia seguinte, depois que ele tivesse partido. Assomando-se na distância pela janela, a Sears Tower parecia piscar em aprovação. Bill pegava todas as viagens para o O'Hare que conseguia. Chicago se transformara em sua escala favorita.

— Acredita em amor à primeira vista? — perguntou Carrie, assistindo ao filme.

— Sim.

Ele respondeu rápido, e o rosto dela ficou vermelho. Audrey Hepburn bebericava espresso enquanto falava sobre a chuva de Paris.

— Ah, é? — disse Carrie, enfiando outra porção na boca. — Como é isso?

Ele se virou, confuso.

— Bem, você.

Ela congelou na metade da mordida, engolindo.

— Ah...

— Quando eu te vi pela primeira vez no churrasco. O momento em que entrou no quintal. Sim.

— Sim... o quê? — *ela perguntou.*

Amor era um assunto que não haviam discutido.

— Sim, eu sabia que queria transar com você.

Ela deu um soco no braço dele.

— Não — *disse Bill, virando-se no sofá para encará-la. Bogart e Hepburn sentavam-se lado a lado, dirigindo pela estrada.* — Quer dizer, sim, mas...

Carrie levantou uma sobrancelha.

— Olha, na primeira vez que vi você, soube que a desejava. Mas não só desejava. Eu precisava ter você. Era... animal.

— Tente de novo.

— Certo — *ele disse, soltando um suspiro.* — Humanos são programados para uma coisa, certo? Sobrevivência. É nosso instinto primário. E, em um nível subconsciente e instintivo, somos atraídos, e desejamos, aquilo que serve melhor para nossa sobrevivência. Certo? Então, quando vi você pela primeira vez, estou dizendo que meu corpo, em um nível celular, gritava SIM. Voilà. Amor à primeira vista. Não estou dizendo que eu era só um cara querendo uma transa. Estou dizendo... — *Ele olhou para a tela, tentando descobrir como traduzir.* — Céus, Carrie. Estou aqui acariciando gatos. E pegando viagens de merda para Chicago. E considerando me mudar para cá se você me quiser. Mas a parte esquisita é que eu quero fazer tudo isso.

"Carrie, eu sinto sua falta no segundo em que saio por aquela porta. Voo o mais rápido possível para poder chegar ao hotel, pois assim posso telefonar para você. Quero dizer, a companhia deve estar acompanhando o tanto de combustível que estou desperdiçando. Eu amo essa sarda pequena no seu olho esquerdo. Amo que você diz que tem um problema de vício em manteiga de amendoim. Eu amo saber, e Deus sabe por quê, que você acha que Buzz Aldrin devia ter sido o primeiro homem na Lua, mas que Neil Armstrong o empurrou *para o lado no último momento. O fato que de você transpira profusamente quando está nervosa, mas nem um pouco quando está com calor? Eu amo isso. É esquisito. Mas eu amo."*

Ela riu, uma lágrima caindo. Ele a limpou e lambeu o dedo.

— Meu corpo sabia. É você, Carrie. Então, sim. Acredito em amor à primeira vista.

O queixo dela tremeu, prendendo-se desesperadamente à prudência.

— Eu uso seu travesseiro — ela disse, com uma risada, limpando o rosto com a manga. — Depois que você vai embora, na noite seguinte. Durmo com o travesseiro que você usa. É macio demais e machuca meu pescoço. Mas tem seu cheiro.

Tirando o prato da mão dela, ele se sentou na mesinha de centro. Pousado ao lado dela, seu braço envolveu a cintura de Carrie, ele aspirou o perfume do xampu de coco dela. Ele de cuecas boxer, ela de suéter, os dois deitaram-se silenciosamente por um longo tempo, ouvindo o filme atrás deles.

— Bill?

— Hmm?

— Achei que você detestasse ficar abraçado.

Carrie olhou para Bill através das lentes da câmera. Uma lágrima deslizou pelo rosto dela, parando na mordaça na boca.

Você não vai matar minha família. E eu não vou derrubar este avião.

Ele apertou "enviar" no e-mail e baixou a tela pela metade.

— Certo — disse Bill ao copiloto —, vou sair também. Você se importa se eu for primeiro?

— De modo algum, idade vem antes de beleza — disse Ben, enquanto Bill apertava um botão, fazendo soar um *ping* abafado do outro lado da porta.

— Você se antecipou — a voz de Jo veio pelo alto-falante da cabine de comando. — Estava a ponto de chamar. Hora da pausa?

— Sim, senhora — disse Bill, ajustando o assento para trás.

— Certo, quando estiver pronto.

A ligação fez um clique ao desconectar.

— Está no controle? — perguntou Bill.

— Estou no controle — respondeu Ben.

As mãos de Bill tremeram levemente quando ele soltou o cinto de segurança e ficou de pé. Sair da cabine de comando parecia outra camada de abandono. Ele tentou – e não conseguiu – bloquear a imagem da família do outro lado da tela. Amarrados. Amordaçados. Indefesos. Esperando que ele fizesse algo.

Arrumando o uniforme, ele fechou um olho e mirou pelo olho mágico da porta para ter certeza de que Jo a bloqueava. Ali estava ela, de braços cruzados, de frente para a cabine, com os pés firmes no chão. Se alguém fosse correr para a cabine de comando enquanto os pilotos entravam e saíam para a pausa para ir ao banheiro, precisaria passar por ela primeiro. Por todo o seu um metro e cinquenta e dois de altura, seus quarenta e seis anos. A maior parte das comissárias de bordo executava os procedimentos de segurança pós-Onze de Setembro com um leve revirar de olhos. Se um terrorista quisesse realmente entrar pela porta aberta, uma comissária de bordo pequena não o impediria. Mas Jo levava aquilo a sério. Anos antes, o primeiro oficial com quem voavam a chamara brincando de "quebra-molas de terrorista de quarenta quilos". Ele descobriu, com um discurso dos mais longos, o erro que tinha cometido. Jo entendia que, ao se colocar diante daquela porta, estava declarando: sobre meu cadáver.

E Bill sabia que ela levava aquilo a sério.

Depois que a porta fechou atrás da comissária de bordo, ela se virou, dando um sorriso assim que viu o rosto de Bill. Quando ele não disse nada, ela perguntou:

— E aí?

— O quê? — ele respondeu.

Apertando os lábios, ela cruzou os braços, jogando o peso do corpo para um lado.

— O quê? — ele repetiu, examinando a cabine sobre os ombros dela, as sobrancelhas unidas.

Se contar a qualquer um, sua família morre. Se mandar alguém para sua casa, sua família morre.

Ele não podia correr aquele risco. Não podia contar a Jo.

Mas ele tinha de enviar alguém para sua família, enviar alguém para sua casa. Não poderia orquestrar aquilo da cabine de controle, onde estava sendo monitorado a cada segundo. E havia a ameaça desconhecida ali, na cabine de passageiros, com Jo e a tripulação. Como poderia deixar de avisá-los? E o gás. A cabine precisava estar preparada para um ataque se chegasse a isso.

Bill sabia que não derrubaria o avião – mas talvez precisasse fingir que ia fazê-lo. Jogar a lata era parte daquilo. Se ele se recusasse a jogar a lata, Sam pensaria que ele decidira salvar o avião. Sua família iria morrer.

Um medo oco emanava de seu coração, enchendo seu corpo. A não ser que alguém em solo conseguisse chegar até sua família, ele teria de jogar o gás na cabine de passageiros. O que significava que a tripulação precisava estar pronta. Precisava proteger os passageiros... dele.

— Bill? — A voz de Jo parecia estar a quilômetros dali.

Se contar a qualquer um, sua família morre.

Bill olhou para o restante da aeronave, para os cento e quarenta e quatro estranhos sentados nos bancos de passageiro. Cento e quarenta e quatro ameaças em potencial. A raiva percorreu o corpo dele, entrelaçando-se com medo. O que mais ele não sabia?

Jo, cheia de preocupação, recusou-se a desviar o olhar.

— Bill? — ela disse com um pouco mais de vigor.

Se contar a qualquer um, sua família morre.

Como poderia voltar à cabine de comando e deixar sua tripulação exposta e vulnerável?

Jo colocou uma mão gentil no antebraço dele e apertou. O toque afetivo tirou o fôlego dele, como um choque elétrico.

Ele precisava de ajuda. Sua família precisava de ajuda. Ele não conseguiria fazer aquilo sozinho.

— Jo — ele sussurrou. — Temos um problema.

CAPÍTULO 4

Jo se equilibrou colocando uma mão sobre o balcão da *galley*.

Bill tinha tentado fazer aquilo parecer uma conversa normal em uma típica pausa para o banheiro, encontrando-a casualmente na *galley*. Fora de vista, ele pigarreou e contou tudo a ela.

Jo o encarou, boquiaberta. O balanço lento de sua cabeça não era negação. Era a percepção de que, a partir daquele momento, nada seria igual.

— Repita tudo o que acabou de dizer.

— Não — falou Bill. — Não temos tempo. Olha. Minha cabine de comando, minhas comunicações… está tudo sendo monitorado pela ligação de FaceTime. Estou usando fones de ouvido para Ben não escutar, mas quando…

A voz do comandante parou, cada palavra ficando mais fraca e mais espaçada. Jo olhou para o copo de café que havia colocado para uma senhora idosa na 2C esfriando sobre o balcão. O café que havia colocado no que agora parecia uma vida diferente. Sua vida antes que Bill lhe contasse a situação em que estavam.

O vapor subia em giros e rodopios dançantes enquanto pequenas bolhas surgiam na superfície escura da bebida, refletindo o brilho roxo fluorescente da luz acima. Ela observava tudo isso de modo abstrato; o vapor gracioso, o ritmo cantado de uma voz ao longe, o movimento fluido da luz e da sombra. Ela via a realidade por lentes diáfanas, oníricas e, embora não fosse sonâmbula, se perguntou meio ausente se a sensação era parecida.

— Eu precisei assumir o risco — disse Bill. — Ele disse que os mataria se contasse a qualquer um. Mas você e a tripulação precisam…

A voz de Bill falava sobre uma coisa ou outra. Uma família? Que família? A dela? Não, Michael e os meninos estavam em casa. Seguros. Ela olhou para as pequenas bolhas e se imaginou dentro de uma delas. Sem ser notada pelos colegas de tripulação, pelos outros passageiros, escorregando lá para dentro em silêncio, a bolha envolvendo-a em sua completude. Nada entraria, nada sairia. Ela se sentaria, abraçaria os joelhos contra o peito e apenas observaria todo mundo seguindo sem ela. Sentia o silêncio da bolha, a leveza de seu corpo ao oscilar na superfície do café. Talvez ela pudesse ser jogada pelo ralo, pequena e escondida, deslizando em sua escapada secreta. Iria junto sem poder nem desejar mudar de rumo. Os cantos de sua boca se esticaram em um sorriso inapropriado. Ela não conseguiu evitar. Havia tanto alívio em ser tão pequena.

— O que você acabou de falar? — perguntou Jo subitamente, interrompendo Bill.

Bill pareceu confuso, como também não soubesse o que tinha acabado de dizer.

— Eu... eu falei que não sei como mandar alguém para a minha casa. Não posso simplesmente ligar para o FBI.

— Não — disse Jo. — Mas eu posso.

Jogando a planta amarelada no lixo embaixo da mesa, o agente do FBI Theo Baldwin se perguntou havia quanto tempo ela tinha aquela aparência.

— Essas coisas precisam de água, Theo — disse o agente Jenkins, a caminho da sala de descanso.

— Anotado — respondeu Theo, abrindo um arquivo no topo da pilha.

Ao puxar a cadeira para perto da mesa, seu telefone se acendeu com a chegada de uma mensagem. Ele verificou o remetente e apertou o botão lateral, escurecendo a tela.

Do outro lado do cômodo, em um escritório de vidro, sua nova chefe andava atrás da mesa com um telefone na orelha. A porta estava fechada, mas Theo não precisava escutar para saber que não era uma conversa agradável para quem estava do outro lado da linha. Ele desviou rapidamente o olhar quando ela o flagrou observando-a.

Theo gostava de ir ao escritório aos sábados. Era silencioso. Ele podia tirar a papelada chata do caminho rapidamente e aí se concentrar em casos mais interessantes. Tendo lido a primeira página, virou para a segunda, mas logo percebeu que não tinha absorvido uma só palavra e voltou ao começo.

Jogando a caneta sobre a pilha de casos sem pistas e de baixa relevância, ele esfregou os olhos.

Quem ele estava enganando? Não havia mais casos interessantes nos quais trabalhar. Ir para o escritório no sábado era uma tentativa mal disfarçada de ganhar uns pontinhos. Não, nem isso. Era uma tentativa patética de redenção. Estava no bureau havia quase três anos, mas aquela experiência modesta não importava mais. Seis meses antes, o relógio voltara ao início.

Não deveria ter sido grande coisa. Era uma batida de drogas tão padrão quanto possível. As informações deles eram sólidas: sabiam exatamente quem estava na casa, onde estavam localizados, o que tinham feito, do que seriam acusados. Estava praticamente acabada antes mesmo de começar.

Mas, no fim daquela noite, a boca de crack estava cravejada de buracos de bala e a reputação de Theo como a estrela em ascensão do bureau tinha sido atingida da mesma maneira. Ele tentou justificar sua quebra de protocolo apenas uma vez. Depois disso, sabiamente manteve a boca fechada e a cabeça baixa. Agir seguindo uma "intuição" era tão respeitável quanto dizer que uma fada verde havia sussurrado em seu ouvido. Cinco reuniões disciplinares, uma suspensão de duas semanas sem salário e uma previsão de carreira duvidosa significavam que a única coisa que Theo podia fazer era bater o ponto, seguir as regras e esperar que tudo fosse esquecido com o tempo.

Ele deu um gole no café e voltou à papelada.

— Deveríamos nos preocupar — disse Jenkins, voltando da sala de descanso com um saquinho de batatas fritas — por sermos os únicos cuzões sem nada para fazer em um sábado?

O telefone de Theo acendeu novamente. Ele não viu.

— Acho — disse Theo, reclinando-se na cadeira — que somos os únicos cuzões que são dedicados a seus trabalhos.

— E eu acho que a gente precisa transar — respondeu Jenkins de boca cheia. — Vamos a um bar dizer às gatas que somos agentes do FBI.

O telefone de Theo brilhou novamente. Pegando-o, viu sete mensagens de texto não lidas de sua tia Jo. Ele pensou imediatamente no pior, e seu estômago se retorceu. Sua mãe, irmã de Jo. Algo tinha acontecido com ela. Ou talvez com os filhos da tia Jo, que eram mais como irmãos do que primos.

— E aí? Vamos? — disse Jenkins, apoiando-se no cubículo dele.

Theo olhou para o telefone. Era tão inacreditável que ele precisou ler tudo duas vezes. Se outra pessoa houvesse enviado as mensagens, ele teria duvidado.

Mas Theo conhecia sua tia Jo.

Pegando o distintivo e empurrando a cadeira para trás, ele ignorou a pilha de arquivos que caía, a papelada ainda inacabada flutuando para o chão.

Bill fechou a porta em silêncio e deslizou o trinco para a direita, fazendo a luz fluorescente do banheiro acender. Ficou ali por um instante, congelado, como se tivesse esquecido o que fora fazer. A porta leve de plástico rangeu em protesto quando ele encostou a testa nela. A gravata pendia de seu pescoço para a frente.

Aquele não era um cenário que ele já tivesse antecipado. Não era uma ameaça que tivesse considerado e discutido com seus colegas. Não havia nenhuma página no manual para servir de referência, nenhum protocolo para ser seguido, nenhuma lista de tarefas para cumprir. Todo o seu treinamento parecia vergonhosamente ingênuo agora. Salvaguardas e redundâncias eram projetadas para ataques reais na cabine de passageiros.

Bill observou seu reflexo no espelho. Sentia-se como um cara fantasiado de piloto. Aquele traje não parecia mais correto nele. Olhou para as asas douradas na frente de sua camisa e se perguntou algo que jamais se perguntara antes: ele era digno de usar o uniforme? Tinha sido um dia?

Ele fez xixi e apertou o botão, encolhendo-se ao ouvir a aspiração barulhenta da privada de avião. A pia era igualmente hostil, com aquela água gelada atacando suas mãos trêmulas que torciam enquanto ele considerava suas opções.

Aquele seria seu único momento sozinho. Era agora que ele precisava descobrir. Descobrir como resolver aquilo. Ele inclinou o rosto na direção do espelho como se procurasse a resposta do outro lado.

Não encontrou nada.

Pegando algumas toalhas de papel, ele teve um pensamento irracional de irritação: a audácia de precisar fazer xixi. Seu corpo não poderia abrir uma exceção naquele momento? Não sabia que não havia tempo a ser perdido com o desnecessário?

A torneira vazava. Uma a uma, as gotas de água caíam na pia. De modo rítmico, uma depois da outra, como um tambor. Uma pausa. Então uma gota aleatória. Depois outra. O fluxo parecia não ter padrão.

Bill olhou a água pingar enquanto suas pupilas dilatavam-se e as peças em sua mente se aproximavam umas das outras. As mãos pararam de tremer. A respiração desacelerou. Ele se endireitou.

Era uma ideia desesperada. Mas era uma ideia.

Deslizando o trinco para a esquerda, Bill voltou ao trabalho.

A chefe de Theo olhou para o telefone por um longo tempo antes de jogá-lo sobre a mesa. O aparelho caiu ao lado da placa de identificação dela, DIRETORA ASSISTENTE MICHELLE LIU refletindo-se no brilho da tela. Correndo as mãos pelo topo da cabeça, prendeu o cabelo grosso e negro em um rabo de cavalo bem-feito. Depois de apertá-lo, ela parou os braços cruzados na frente do corpo.

— Você está falando sério — ela disse.

Ele assentiu.

— Infelizmente.

Ela começou a andar atrás da mesa. Liu já estava no escritório de Los Angeles havia três meses, mas tinham sido três meses relativamente calmos, e Theo não tivera uma oportunidade real de vê-la agir sob pressão. Sabia que ela trabalhava no bureau havia doze anos e tinha reputação de ter pavio curto. Mas o que não sabia era por que ela parecia zangada com a situação que ele lhe apresentara. Ou será que estava puta com ele? Ele não fazia ideia.

— Você sabe que isso não envolve apenas nós — ela disse. — O Departamento de Segurança Nacional. O Departamento de Defesa. A Polícia Metropolitana. A Administração Federal de Aviação. A Agência de Segurança em Transportes. O Comando de Defesa Aeroespacial da América do Norte. A Casa Branca. — Ela fez uma pausa. — Theo, se formos em frente... o presidente estará na Sala de Crise.

Ele podia sentir as batidas do coração nos ouvidos.

— Acho que devemos ir em frente — ele disse.

Ela caçoou.

— Você quer que — ela falou, apertando os olhos — eu dê o alarme de ataque terrorista iminente em Washington, D.C. Quer que envie o Resgate de Reféns para um bairro residencial de Los Angeles em plena luz do dia. E tudo isso com base em informações que você, e só você, recebeu por mensagem de texto. Da sua tia.

Theo não respondeu, mas também não desviou o olhar. Sentiu o rosto corar ao observar Liu mordendo o interior da bochecha. Sabia que estava sendo avaliado.

Os resultados de seus testes eram acima da média, e sua ambição era inigualável – mas certamente Liu recebera o relatório completo da noite da batida. Ser um agente tipo "intuição primeiro, informação depois" era uma desvantagem, não um ponto forte. Era o que ele a ouvira dizer para outro agente, e, embora não pudesse ter certeza, jurava que ela tinha olhado para ele depois de dizer aquilo. Mantê-lo enterrado em papelada até que pudesse saber melhor quem ele era parecia ser a tática dela até agora.

Mas agora tinha aquilo.

Talvez por isso ela parecesse tão brava.

— Olha — ele disse —, sei que essa situação é… insana. Estou pedindo para você confiar antes e verificar depois. O que, vindo de mim, é pedir muito. Mas eu conheço minha tia. Acredite nela.

— *Nela*? Eu não a conheço.

— Justo. Mas qual é a motivação dela para inventar isso? Ela tem tudo a perder. O emprego, a reputação. Liu. É real.

— E se não for?

— E se for? — ele falou, de um modo um pouco energético demais. — Você está correndo risco de qualquer maneira. Mas só uma opção termina com pessoas morrendo — completou rapidamente.

Ela continuou a andar. Theo olhou para o relógio na parede.

— Com todo o respeito… aquele avião está em pleno ar. O piloto e os passageiros estão ficando sem tempo. Assim como a família.

Fechando os olhos, Liu respirou fundo e praguejou ao soltar o ar.

— Mande o código — ela disse. — A equipe tática do FBI entra imediatamente, vamos consultar a Equipe de Resgate de Reféns no caminho. Inclua todo mundo. E, Theo? — ela chamou, fazendo-o parar enquanto saía do escritório. — Não esqueça. É sua última chance.

★★★

Jo folheou o manifesto de passageiros, examinando a imagem logística de todos a bordo. Estava acabando de examinar a última página quando Bill saiu do banheiro.

— Alguma coisa? — ele perguntou.

Ela pegou o telefone, checando se Theo havia respondido.

— Ainda não. E nenhum passageiro é empregado da Coastal.

Abrindo a gaveta abaixo da cafeteira, ela colocou a lista sobre seu batom e seu livro, fechando-a com um clique metálico. Bill pedira a ela que verificasse se alguém a bordo viajava com privilégios da companhia. Talvez tivessem outro espião interno a bordo? Talvez esse fosse o plano B? Mas era um beco sem saída.

Jo sabia que suposições eram perigosas em uma situação como aquela. Bill cruzou os braços e olhou para a cabine na penumbra, apertando os olhos em direção à área de preparo de alimentos da parte traseira.

— Você confia nos outros comissários de bordo? — ele perguntou.

— Completamente. Bem, quer dizer, nossa terceira, Kellie, é totalmente iniciante. Acabamos de nos conhecer. Ela foi designada para a viagem da reserva do aeroporto. Mas minha intuição diz para confiar.

Bill assentiu.

— Certo. Então, vamos confiar.

— Você confia em Ben?

— Completamente. Mas é minha intuição.

Jo assentiu.

— Então vamos confiar.

— Espere para contar aos outros dois até depois do fim da pausa. E *não* mencione nada ao Ben quando ele sair.

— Achei que você confiasse nele.

— Confio. Mas como ele pode me ajudar?

— Além disso… não sabemos o que *ele* acha de *você*.

— Exatamente. Se ele achar que vou matá-lo… — Bill parou de falar e pigarreou. — Olhe, simplesmente não posso correr o risco de que ele tome as rédeas da situação. Não posso arriscar minha família desse jeito. — Ele olhou para a porta da cabine de comando. — Droga, preciso voltar para lá.

— Certo, mas espere. E o que fazemos a respeito dos passageiros? — disse Jo.

Bill e Jo viraram o olhar, observando o topo das cabeças na cabine. Todos estavam lendo, dormindo, vendo TV. Nada parecia errado, nada parecia estranho. Ninguém olhava para eles, ninguém parecia se importar com o que faziam.

Eles sabiam que não era bem assim.

— Os passageiros não podem saber, Jo. Não podemos dar pistas para quem quer que seja que está a bordo, para ter certeza de que terei escolha. Quer dizer, vão saber que alguma coisa está acontecendo, porque vocês vão precisar inventar um jeito de protegê-los. Mas eles não podem saber de tudo. D.C.? Não. E eles não podem saber sobre minha família. Não podem saber sobre a escolha. Vão achar que vou optar por minha família. Não vão confiar na gente de jeito nenhum.

Ela não respondeu.

— Você sabe que não vou derrubar o avião, certo?

Uma das primeiras escalas dos dois juntos fora em Seattle cerca de vinte anos antes. A tripulação toda estava voltando para o hotel depois de um happy hour no centro quando um bêbado passando por eles murmurou um insulto racista. Como era a única negra da tripulação, Jo sabia que ele se dirigia a ela, mas não disse nada. Bill, por outro lado, mostrou ao homem exatamente o que pensava. No dia seguinte, o primeiro oficial precisou pilotar os três trajetos porque os dedos quebrados de Bill o impediam de apertar direito o controle.

Atrasos, problemas mecânicos, passageiros desordeiros. Ela lhe passara um milhão de refeições que sobraram da primeira classe e servira dois milhões de copos de café. No Onze de Setembro, ela fora uma das primeiras pessoas com quem ele se comunicara. Quando o pai dele morreu, ela mandou flores. As famílias trocavam cartões de Natal todos os anos. Depois de mais de duas décadas de voo, Bill não era um colega. Ele era um amigo, era da família. Jo *conhecia* Bill.

— Sim — ela respondeu. — Sei que não vai derrubar o avião.

Mas algo no fundo do âmago de Jo se revirou quando ela disse aquilo.

O telefone dela vibrou no topo de metal do balcão. Ela leu a mensagem e sorriu.

— O FBI está a caminho da sua casa.

Apertando os ombros de Jo, Bill beijou-lhe a testa, e lágrimas de alívio encheram seus olhos.

Ele pegou o interfone para chamar a cabine de comando, mas fez uma pausa antes de apertar o botão.

— O FBI vai cuidar da minha família, e nós vamos cuidar do avião. Vou tentar me comunicar, mas não há garantias. Vocês talvez fiquem sozinhos aqui atrás. Mas mantenham os olhos abertos. Você sabe que não estão sozinhos.

Jo assentiu.

— O mais provável — disse Bill — é que eu tenha de fingir que concordo. Farei o que puder para não jogar aquela lata. Mas talvez eu não tenha escolha. Considere que um ataque de gás *vai vir* da cabine de comando a não ser que o FBI pegue minha família antes. Ele vai matá-los se achar que eu escolhi o avião.

— Certo.

— A cabine de passageiros precisa estar pronta, certo?

— Estará, comandante.

— Jo, droga! Posso ser o comandante, mas, quando aquela porta se fechar, você vai estar sozinha. Entende? A cabine é *sua*. — Os olhos dele ardiam com urgência e, paralisada sob o olhar dele, Jo sentia sua confiança aumentar. — Você tem minha palavra de que não vou derrubar este avião. Mas como vou conseguir isso, ainda não descobri. No que diz respeito à cabine aqui atrás, cabe a vocês todos descobrirem um jeito de preparar o local para um ataque. Entendido?

Jo assentiu silenciosamente enquanto Bill chamou a cabine de comando para dar a Ben o aviso para abrir a porta e deixá-lo entrar. Ela se virou para bloquear a passagem. O piloto e a comissária de bordo ficaram de costas um para o outro, ela olhando para trás, ele de frente para a cabine de comando.

— Eu confio em você, Jo. Temos o controle desta aeronave.

A porta se abriu e fechou atrás dela, e Jo estava sozinha. Sozinha em *sua* cabine.

CAPÍTULO 5

— Nenhuma mudança? — disse Bill.

— Nada — respondeu Ben.

— Estou no controle.

— Você está no controle.

Ben soltou o cinto de segurança enquanto ajustava o assento para trás. Abaixando-se, ele passou por cima do console central. Ajustou as calças, enfiou a camisa para dentro e fechou um olho para espiar pelo olho mágico da porta da cabine de comando para certificar-se de que Jo ainda bloqueava o caminho. Atrás dele, Bill reajustava seu banco e prendia o cinto de segurança, o controle da aeronave mudando do primeiro oficial de volta para o comandante.

Bill sabia que tinha uma janela de menos de cinco segundos.

Menos de cinco segundos enquanto a tela do computador ainda estava abaixada e Sam não podia vê-lo. Cinco segundos em que Ben estaria distraído e não perguntaria o que Bill estava fazendo. Cinco segundos para apertar e soltar os botões de recepção corretos. Cinco segundos para ativar a frequência reserva do rádio. Cinco segundos para desligar totalmente o volume nos fones de ouvido de Ben, de modo que ele não ouvisse o canal secundário. Uma fila de botões cinza com linhas brancas se alinhava no centro do console ao lado de seu joelho, esperando por seu comando.

Durante todo o voo, aqueles cinco segundos seriam sua oportunidade para fazer a única coisa que ele achava que poderia ajudá-lo a sair daquele inferno.

— Porta abrindo — disse Ben.

A porta se abriu e fechou com uma batida um instante depois.

Estava feito. Ele nem tinha precisado de todos os cinco segundos.

Mas seu plano precisaria esperar.

Bill abriu o computador.

Carrie ninava Elise lentamente com o rosto pousado suavemente no topo da cabeça da bebê adormecida. Scott estava ao lado dela, os olhos agora secos. Nenhum deles olhou para a câmera.

— Bem-vindo de volta — saudou Sam. — Vamos lá.

Um e-mail apareceu na caixa de entrada de Bill.

— Olá — disse Jo, com um sorriso convincente, virando-se ao som da porta da cabine de comando abrindo e fechando. — Como estão as coisas por aí?

— Mesma merda, dia diferente. Vivendo o sonho — respondeu Ben, entrando no lavatório.

— Quer alguma coisa para comer ou beber? — perguntou Jo, antes que ele pudesse fechar a porta.

— Só café, obrigado.

— Como você toma?

— Duas porções de creme, uma de açúcar.

O banheiro foi fechado e trancado. Imediatamente, Jo pegou o pote cheio de café fresco e silenciosamente esvaziou no lixo. Colocou um novo saquinho de café, mas ia esperar para apertar o botão preparar depois que ouvisse o barulho da descarga. Queria conseguir o máximo de tempo possível para Bill.

— O que é isso? — questionou Bill, lendo o e-mail.

Sozinho na cabine de comando, ele podia falar alto sem ter de usar fones e escrever e-mails, e o fez rapidamente, sabendo que as condições tinham prazo curto.

— É uma declaração que você vai gravar — respondeu Sam.

Bill continuou a ler, balançando a cabeça.

— Mas... o que você vai fazer com isso?

— Vou enviar para as emissoras de notícias. Depois da colisão — disse Sam.

O professor de História de Bill no ensino médio uma vez mostrara à classe filmes granulosos em preto e branco de prisioneiros de guerra norte-americanos no Vietnã lendo confissões forçadas depois de terem sido espancados e torturados por seus captores. Mais tarde, naquela noite, Bill fora acordado pelo irmãozinho de olhos arregalados e viu que estava com a cama encharcada e a voz rouca, pois o olhar oco do prisioneiro o seguira até seus sonhos.

— Não vou ler isso — negou-se Bill.

Sam mirou a câmera.

— Carrie — ele disse, olhando para dentro da caneca —, meu chá está frio. Você poderia fazer o favor de me trazer outro?

Olhando para Sam e a câmera, Carrie tentava determinar se era uma armadilha. Empurrando a cadeira para trás, ela disse a Scott algo que foi obscurecido pela mordaça. Ele pareceu entender, pegando desajeitadamente a irmã adormecida nos braços com o máximo de cuidado que conseguia. Ele e a mãe se moviam lentamente, conscientes dos explosivos em torno do corpo dela. Carrie foi para a cozinha, que era atrás do computador, fora da vista de Bill. O pânico o sufocou ao ver seu filho sozinho com o sequestrador.

Bill queria gritar para Scott sair correndo. Pegar a irmã e correr para a casa de um vizinho para buscar ajuda. Afastar-se do homem, dos explosivos – e, bem quando estava a ponto de dizer aquilo, Sam colocou a mão debaixo do colete e puxou uma arma. Apontou-a casualmente para as crianças. Scott apertou os braços em torno de Elise com mais força.

— Bill — disse Sam —, você já ouviu a história do tigre e do corvo?

Atrás da cortina da *galley*, Jo olhou para a tela luminosa de seu telefone, disparando mensagens rápidas para o sobrinho sem reler.

Não, o copiloto não sabe e NÃO vamos dizer aos passageiros

O resto da tripulação ainda não sabe, vou contar depois da pausa

Nem ideia do que fazer a respeito do gás. vamos achar uma solução.

Não sei o que é. Presumo que seja ruim. Bem ruim.

manda a equipe de materiais perigosos esperar o avião no JFK

No banheiro, a privada deu descarga. Jo apertou o botão da cafeteira. Ela sabia que aquilo significava quatro minutos, no mínimo, mas tentaria esticá-los.

mando msg quando puder, mas as coisas vão ficr agitadas. Pra você também.

Te amo, Theo.

— Não era uma pergunta retórica — disse Sam. — Você já ouviu...
— Não — disse Bill.
Sam sorriu e se recostou na cadeira.
— Era uma vez um tigre que era o rei da selva. Um dia, um corvo voou em círculos sobre ele, pousando em um galho. "Tigre", disse o corvo, "por favor, me mostre o que seus olhos de rei veem". O tigre enxotou o pássaro, quase arrancando uma asa dele com sua poderosa pata. "Vá embora!", disse o tigre. "Sou o rei da selva. Você é burro demais para ver o que eu vejo." Então o corvo foi embora, triste. No dia seguinte, o corvo voou em círculos sobre ele de novo, dizendo: "Por favor, tigre. Certamente pode ver coisas maravilhosas. Por favor, me diga o que seus olhos de rei veem". Mas o tigre riu, estufando o peito largo para o pobre pássaro. "Por que você deveria ver o que meus olhos de rei veem? Você é pequeno demais. Vá embora!"
— Droga, estamos perdendo... — Bill disse entredentes.
Ele parou a tempo, respirando ao fechar e abrir os punhos. Em um tom mais calmo, disse:
— Olha. Vamos só conversar por um momento...
— Então, no dia seguinte — Sam continuou —, o tigre estava deitado relaxando em um galho de árvore. Subitamente, o galho se quebrou, derrubando o rei da floresta no rio abaixo. Indefeso, ele foi levado pela corrente. O corvo apareceu em cima dele. "Socorro", o tigre gritou para o corvo. "Me ajude!" O corvo olho bem para o tigre lutando na água. "Como eu poderia ajudá-lo, rei da selva? Sou burro demais e pequeno demais." Mas aí...

Sam fez uma pausa quando Carrie apareceu com uma caneca fumegante na mão. A etiqueta do chá pendia do lado, e girou com o movimento quando ela colocou a bebida na mesa na frente de Sam, retomando seu lugar.

— Aí! — continuou Sam, com um sorriso alegre, enfiando a arma no colete. — O corvo desceu e arrancou os olhos do tigre. O rei da selva estava indefeso enquanto a água vinha por cima de sua poderosa cabeça. "Agora", o corvo disse enquanto ia embora voando, "vou ver o que o rei da selva vê".

O silêncio inundou o cômodo e encheu a cabine de comando.

— Se você acha... — disse Bill.

Pegando o braço de Carrie com violência, Sam o esticou sobre a mesa, a cadeira batendo no chão atrás dela ao cair. Elise acordou com um grito.

— Você não está entendendo a moral da história, Bill — falou Sam.

Carrie se encolheu. Bill via os dedos de Sam afundando na carne dela.

— A moral da história é que eu *vou* conseguir o que quero. O que será sacrificado ao longo do caminho é escolha sua. Faça o vídeo.

Pegando a caneca de chá, ele a esvaziou em cima da pele macia de Carrie, os gritos sufocados dela atrás da mordaça se misturando aos da filha.

A tela ficou preta quando Sam desconectou a chamada.

Bill apertou os lados do computador. Arfando, olhou para a tela vazia. Ele não tinha ideia de quanto tempo ficara daquele jeito, olhando para o nada. O som do banheiro abrindo e fechando na cabine lá atrás rompeu seu estupor.

Logo Ben estaria de volta.

Quando Ben saiu do banheiro, Jo estava abrindo uma pequena embalagem de creme em pó, a pele de ébano dos dedos salpicada de um vapor suave de creme, uma realidade inevitável de uma cabine pressurizada nas alturas. Limpando os dedos em um guardanapo, ela mexeu o creme e o açúcar antes de apontar para a máquina.

— O café estava frio, então estou fazendo um novo. Está quase pronto.

O primeiro oficial olhou para a porta da cabine de comando.

A Administração Federal de Aviação e o protocolo da companhia mandavam entrar e sair rapidamente, mas a Administração Federal de

Aviação não tinha olhos a bordo naquele dia. A enrolação de Jo era uma aposta na juventude e na arrogância do piloto, considerando-o mais rebelde do que aderente às regras, e, para alívio dela, ele se encostou casualmente no balcão da *galley*.

— Vai no bar do hotel hoje à noite? — ele perguntou.

— Não — disse Jo. — Amanhã em Portland, com certeza. Mas na primeira noite eu vou direto para o quarto para recuperar o sono. Sabe que estou casada com meu marido há dezenove anos? Seria de se *imaginar* que consigo dormir com os roncos dele.

— Outra razão para eu estar solteiro.

— Uhum. É por isso, sim — disse Jo, observando Ben olhar para a comissária de bordo mais jovem na parte traseira.

— E você precisa viajar até o trabalho? — ela perguntou.

— Não, eu moro em Long Beach.

— Ah, eu morei lá quando me mudei para Los Angeles. Onde você trabalhava antes da Coastal? Você está aqui há...

— Três anos em janeiro — disse Ben. — Eu estava em uma regional baseada em Buffalo.

Ele olhou para o botão PREPARAR brilhando.

— Quase pronto — ela falou, com uma piscadela, colocando uma mão no quadril e outra no cabo da cafeteira. — Então, me diga...

Atrás de si, Jo ouviu seu telefone vibrar sobre o balcão.

Bill batia o pé compulsivamente. Olhando pela janela para as fileiras de milharais lá embaixo, ele não piscava havia quase um minuto. O grito de Carrie enquanto era escaldada com água quase fervente ecoava em sua cabeça. Pensamentos sombrios sobre o que poderia acontecer com as crianças fervilhavam incontrolavelmente.

— Inferno — ele murmurou, abrindo novamente o último e-mail de Sam.

Pegando o celular, ele deslizou para a esquerda para abrir a câmera. Alternando para a função de vídeo, ele virou a câmera, de modo que seu próprio rosto tomou a tela. Ele segurou o telefone e o levou ao lado do computador, para poder ler o texto como um teleprompter. A imagem de seu rosto na tela tremeu. Respirando fundo para firmar a mão, ele apertou o botão de gravar.

★★★

Jo colocou o café na caneca, observando-o mesclar-se com o creme, claro e escuro se combinando em um tom ocre. Tomada pelo alívio da tarefa cotidiana, ela quase não viu Ben se esticar para alcançar o interfone para ligar para Bill e voltar.

Agindo antes que tivesse tempo para pensar, Jo gemeu de dor quando o café caiu sobre sua mão. A caneca deslizou de seus dedos, rachando no balcão de metal e cobrindo tudo com café. Ela pulou para trás para evitar os respingos da bebida.

— Opa! — disse Ben, recolocando o interfone no gancho. — Você está bem?

Jo riu com uma careta.

— Fora a vergonha? Acho que sim. — Ela chacoalhou a mão, examinando-a sob a luz. — Bem, seu café está fresco e quente, isso é certeza. Querido, pode pegar umas toalhas de papel para mim?

Com Ben ocupado no banheiro, ela olhou rapidamente para o telefone. A mensagem era de Theo.

Quase na casa da família.

Ela colocou o telefone no bolso e mordeu o lábio, cobrindo um sorrisinho.

— Ah, obrigada — ela disse, pegando as toalhas de papel. — Vou só limpar isso bem rápido.

Bill observou os segundos correndo no vídeo sendo gravado. Ele limpou a garganta.

— Meu nome é comandante Bill Hoffman e sou culpado — anunciou para a câmera. — Culpado de abuso, manipulação e exploração. Sou culpado de reprimir toda uma comunidade de pessoas que somente desejam soberania e dignidade. Sou culpado de abandonar e trair um aliado próximo depois que eles sacrificaram onze mil de seus próprios soldados para derrotar o Estado Islâmico, simplesmente porque pedi. Sou culpado de fazer vista grossa quando armas químicas eram usadas contra civis inocentes.

Uma gota de suor caiu pelo lado do rosto dele. Bill a limpou.

— A queda do voo 416 e o caos e as mortes que ela causará são o menor vislumbre da dor e do sofrimento que o povo curdo sofreu por minha causa. Hoje, o veneno encherá seus pulmões, e o pânico tomará seus sentidos enquanto sufocam, arfando em busca do alívio que jamais virá. O cheiro pútrido de carne apodrecendo encherá seus narizes enquanto sua preciosa pele americana supura e apodrece até os ossos. Olhos, ardentes e vermelhos, cairão de seus crânios, arregalados de terror, enquanto vocês veem seus pecados mostrados em seus próprios corpos. Vocês vão se encolher na promessa vazia de seu privilégio e perceber que não são especiais. Que também vão morrer. E, nos seus últimos momentos cheios de horror, vão lembrar que milhares de curdos inocentes, homens, mulheres e crianças, se foram antes de vocês, sofrendo a mesma morte torturante. E tudo por causa de vocês. Vocês e sua ignorância. Sua indiferença. Sua falta de vontade de se importar. Então, agora, vocês e eu vamos pagar. Esta restituição patética não chega perto da justiça que os curdos merecem, mas é o melhor que posso fazer. Então, em nome... — A voz de Bill começou a tremer. — Em nome dos Estados Unidos... e em nome de minha família... venho diante de vocês com sangue curdo nas mãos e peço ao povo curdo perdão por meio de meu sacrifício e do sacrifício do voo 416.

O interfone zumbiu pela cabine de comando, e ele apertou o botão vermelho para interromper a gravação. Bill olhou para seu rosto congelado na tela à frente. Apertou um botão no console central.

— Sim — ele disse, a voz monocórdia.

— É o Ben — veio a voz do primeiro oficial. — Pronto para entrar.

— Um minuto — disse Bill —, o Controle de Tráfego Aéreo está falando.

No telefone, ele abriu o e-mail, anexou o vídeo a uma nova mensagem, colocou o endereço de e-mail de Carrie e apertou "Enviar". Colocando o telefone ao lado do computador, ele baixou a tela do laptop para poder deixar Ben entrar... mas parou.

Pensando melhor, ele reabriu o computador e foi para o e-mail. Clicou na pasta "Enviados", querendo certificar-se de que o e-mail tinha ido. Em vez disso, descobriu que a última mensagem era de quase vinte minutos atrás, antes da pausa para o banheiro. O e-mail com o vídeo não tinha sido entregue.

— Merda — ele sussurrou, recarregando a página.
Nada.

Jo bateu o dedo no pulso, olhando para a cabine de sua posição de bloqueio. Ela percebia que Bill estava enrolando.

No fundo, Kellie cruzava a *galley*.

— Acho que ela também é solteira — Jo disse sugestivamente, olhando por cima do ombro.

Ben estava ocupado enviando mensagens de texto. Ele olhou para cima, claramente sem saber de quem Jo falava.

— Hã?

Jo apontou com a cabeça para a parte traseira.

— Ah! Ela está solteira?

— É. Quer ficar aqui um pouco e eu a chamo? — sugeriu Jo, torcendo para seu tom ter a casualidade que planejara.

Bill sabia que Ben estava parado do outro lado da porta esperando enquanto Jo fazia o bloqueio. Já tinha sido uma pausa longa – ele imaginava que Jo tinha enrolado o máximo que conseguira – e, se não abrisse logo a porta, ia começar a parecer suspeito. Para Ben e para quaisquer outros olhos que os observassem. Ele recarregou a página de novo. A pasta "Enviados" permaneceu do mesmo jeito.

Jo observou Kellie jogar o cabelo para o lado com uma risada. A jovem pegou uma revista e a levou até o outro comissário de bordo – as curvas de seu uniforme apertado impressionavam mesmo do outro lado do avião.

Ben olhou para a porta da cabine de voo, depois de volta para a loira.

— Não sei, já foi tempo suficiente… Ah. Oi, Bill. Sim, estou pronto.

Ele desligou o interfone com mais um olhar para o corredor, enquanto Kellie abaixava-se e saía de vista.

— Na próxima pausa, com certeza, senhora Casamenteira.

Ele piscou para Jo enquanto a porta se abria e desapareceu lá na frente.

★★★

— Você se perdeu lá fora? — disse Bill.

— A Jo fala muito, cara.

Bill abriu o computador. Na parte superior da pasta "Enviados", estava o e-mail com o vídeo.

Jo ouviu a porta se fechar e trancar atrás dela. Virando-se e expirando fundo, ela rapidamente pegou o interfone e olhou através do avião para a *galley*.

Todos estavam em seus assentos, exceto por uma jovem saindo do banheiro. Tomando seu lugar, ela se tornou mais uma na massa; topos de cabeças ocasionalmente balançando no ritmo dos movimentos do avião, como ovelhas apertadas na traseira de um caminhão. Jo olhava para aqueles desconhecidos e se perguntava que reviravoltas do destino haviam trazido todos aqui, agora. Ninguém pagava para deixar a zona de conforto sem necessidade. Cada um a bordo tinha uma razão para estar ali. Ela se perguntou quem estava indo visitar amigos, quem iria para um casamento. Um funeral, uma viagem de trabalho, férias. Quem estava voltando para casa.

Sequestrando um avião.

Mas certamente nem todos os cento e quarenta e quatro passageiros a bordo eram uma ameaça. Então, sabendo o que sabia, era justo manter os inocentes no escuro? Contar a eles seria um risco para a família de Bill, é claro. Mas aquelas famílias a bordo não mereciam mais?

Ali estava de novo. O murmúrio leve em seu âmago. Ela o tinha ignorado na primeira vez, mas agora era mais forte, inevitável.

Jo sabia que Bill não derrubaria o avião. A confiança dela nele era sólida. Não, aquele não era o problema.

O problema era que ela temia que ele não pudesse confiar *nela*.

O terrorista iria matar a família dele se contassem aos passageiros. Aquilo estava claro.

Mas como os comissários de bordo poderiam não contar? Como poderiam não dar àquelas pessoas inocentes todas as vantagens possíveis para se proteger do que os ameaçava? Esconder aquilo deles, tomar decisões por eles, tirando-lhes a autonomia não parecia certo. Não parecia justo.

Pare.

Jo bloqueou a linha de raciocínio tirando o interfone do gancho. Eles protegeriam os passageiros, descobririam uma forma. Mas fariam isso sem contar a eles. Ela não podia trair Bill daquela maneira.

Ela observou os outros dois comissários de bordo na *galley* da parte traseira. Kellie segurava uma bandeja com bebidas. Ela riu com a brincadeira de seu companheiro de trabalho antes de sair para entregar as bebidas. Jo invejou a inocência deles.

Quando ela apertou um botão, uma luz verde se acendeu na parte traseira com um repique grave e agudo. Jo observou o colega cruzar a área e pegar o interfone.

— Serviços.

— Ei, Paizão — disse Jo. — Olha, a gente...

Ela parou. Não pelo interfone. Precisava falar com eles cara a cara.

— Pegue a Kellie e venham para cá. Precisamos conversar.

CAPÍTULO 6

Tomando cuidado com o colete suicida, Carrie levou o braço para perto do rosto.

A pele estava molhada, mas ilesa.

O saquinho de chá velho, da primeira xícara de Sam, estava em uma poça na mesa. O resto do chá velho e frio encharcava a parte da frente da camisa e da calça de Carrie. Seus próprios gritos de terror ecoavam na cabeça dela, assombrando-a por serem tão desnecessários.

Quando Sam puxara seu braço, as mãos dela ainda estavam formigando com o calor da caneca que tinha acabado de entregar a ele. Ela sabia o quanto aquela água estava quente. Esperou uma dor imensa. Então, quando o líquido atingiu sua pele, seus termorreceptores surtaram, enviando ondas de reação por todo o corpo. Foi apenas um segundo, mas seu cérebro levou aquele segundo para registrar as sensações da temperatura como *frias*, não quentes. Quando ela percebeu o truque de Sam, a chamada com Bill já tinha sido desconectada. A última imagem que ele tinha visto era de sua esposa sendo torturada. Ou era o que ele pensava.

Por favor, não faça nada idiota, Bill. Estou bem. Seja forte. Não ceda. Ele não me machucou. Querido, por favor. Não ceda.

Não era bem uma prece. Era mais um apelo que ela esperava que ele, de algum modo, fosse intuir.

O computador da família fez um barulho.

— Ele fez? — disse Sam, da cozinha.

Carrie olhou para a tela. Sua caixa de entrada tinha uma nova mensagem com um anexo pesado. Ela assentiu.

— Homem esperto — falou Sam, voltando para perto da família. — Que tal um pouco de entretenimento?

Abrindo o e-mail, ele deu início ao vídeo. O rosto de Bill apareceu na tela enquanto sua voz preenchia o silêncio da casa da família. Carrie ouvia, mas não conseguia olhar.

Em vez disso, ela observou Sam.

Tomando um gole do chá novo que Carrie lhe trouxera, ele fez uma careta, soprando o vapor. Jogando o saquinho usado de chá na primeira caneca, agora vazia, ele a levou para a cozinha e colocou na pia como um convidado muito cortês.

Sam voltou com um pano de prato e limpou em silêncio a mesa antes de pegar o braço branco e esguio de Carrie. Ele passava a toalha com uma mão para enxugar, enquanto a outra segurava o detonador. Olhou para os jeans molhados de Carrie e, piscando, virou o rosto e colocou o pano nas mãos atadas dela. Sam desapareceu no banheiro do térreo, mas voltou momentos depois com um lenço de papel. Scott ninava suavemente a irmã, que finalmente ficara quieta depois de chorar até a exaustão. Tinha chorado quase tanto quanto Elise quando Sam pegou o braço da mãe dele.

Andando até o menino, Sam colocou o lenço sobre o nariz dele.

— Assoe — ele disse.

Scott assoou e o homem dobrou o lenço, limpando o lábio superior da criança.

Era impossível evitar a voz de Bill, falhando de emoção. Carrie se virou.

— *Em nome dos Estados Unidos... e em nome de minha família... venho diante de vocês com sangue curdo nas mãos e peço ao povo curdo perdão por meio de meu sacrifício e do sacrifício do voo 416.*

O vídeo parou, e Carrie olhou por um longo tempo para a imagem congelada do rosto do marido. Desviando o olhar, descobriu que Sam a observava.

Ela sustentou o olhar dele. Uma energia carregada encheu a distância entre os dois enquanto um tentava ler o outro. Carrie podia perceber que suas reações, ou falta delas, não eram o que Sam havia esperado. Ele não parecia bravo nem hostil, nem com ela nem com as crianças. Não, ele parecia... curioso. Era o mais próximo que conseguia chegar de descrever. Ele parecia estar montando-a como um quebra-cabeças, como se gradualmente descobrisse qual peça se encaixava onde.

— Quando falei a seu marido que não era pessoal, era verdade.

Os lábios dela apertaram a mordaça sem se mover.

Vagando pela cozinha, Sam parecia examinar o espaço com um tipo de distanciamento clínico. Ele abriu a gaveta de talheres, fechou e repetiu o passo com a gaveta que continha utensílios de cozinha. Fazendo uma pausa na geladeira, inclinou a cabeça para o lado enquanto olhava para as fotos e os desenhos das crianças. Ele estudou o boletim de Scott com um olhar de aprovação por cima do ombro antes de se debruçar para examinar o calendário de família. Ele apontou para a data do dia.

— "Assistência técnica da internet, 11h30." Bem, aqui estamos — ele disse, rindo. — Por falar disso, sua internet está boa. Eu coloquei um bloqueador do lado da sua casa há umas noites. Obviamente, já o desliguei. Ah, eu também sou a pessoa que marca os atendimentos técnicos. Foi comigo que você falou no telefone no outro dia. Seu atendimento nunca entrou nos registros. Além disso, hoje é minha folga. E a CalCom acha que meu nome é Raj. — Ele sorriu, claramente feliz consigo mesmo. — Então, o que estou tentando dizer é... não há motivo para ninguém suspeitar. Ninguém está vindo ajudá-la.

Carrie não reagiu. Ela apenas escutou, assentindo levemente para expressar seu entendimento. O sorriso de Sam se dissipou um pouco. Ela se perguntou que tipo de reação ele esperava dela.

Ele continuou em seu tour particular pela cozinha e, ao chegar à pia, olhou pela janela por algum tempo antes de se virar e encostar no balcão com os braços cruzados.

— Carrie — ele disse —, você sabe onde fica a Itália?

A princípio, ela não reagiu. Então, hesitante, assentiu.

— E a Austrália?

Relutante, ela fez um movimento para cima e para baixo com a cabeça. Sam assentiu também, olhando para o chão. Por um longo tempo, ele não disse nada. Por fim, olhou para cima.

— Vou deixar você e sua família em paz, juro por Deus — ele falou. — Carrie, vou sair por aquela porta e nunca mais voltar... se você conseguir apontar o Curdistão em um mapa.

Carrie sentia uma nuance de esperança debaixo do rosto inexpressivo dele. Mas, quanto mais ela se sentava ali, imóvel, mais fraca ficava. Ele balançou a cabeça com um cacarejo, batendo o detonador contra o braço.

Carrie tentou falar, mas as palavras saíram como sons inteligíveis contra a mordaça. Sam pensou por um tempo, então foi até a mulher, curvando-se diante do rosto dela.

— Não vou me arrepender duas vezes. Entendido? — ele disse.

Ele desamarrou a mordaça, e o pedaço de tecido cheio de saliva caiu no colo dela. Ela alongou a mandíbula.

— Quantos — ela falou, por fim. Rouca, pigarreou. — Quantos filhos você tem?

Sam a encarou.

— Quê?

Carrie levantou o queixo na direção de Scott.

— Ninguém limpa o nariz de uma criança daquele jeito a não ser que tenha feito isso antes.

Um sorriso passou brevemente pelo rosto de Sam. Ele a estudou por um longo tempo antes de voltar à pia, a seu chá, a olhar pela janela.

Ficaram em silêncio por um bom tempo. Por fim, Sam cedeu, escolhendo suas palavras cuidadosamente.

— Não tenho filhos. Tive irmãos. Sou o mais velho de seis. Tinha dezoito anos quando o mais novo nasceu e planejava sair de casa não muito tempo depois disso. Eu ia… — Sam se interrompeu. — Planos. Eu tinha planos.

Ele deu um gole no chá. Elise balbuciou. Ele olhou para a bebê com um olhar desamparado.

— Quatro dias antes da minha partida, meu pai morreu. Minha mãe ficou incapacitada e, embora pudesse fazer a maior parte das coisas, precisaria de ajuda. Cinco filhos pequenos, Ahmad tinha só quatro meses. — Ele parou e balançou a cabeça.

Ahmad. Carrie fez uma anotação mental do nome. O irmão mais novo. A ferida mais profunda.

— Eu não podia ir embora. Sabia que não podia. — Sam deu de ombros. — Então não fui. Fiquei. Por dezessete anos, cuidei da minha mãe e ajudei a criar meus irmãos como se fossem meus filhos. Os mais jovens se lembravam muito pouco ou nada do nosso pai, se é que conseguiam. *Eu* era o pai deles.

Sam olhou para o chá como se mirasse outro mundo. Carrie não se intrometeu; ela esperou que ele voltasse a si sozinho. Quando ele o fez, sua voz estava baixa e triste.

— E então fui embora — ele disse, e então não falou mais nada.

— E... se me permite — começou Carrie, cautelosamente. — O que aconteceu com eles?

Sam inclinou a cabeça.

— Você fala deles no passado — disse Carrie. — O que aconteceu com sua família depois que você foi embora?

O que quer que tivesse acontecido com a família de Sam, fosse qual fosse a memória ou imagem que surgira na mente dele, Sam foi atingido com tanta força que chegou a dar um passo para trás. Ele olhou para Carrie com lágrimas nos olhos.

Carrie ficou boquiaberta, mas conseguiu gaguejar:

— E-eu sinto muito. Eu... eu não queria...

Ela tinha ultrapassado um limite. Olhando para Scott e Elise, ela se preocupou com o que Sam poderia fazer se perdesse o controle.

Sam cruzou os braços no peito de um modo que parecia defensivo e quase ferido. Em qualquer outra situação, ela talvez sentisse um ímpeto maternal de consolá-lo. Ele parecia exposto de uma maneira injusta.

— Eu... — ele começou, fracamente.

O zunido agudo de um veículo freando veio da frente da casa. Sam pegou a arma do balcão e a apontou para a entrada. Seus olhos estavam arregalados, e ele respirava pela boca. Qualquer suavidade ou vulnerabilidade que Carrie tivesse vislumbrado momentos antes havia desaparecido.

Sam foi para o outro lado da cozinha e ficou na frente de Carrie, que estava sentada ao computador na sala de estar.

— Consegue ver pela janela da frente? — ele perguntou.

— Se eu ficar ali. — Ela apontou com as mãos presas na direção da ponta da sala de estar.

Ele fez um gesto para que ela se movesse.

Enquanto ela atravessava a sala, ouviu o som de motores pesados dando partida. Chegando à parede do canto, ela esticou a cabeça para ver o lado esquerdo da janela panorâmica da sala de TV. Arbustos altos cobriam o jardim, mas ela podia vislumbrar o topo do caminhão da UPS que saía da casa do vizinho da frente.

— Era um caminhão de entrega — ela disse, virando-se para Sam.

As sobrancelhas dele estavam unidas com força, e ele não parecia convencido. Ele pensou por um momento e então apontou a arma para as crianças. Carrie sentiu a respiração presa na garganta.

— Vá fechar as cortinas — ele ordenou, fazendo um gesto para a sala de TV. — Anda logo.

O coração de Carrie disparou enquanto ela corria para a sala de TV. Ela fechou as cortinas com força e atravessou o cômodo escurecido em direção à cozinha. Ficou fora de vista por meros segundos, mas o alívio que sentiu ao ver as crianças no mesmo local, ilesas, foi imenso.

Mas ela escondeu tudo. Disse a si mesma que Sam não conseguiria nada dela. Ele a observou andar tranquilamente de volta para seu lugar no computador e fechou ainda mais a cara. Havia uma profunda confusão em seu olhar. Ele a observou por mais um momento antes de falar com voz nítida. A arma ainda estava apontada para as crianças.

— Não tenho certeza se gosto da maneira como está lidando com isso, com tanta calma.

CAPÍTULO 7

Jo se apoiou enquanto esperava os outros comissários de bordo chegarem à parte da frente. Tinha tentado soar bem despreocupada quando os chamara. Os coitados não sabiam o que em breve os atingiria.

— O que foi? Vamos rezar? O que está acontecendo aqui? — disse Paizão, assustando Jo com sua aproximação silenciosa.

Seu crachá podia dizer "Michael Rodenburg", mas todos na Coastal o conheciam como Paizão – e todo mundo na Coastal conhecia o Paizão. Um metro e sessenta, pouco mais de cinquenta e dois quilos totalmente vestido; estivera na primeira aula dos comissários de bordo da companhia aérea e era um de poucos ainda voando com um número de funcionários só de três dígitos. A Coastal Airways era sua terceira companhia aérea desde que ele começara a carreira uma vida atrás (o ano exato, ele nunca dizia com exatidão). Ele era uma fonte inesgotável de lendas dos comissários de bordo, cuja autenticidade ninguém ousava questionar. Os passageiros e a tripulação ou o amavam, ou não tinham ideia de como lidar com ele. De qualquer modo, Paizão podia se safar de qualquer coisa.

— Cadê a Kellie? — quis saber Jo.

— Está vindo.

— Ótimo. Escute. As coisas vão ficar… interessantes. Tudo bem? Vou explicar assim que ela chegar aqui, mas você e eu somos os experientes. Vamos precisar segurar a onda porque não sei como a Kellie vai reagir.

— Reagir a quê? — perguntou Kellie, aproximando-se sorrateiramente de trás da cortina da *galley*.

— Ouça, menina — disse Paizão, batendo as mãos. — O treinamento acabou. O negócio agora é real. Mas, não importa o que Jo diga, apenas lembre: aviões podem voar, sem problema, com apenas um motor, e, se ao menos setenta e cinco por cento das pessoas que agora estão no avião saírem vivas, eu considero isso uma ação bem-sucedida.

— Não está ajudando — falou Jo, arqueando uma sobrancelha. — Certo, vejam. Estamos enfrentando algo que... Eu... Olhem, vamos ter que... — Ela suspirou. — Gente, isso é uma novidade.

Ignorando os olhares dos colegas, ela seguiu, arrancando o Band-Aid com tanta rapidez e clareza quanto Bill fizera com ela. Nenhum deles moveu um músculo sequer nem teve uma reação visível enquanto ouviam em silêncio sobre a situação atual.

Assim que Jo terminou de falar, os olhos arregalados de Kellie dispararam entre a colega e Paizão como se a moça estivesse assistindo a uma partida de tênis, os segundos correndo enquanto os dois membros mais experientes da tripulação simplesmente se olhavam com sobrancelhas levantadas e lábios apertados. Na instrução pré-voo, Jo havia perguntado há quanto tempo ela estava em rota regular. Kellie tinha dito pouco mais de um mês. Jo percebeu que a pobre garota provavelmente ainda não enfrentara nem sua primeira emergência médica, nem mesmo oxigênio.

— Eu cubro o serviço, não se preocupem com isso — ofereceu Kellie.

Os outros dois a olharam.

— Ahn... como assim? — perguntou Jo.

— Tipo, enquanto vocês lidam com a crise. Eu fico com todos os pedidos de comida e bebida.

Jo e Paizão se entreolharam. Jo falou baixo:

— Amor, ouça. As coisas normais? As bebidas, comidas e o sorriso? Você sabe que não é por isso que estamos aqui, certo?

— Claro, mas ainda precisa ser feito — disse Kellie. — Então estou dizendo que vou tomar conta de tudo para que vocês possam se concentrar, tipo, nessa outra coisa.

Jo observou a jovem comissária de bordo colocar luvas de plástico e abrir uma sacola de lixo.

— Vou recolher o lixo e só, sabe, fazer o serviço — disse Kellie. — Provavelmente é melhor eu ficar fora do caminho, de qualquer jeito. Sou tão nova, eu... eu apenas ficaria no caminho, tenho certeza.

Jo fechou os dedos em torno do antebraço da moça, puxando-a para trás quando ela tentou ir embora. Uma lágrima pesada deslizou pelo rosto de Kellie, caindo no vestido vermelho dela, bem acima das asas.

— Kellie — disse Jo. — Esse não é nosso trabalho. Serviço é só algo que providenciamos.

Fazia décadas desde o treinamento inicial de Jo, mas isso não importava. As cinco semanas de treinamento voltaram vívidas, em Technicolor, como se ela tivesse participado das aulas que Kellie fizera no mês anterior. Estudos sem trégua seguidos por testes escritos. Primeiros cuidados e autodefesa. Ensaiar, repetidamente, a evacuação de centenas de pessoas de uma aeronave em chamas ou de um pouso na água. Ela e suas companheiras de sala, sem fôlego e suando, tinham gritado ordens até ficarem roucas, orquestrando a sobrevivência. Tinham aprendido os diferentes tipos de incêndios e diferentes maneiras de combatê-los. Substâncias perigosas, ataques cardíacos, sequestros. Regulações federais e agentes federais aéreos. Turbulência. Terroristas. E tudo isso em um tubo de metal pressurizado, a trinta e oito mil pés de altura, a mil quilômetros por hora. Cinco semanas de treinamento, e apenas em um dia foram instruídas sobre comida, bebidas e hospitalidade. Jo observou a jovem comissária de bordo respirar com dificuldade, sabendo que era o momento em que Kellie entendia o que seu trabalho *de fato* era.

Kellie olhou para o fundo da aeronave. A cabeça ia para a direita e para a esquerda. Ela olhou para cada saída. Mudando o peso do corpo, ela se soltou de Jo.

— Querida — disse Jo —, para onde você iria?

Kellie olhou para o fundo do avião sem resposta.

Paizão pigarreou. Fechando os olhos, ele abriu as narinas em uma respiração profunda.

— Certo — ele falou, abrindo os olhos. — Vou dizer uma coisa. Quando isso tudo acabar e estivermos saindo do avião no JFK, alguém vai precisar levar minha mala, porque eu vou estar empurrando *aquele* grandão — ele apontou um dedo enfático para o carrinho de bebidas — para fora do avião e diretamente para o meu quarto de hotel.

Virando-se para Kellie com um olhar que dizia *"E quanto a você?"*, Jo esperou.

— Não estou pronta para algo grande assim — sussurrou Kellie. — Nem saí do período de experiência.

Jo tentou não rir. Em um momento como aquele, a pobre garota estava preocupada com ter problemas com o supervisor.

— Eu sei, querida. Não parece justo, não é? — Ela balançou a cabeça. — Mas é a realidade.

Os três ficaram em silêncio por um momento, processando tudo aquilo. Kellie limpou as lágrimas, aceitando os guardanapos que Paizão lhe dera. Assoando o nariz, ela esfregou os lábios e pigarreou, tentando sorrir. Os outros educadamente ignoraram seu rosto trêmulo.

— Sou da turma do uísque — disse Kellie, a cadência juvenil fazendo a maior parte de suas declarações soarem como perguntas. — Então vou ficar com algumas doses de uísque com refrigerante de gengibre.

— Bem, então está certo — disse Jo, assentindo em aprovação. — Uísque com refrigerante de gengibre para você, uma garrafa inteira daquele Chardonnay da primeira classe para mim e, imagino, o resto do carrinho para o Paizão.

— Isso mesmo — confirmou ele.

— Mas, até lá — continuou Jo —, precisamos preparar este avião e cento e quarenta e quatro passageiros para um ataque químico no ar e um pouso de emergência. Certo? Bom, tenho uma ideia…

— Perdão — veio uma voz de trás, fazendo com que os três pulassem. Era o homem do assento da janela na segunda fileira, à esquerda do avião. — Gostaria de saber quais lanches…

— Não — disse Paizão. — Estamos ocupados. Você comeu seu frango há meia hora, seu nível de glicose está ótimo.

Fechando a cortina da área de preparo de alimentos na cara do homem estupefato, Paizão se virou para a tripulação.

— Que foi? — ele disse, em resposta à expressão de Jo. Revirando os olhos, enfiou a cabeça na cabine de passageiros. — Brincadeirinha — falou, fingindo timidez. — Jo tem pipoca, batatinha frita, amêndoas, balas de goma e uns chocolatinhos.

Com batatinhas fritas e um refrigerante de gengibre nas mãos, o passageiro olhou os três comissários de bordo com suspeita antes de voltar ao seu assento. Paizão fechou as cortinas atrás dele.

— Certo — ele disse. — Chega dessa bobagem. O avião inteiro está isolado. Jo. Qual é sua ideia?

Jo pensou em todos os problemas que enfrentavam. O ataque a gás. Washington, D.C. A família de Bill. O espião desconhecido a bordo. Havia tanta coisa acontecendo, mas a maior parte estava totalmente fora do controle deles. Não podiam se dar ao luxo de perder tempo e energia se preocupando com tudo aquilo.

— Certo. Então — começou Jo. — Há muita coisa acontecendo, mas o problema em que *nós* precisamos nos concentrar é o ataque na cabine de passageiros. Não temos ideia do que seja, então vamos apenas imaginar que é o pior cenário possível e planejar a partir disso.

— Gás sarin — falou Paizão. — Ricina. Agente VX. Antraz. Cianeto. Meu Deus, e se for toxina botulínica?

— Deixe disso — disse Jo. — Isso é nível arma química de guerra. Duvido que essa gente tenha botado as mãos em algo assim.

— Hum, conseguiram sequestrar um voo doméstico comercial no mundo pós-Onze de Setembro. Não acho que deveríamos descartar nada.

— Então, digamos que seja um desses — disse Kellie. — O que podemos esperar que aconteça? Tipo, conosco. Se respirarmos a coisa.

— Assim… — começou Paizão, fazendo um floreio com a mão. — Estamos falando de falta de fôlego? Paralisia muscular? Dor abdominal, vômitos e diarreia? Perda de consciência? Espumar pela boca? E, hã. Bem. Morte.

Jo apertou o dorso do nariz.

— Em resumo, não queremos respirar isso. Portanto — disse Jo, cruzando os braços —, aqui está minha ideia. Os passageiros vão precisar de oxigênio limpo…

— As Unidades de Serviço dos Passageiros — disse Kellie.

— Sim! — disse Jo. — Exatamente. Todos a bordo têm oxigênio bem acima da cabeça. Só precisamos soltar as máscaras.

Abrindo o compartimento abaixo de seu assento de tripulação, Jo retirou uma pequena lâmina de metal presa lá dentro. A ferramenta manual era essencialmente uma versão cara de um clipe de papel aberto em linha reta. Ela a levantou e os três olharam para o equipamento de emergência menor e mais irrelevante em qualquer aeronave. Seu único propósito era soltar as máscaras acima dos assentos – manualmente, fileira a fileira – na improbabilidade de que a soltura automática não ocorresse. Nenhum deles jamais a usara ou achara que iria usá-la.

— Precisamos imaginar que o ataque vá acontecer antes de pousarmos, bem perto da descida final — disse Jo. — Mas precisamos estar prontos. Honestamente, o mais rápido que pudermos. Não sabemos quanta resistência virá dos passageiros, e vai levar algum tempo mesmo que tudo corra perfeitamente. O que significa que precisamos começar a soltar as máscaras logo.

— Então o que vai dizer no seu aviso? — perguntou Kellie.

— Meu aviso? — retrucou Jo.

Kellie abriu as mãos.

— Ué, vamos só começar a soltar as máscaras? E... esperar que não reparem?

— Bem, veja, é aí que precisamos planejar e inventar alguma coisa. Porque obviamente não podemos dizer a eles o que está acontecendo.

Os outros dois a olharam. Paizão levantou a mão.

— Josephina... pergunta rápida. Que *merda* é essa?

— Não podemos contar nada a eles. Os terroristas vão matar a família de Bill se contarmos.

— E isso é realmente horrível e sinto muito. Mas e essas pessoas? Vamos só deixar que se deparem cegamente com um ataque que sabemos que está a caminho?

Jo balançou a cabeça.

— Não é só a família de Bill. Tem um plano B, lembram? Aqui na cabine. Conosco.

A voz dela estava subindo com a ansiedade. Inspirando, ela olhou por trás da cortina para examinar a cabine de passageiros. Duas pessoas esperavam para usar o banheiro no fundo. Um homem estava no corredor ninando seu bebê. Nada parecia estranho.

— Olhem — ela disse. — Precisamos nos conter. Não podemos deixar ninguém saber que está acontecendo algo.

— Certo — falou Kellie. — Então, outra vez. Vamos soltar as máscaras e sorrir e balançar a cabeça? Como se fosse algo que fazemos normalmente nos voos?

Jo suspirou e baixou a cabeça.

— Eu sei. *Eu sei*. Olhem, não tenho resposta para tudo. A única coisa de que tenho certeza é que temos de soltar aquelas máscaras. Precisamos dar a essas pessoas o que elas precisam para sobreviver. Vamos apenas começar daí, tudo bem?

Paizão levantou as mãos em rendição e Kellie assentiu. Os motores zuniam, um bebê chorava ao fundo e alguém na primeira classe fechou um compartimento de bagagem. Os três comissários de bordo olhavam para o chão em meio ao barulho ambiente.

Com um pequeno arquejo, Paizão cobriu a boca com um brilho de *eureca!* nos olhos.

— O Regulamento Federal de Aviação! — ele disse. — Como pudemos nos esquecer do Regulamento Federal de Aviação quatro-ponto-dois-ponto-sete? Ele claramente diz que, se houver uma falha no sistema de suprimento de oxigênio da cabine de passageiros, os comissários de bordo devem soltar manualmente todas as máscaras de oxigênio das Unidades de Serviço dos Passageiros, para que, no caso improvável de uma descompressão, os passageiros tenham acesso ao oxigênio.

Kellie piscou.

— Eu não conhecia esse Regulamento Federal de Aviação. Quer dizer, se é isso que devemos fazer, então obviamente...

— Ele inventou isso — explicou Jo.

Paizão fez uma mesura.

— Quer mentir para eles? — questionou Kellie.

— Faço isso o tempo todo — disse Paizão. — Imagino que ainda não estejam ensinando no treinamento inicial.

— Não, ele tem razão — afirmou Jo. — Você acreditou, então eles também vão acreditar. Acho que vão cair nessa. Apenas precisamos das máscaras para fora. Vamos deixar isso resolvido antes, aí veremos o que fazer depois.

— Certo, tudo bem. Vamos terminar logo com isso — disse Kellie. — Mas eu não vou fazer o comunicado. Vocês podem falar.

— Vamos *todos* falar — contou Jo. — Ninguém vai fazer um comunicado.

— O quê? — disse Paizão.

— Estamos tentando fazer as coisas em segredo, lembram? Bill ainda está na videochamada e o primeiro oficial não sabe que há algo acontecendo. Ele não pode saber que tem algo acontecendo.

— Os pilotos conseguem ouvir nossos comunicados? — perguntou Kellie.

— Mais ou menos. Eles sempre ouvem quando estamos fazendo o anúncio, mas não com clareza. Mas, se quiserem, podem mudar o áudio e ouvir. Só que normalmente não fazem isso. Então, quanto menos atenção nós atrairmos, melhor. Precisamos fazer parecer irrelevante. Não apenas por nós aqui atrás, mas pela família de Bill.

Jo pensou em Carrie. Ao longo dos anos, os piqueniques e as festas de Natal da companhia tinham se transformado em reuniões particulares das famílias. As duas não eram melhores amigas, mas um encontro para um drinque aqui e ali as mantinha em contato. Quando Scott nasceu, Jo deu a Carrie um monte de roupas antigas do filho e amava as fotos que recebia do bebê nos antigos looks de seu menino.

Dispersando o fluxo de imagens na cabeça, ela voltou a se concentrar.

Theo ia cuidar da família.

Bill ia cuidar do avião.

Eles precisavam cuidar dos passageiros.

CAPÍTULO 8

Batendo o telefone na perna, Theo observou o trânsito na 405 se abrir para deixar a procissão deles passar. Os SUVs sem identificação e um centro de comando móvel sem janelas era o máximo de sutileza que o FBI poderia oferecer.

— Desligue as luzes e as sirenes assim que sairmos da estrada — disse Liu ao motorista. — Senhoras e senhores, nosso suspeito não tem ideia de que estamos a caminho. Essa é nossa única vantagem. Esta é a família Hoffman.

Liu se virou e mostrou um tablet com uma foto de rede social, e os capacetes de combate da equipe tática subiram e desceram.

— O nome da mãe é Carrie, as crianças são Scott e Elise, dez anos e dez meses, respectivamente. A mãe está usando um colete suicida. O detonador sem fio está na mão do suspeito, que também está vestindo um colete. Então, o que sabemos sobre ele? Homem, estimados trinta e poucos anos. Trabalha para uma empresa de telecomunicação, e seu nome inteiro é algo que começa com "s", mas ele atende por Sam.

Theo sentiu que Liu o olhava. Ele verificou o telefone para ver se havia algo novo, ou mais útil, de sua tia. Nada.

— Esta é uma missão apenas de exploração, entendido? — ela continuou. — Estamos estabelecendo um perímetro e conduzindo o reconhecimento. Toda a nossa inteligência está sendo passada para a Equipe de Resgate de Reféns, que está sendo consultada e está se preparando para a mobilização neste minuto. Se a força tática for necessária, esperamos por ela. A não ser que não exista outra opção.

Theo ajustou o colete à prova de balas. Ele já se sentia deslocado, mas, quando a Equipe de Resgate de Reféns chegasse, aquele sentimento se intensificaria. Ele não era da equipe tática e definitivamente não era membro da Equipe de Resgate de Reféns, a unidade tática de elite do FBI treinada para lidar com situações de risco extremo. A única razão pela qual estava na missão era por ser o contato entre o avião e o solo. Liu certificou-se de que ele entendesse aquilo.

Saindo da estrada, as sirenes e o giroflex do veículo cessaram. O silêncio súbito apenas aumentou a expectativa sentida por Theo e os outros agentes.

— Localização, por favor — pediu Liu no transmissor que conectava todas as unidades.

Alguém na van enviou ao tablet dela o mapa digital, que ela estudou com crescente desaprovação.

— É uma localização de merda para a gente — disse uma voz em todos os fones. — Bairro residencial em Playa del Rey, próximo à avenida Manchester. A casa está no topo de uma rua que se abre em três vias, flanqueada por outras casas nos três lados. Há bem pouca área traseira ou lateral para trabalharmos.

— A parte da frente é exposta demais. Não podemos ir todos — disse Liu. — Alpha vai se aproximar pela frente, bem na rua 83. Unidades Bravo e Charlie, quero seus veículos atrás na 82 e a leste em Hastings. Comando, fique onde a 83 cruza a Saran. Quando estiver em posição, avise e espere por minhas ordens para avançar a pé. Entendido?

Os líderes das unidades responderam que sim, as vozes ouvidas em todos os quatro veículos e em todos os fones de ouvido. Os veículos se dividiram para tomar suas posições e Liu, Theo e os agentes da unidade Alpha continuaram pela Lincoln, parando no trânsito no semáforo vermelho, esperando para virar na Manchester.

Theo olhou pela janela para uma família saindo do restaurante Hacienda Del Mar, de acordo com a placa desbotada. Um adolescente segurava a porta aberta atrás de si, a mãe seguindo com uma quentinha na mão. O pai palitava os dentes enquanto a irmã mais nova ia atrás de todos, mais dançando que andando para fora do restaurante. O sinal ficou verde e o veículo seguiu em frente, a cena ficando para trás. Theo imaginou se os Hoffman algum dia haviam comido ali. Era bem perto da rua deles. Talvez no dia anterior mesmo eles parecessem aquela família, saindo do restaurante felizes, sem saber o que estava para vir.

— Unidade Bravo no lugar — disse uma voz poucos minutos depois. Logo, Charlie e o centro de comando reportaram o mesmo.

— Unidade Alpha está virando na Berger agora. Fique aí — ordenou Liu.

O SUV desacelerou, parando do lado direito da rua.

Liu murmurou um palavrão. Theo inclinou o pescoço para ver e entendeu imediatamente.

— Não dá para ver merda nenhuma — disse Liu. — Vamos precisar chegar bem mais perto do que pensávamos. O jardim tem umas árvores e alguns arbustos. Só o suficiente para esconder dois, talvez três agentes.

— Espere, Bravo talvez consiga entrar — ouviram uma voz dizer.

A unidade Bravo estava atrás da casa, na rua 83, e poderia acessar o quintal dos Hoffman se passasse pelos vizinhos. Na propriedade dos Hoffman, parecia haver várias árvores grandes e uma pequena estrutura, um tipo de barracão ou oficina, para cobertura.

— Ótimo — respondeu Liu. — Quantos agentes cobertos e ocultos?

— Quatro, talvez cinco.

Liu assentiu para si mesma.

— Unidade Bravo, seguir.

— Afirmativo. Saindo — disse uma voz.

— Charlie — chamou Liu. — O que está vendo?

Uma voz esbaforida surgiu na linha.

— Estamos na parte de trás, fomos para oeste a pé, senhora. Sem civis na área. Vamos avaliar a entrada do jardim lateral assim que estivermos em posição.

Liu respondeu afirmativamente e então ninguém disse nada pelos próximos minutos enquanto as unidades Bravo e Charlie tomavam suas posições. Acima dos arbustos, Theo podia ver o topo da janela da frente da casa, mas, por causa do brilho do sol, não sabia dizer se as cortinas estavam fechadas. Se estivessem abertas, não havia como se aproximar pela frente sem estar na linha direta de visão, o que significava linha direta de fogo. A zona de morte.

— A unidade Bravo está em posição — uma voz abafada afirmou nos ouvidos deles. — Mas temos zero visibilidade. Todas as janelas traseiras estão cobertas.

— Entendido — disse Liu. — Fique em posição. Unidade Charlie. Eu quero...

— Comando para Alpha — uma voz interrompeu. — Temos um problema. Um pedestre civil indo para leste a pé, parece estar sozinho, parece ir de porta em porta.

Theo se inclinou, olhando para a esquerda. Um homem com uma prancheta apareceu, dirigindo-se para a frente da residência que ficava duas antes da dos Hoffman. Ele bateu, e a porta foi aberta por uma pequena senhora, que pareceu confusa com a presença dele. Ela balançou a cabeça e foi fechar a porta, o homem mal conseguindo colocar um panfleto na mão dela antes que ela fechasse a porta em sua cara. Andando de volta para a entrada, ele parou para fuçar no telefone antes de começar uma conversa animada, aumentando o volume de seu fone Bluetooth. A parte de trás de sua prancheta dizia a mesma coisa que o lado de sua sacola, ambas em letras irritantes azuis e vermelhas: "CAMPBELL PARA O CONGRESSO!". O homem se dirigiu à casa seguinte, vizinha da dos Hoffman.

— Filho da puta — disse Liu. — Precisamos pará-lo.

Ordenando que a unidade Charlie ficasse em posição, ela virou para ficar de frente para o grupo Alpha. Theo percebeu que todos os outros agentes, com exceção dele, usavam o equipamento tático completo com as palavras Grupo Tático FBI escritas em amarelo brilhante nas costas.

— Rousseau — chamou Liu.

— Senhora?

— Tire o equipamento, agora. Você vai interceptá-lo.

O agente Rousseau piscou para a diretora. Remover seu equipamento levaria minutos. Ele começou freneticamente a tirar a roupa de proteção, verificando o progresso do político. O homem já tinha batido na porta do vizinho e ninguém atendia. Curvando-se, ele colocou um panfleto na caixa de correio.

— Precisamos pará-lo — disse Theo, apertando as mãos no vidro. — Ele não pode ir até lá, é muito perigoso.

— Tenho cinco agentes já dentro do perímetro interno. Não sabemos com que estamos lidando. E você quer acabar com a nossa cobertura? — questionou Liu. — Rousseau! Vá logo!

Theo observou o agente brigar com alças e amarras. Não havia como fazer aquilo a tempo. Sem chance. Theo olhou em torno da van; os agentes observavam inativos o colega tirar o equipamento. Theo não conseguia acreditar naquilo. O político ia tocar a campainha dos Hoffman antes que Rousseau estivesse na metade, e nenhum dos agentes parecia entender aquilo.

Ou não entendiam, ou as ordens de sentar e esperar os cegavam para a urgência.

Theo olhou para seu próprio equipamento, apenas o colete à prova de balas.

Abrindo o velcro, ele saiu de dentro dele, deixando-o no assento enquanto saltava do carro. Liu bateu no vidro com uma série de xingamentos abafados, mas Theo a ignorou, correndo na direção da casa dos Hoffman.

CAPÍTULO 9

Jo enfiou a ponta da ferramenta de remoção manual na pequena abertura e puxou para cima. O painel do teto se abriu por meio de dobradiças e quatro máscaras de oxigênio caíram com um balanço perverso de palhaço de mola.

— Por que isso é necessário, mesmo? — perguntou uma mulher à comissária de bordo.

O homem ao lado dela, no assento da janela, não escondeu o ceticismo, cruzando os braços cruzados diante do refrigerante de gengibre e do saco de batatas fritas agora vazios.

— Querida, eu não faço as regras. Apenas as cumpro — disse Jo. — Um sensor lá na frente disse aos pilotos que o sistema que solta as máscaras automaticamente pode não estar funcionando. Quando isso acontece, os protocolos da Administração Federal de Aviação exigem…

Jo havia começado pela primeira fileira da primeira classe, Paizão pelas fileiras acima das asas e Kellie pela fileira dezoito. Fileira por fileira, os três informavam os passageiros sobre o regulamento, soltando as máscaras, respondendo a perguntas e fazendo tudo rapidamente para que pudessem se dirigir às fileiras seguintes.

"Permaneçam calmos e confiantes", disse Jo a eles antes de começarem. A tripulação dava o tom. Se não parecesse grande coisa para eles, não pareceria para ninguém. Não estavam manipulando os passageiros de fato, mas criando engenhosamente uma percepção que seria boa para todos na aeronave.

Como comissária de bordo de carreira e mãe de dois, Jo sabia que não havia muitas diferenças entre os dois papéis.

Colocar as máscaras para fora. Era o passo um – o mais importante. Tirar as máscaras e deixá-las à disposição para que os passageiros pudessem se proteger quando chegasse a hora.

Passo dois: gerenciar as inevitáveis confusão e resistência.

Passo três: lidar com qualquer "plano B" que pudesse aparecer depois dos passos um e dois.

Passo quatro: lutar e sobreviver ao ataque de fato.

Passo cinco: evacuar o avião ao pousar no JFK.

A equipe decidiu se concentrar no passo um, que, à luz de todo o resto, parecia manejável.

Máscaras amarelas penduradas começaram a encher o avião conforme os três comissários de bordo faziam um progresso contínuo. Quando terminava uma fileira, Jo fazia uma rápida varredura visual da cabine de passageiros antes de seguir para a próxima. Ela não sabia o que procurava; não era como se alguém com máscara de esqui fosse pular e mandá-la levantar os braços. Ainda assim, ela imaginava que algo iria parecer estranho. Mas nada parecia. Jo já se sentia caçada, e a falsa sensação de normalidade piorava a tensão.

Cada fileira pulava quando o compartimento se abria, mesmo sabendo que deveria esperar por isso. Os passageiros agradeciam Jo depois que as máscaras caíam como se ela tivesse acabado de servir entradas quentes de frango a eles. Estavam confusos e nervosos, compreensivelmente.

Mas, por fim, eles cooperavam.

Jo tinha imaginado que as coisas fossem ocorrer daquela maneira. Afinal, um voo é apenas uma amostra aleatória da população geral, uma curva de sino clássica. Alguns idiotas e alguns exemplares, mas fundamentalmente um bando de ovelhas.

Jo muitas vezes sentava-se em seu assento dobrável durante a decolagem e examinava o grupo reunido em determinado voo. Ela considerava quem seria a pessoa fisicamente apta disposta a ajudar em uma emergência. Encontrava seus pontos de tensão, os passageiros que já demonstravam tendência a desobedecer. Mas também entrava em perguntas como: "Certo, se algo acontecer, quem será o alívio cômico? Quem será o dramático? Quem é o rebelde? Quem é o herói? Quem é o covarde?".

"Eu sabia", Jo disse para si mesma observando uma mulher vir pisando duro pelo corredor. O marido ficou para trás segurando um bebê que se contorcia.

— Eu tenho um filho — a mulher explicou a Jo de um modo que de alguma forma parecia uma acusação.

Jo olhou sobre o ombro da mulher.

— E ele é adorável. Parabéns.

— Não tem graça — sibilou a mulher. — O tipo de trauma emocional que meu bebê está sofrendo com essas, essas… *coisas* em todo lugar… — Ela fez um gesto para as máscaras. — Vai afetá-lo para sempre.

Jo tentou não olhar para um casal jovem que segurava o próprio filho, mais ou menos da idade do filho da mulher.

— Senhora, sinto muito se acha isso uma perturbação. Infelizmente, as normas exigem…

— Não me importo com as normas.

— Bem, infelizmente, a Administração Federal de Aviação se importa. É para a segurança de seu filho.

— *Eu* decido o que é seguro para meu filho — disse a mulher, inclinando-se para examinar o crachá com o nome de Jo. — Jo o quê?

— Desculpe?

— Qual é seu sobrenome, Jo? Eu *vou* escrever para a companhia.

Jo mudou o equilíbrio do corpo.

— Apenas para me certificar de que entendi, senhora. Vai escrever para a companhia aérea para informá-la de que esta tripulação não apenas conhece as normas da companhia e da Administração Federal de Aviação mas também as segue? — Ela fez uma pausa. — Watkins. W-A--T-K-I-N-S. Gostaria do e-mail do meu supervisor também? Posso escrever tudo para a senhora se ajudar. Eu realmente quero me assegurar de que essa informação chegue às pessoas certas.

A mulher curvou os lábios.

— Como você se atreve a achar…

— Ah, cale a boca, minha senhora — disse o homem no assento da janela ao lado do casal jovem. — Ela só está fazendo o trabalho dela.

— Não me diga para…

— Seu filho ainda caga nas calças. Ele nem sabe onde o nariz dele está.

— Meu filho…

— Senhora — disse Paizão, colocando-se entre a mulher e a fileira. — Seu bebezinho lindo está ali atrás se perguntando por que a mãe dele está gritando com as pessoas. Por favor, volte para seu lugar e informe-o das boas notícias... A Coastal vai lhe dar um monte de milhas de graça por esse trauma pessoal angustiante que só a senhora, mais ninguém, precisou suportar.

— Eu vou...

— Epa — disse Paizão, levantando a palma da mão. — Mais uma palavra e as autoridades estarão à espera da aeronave.

— Mas...

— Senta lá, Cláudia, pelo amor de Deus — ele disse.

— Meu nome é Janice.

Paizão franziu o nariz.

— Será que é, mesmo?

Apertando os olhos, ela saiu batendo o pé e bufando, o marido parecendo legitimamente com medo quando ela se sentou de novo.

— Não se preocupem — disse Paizão, alto o suficiente para que as fileiras em torno dele ouvissem. — Não vou recompensar esse comportamento. A única coisa que ela vai conseguir é um adolescente problemático. Jo, o avião está de acordo com a Administração Federal de Aviação aqui atrás — ele falou com uma continência.

— Perfeito. Obrigada — respondeu Jo, antes de se inclinar, abaixando a voz. — Alguém levantou suspeitas?

— Talvez um cara — disse Paizão, em um sussurro. — Assento do corredor, à direita do avião, duas fileiras atrás de mim. Cabelo raspado.

Jo mudou o equilíbrio do corpo de modo indiferente para olhar atrás de Paizão. Lançou um olhar rápido para o homem.

— O cara alto?

— Só alto? — perguntou Paizão. — Quando ele foi ao banheiro, precisou se abaixar.

— O que ele tem de suspeito?

Paizão balançou a cabeça.

— É só um palpite. Kellie e eu na verdade achamos o jeito dele estranho antes de isso tudo começar.

Jo assentiu.

— Vamos ficar de olho nele. Mande a Kellie aqui. Vou checar a lista de passageiros, assim ela pode colocar o nome dele no Google e ver o que aparece.

Paizão foi para a traseira enquanto Jo terminava as últimas fileiras, que seguiram sem incidentes. Estava soltando o último conjunto de máscaras quando Kellie apareceu atrás dela.

— Não sabia que o Rick Ryan estava na primeira — disse Kellie, os olhos treinados na parte da frente do avião.

Olhando sobre o ombro, Jo viu o garoto que esteve sentado no assento da janela na fileira dois encostado do lado do banheiro, olhando o telefone. Ele não era de fato um garoto. Provavelmente tinha em torno de vinte e cinco anos. Mas a touca, o capuz e as tatuagens davam a impressão de um bloqueio de desenvolvimento. Jo imaginou que ele fosse considerado descolado e moderno pelos que sabiam o que era descolado e moderno.

— E eu deveria saber quem ele é? — disse Jo.

— Ele tem tipo dez milhões de seguidores no Instagram — respondeu Kellie.

— Por quê?

Kellie deu de ombros.

— Mas por que ele é famoso? O que ele faz?

— Na verdade não tenho ideia. Ele só é.

Vendo as duas observando-o, ele fez um sinal para que elas se aproximassem.

— Não se atreva a pedir um autógrafo — Jo sussurrou para Kellie enquanto andavam.

— Sr. Ryan, precisa de algo?

— Preciso — ele disse. — Quer me explicar isso?

Ele levantou o telefone e as mulheres apertaram os olhos com a luz forte na cabine escura. Era uma foto dele mesmo usando a máscara de oxigênio. Kellie se debruçou para ler as especificações. Doze mil curtidas, duzentos e quarenta e três comentários. Ele tinha postado a fotografia havia apenas seis minutos.

— Merda — murmurou Kellie entre os dentes.

— Explicar o quê? — perguntou Jo. — Desculpe, pessoal, estou perdida.

— Postei isso no Instagram. Disse o que estava acontecendo. E agora todo mundo está tipo: "Cara, isso não é real".

Jo o mirou.

— O que não é real?

— Essa coisa da Administração Federal de Aviação — ele disse. — As pessoas estão dizendo que é falso. Tipo, gente de companhias aéreas.

Jo sentiu um nó no estômago. Ela olhou para Kellie, que não parecia ter nada a dizer.

— Sr. Ryan — disse Jo, sem ter totalmente certeza do que diria a seguir.

Subitamente uma campainha soou pela cabine; botão de chamada, fileira dez.

— Desculpe, sr. Ryan. Precisamos acudir àquilo, mas voltaremos já para explicar.

— O que fazemos? — Kellie cochichou enquanto o deixavam lá na frente. — Merda, merda, merda.

— Calma — Jo sussurrou de volta. — Vamos precisar dizer alguma coisa a eles de qualquer maneira. Só precisamos descobrir o que é essa coisa e criar a mensagem primeiro. Vai ficar tudo bem, apenas precisamos de um pouco de tempo.

Jo parecia estar no controle, mas, quando foi desligar a luz de chamada na fileira dez, viu que sua mão tremia.

— Sim, senhor? — ela falou ao homem no assento do meio.

— Sim — ele disse, apontando para a TV no encosto do assento na frente dele. — Queria entender isso…

Jo virou a cabeça para poder ver a tela. Ele estava assistindo ao noticiário e, na tela, estava a foto – agora aparentemente viral — de Rick Ryan. Levantando a cabeça, ela viu o rosto dele coberto pela máscara em muitas telas, o número aumentando enquanto os passageiros mudavam de canal. Murmúrios crescentes de dúvida e discordância tomaram a cabine, a energia mudando.

— Então? — perguntou o homem, apontando para a TV. — O que não estão nos dizendo? Que diabos está acontecendo?

Um rumor de apoio passou pela cabine.

Jo se virou para olhar para Kellie, que olhou de volta para ela, e subitamente ficou claro para as duas que estavam total, completa e profundamente ferradas.

Jo abriu a boca para falar. Não porque soubesse o que dizer, mas porque precisava dizer alguma coisa.

— Certo, pessoal. Ouçam...

Um repique alto de três acordes soou pela cabine, cortando a fala dela. Jo e Kellie viraram a cabeça para trás para ver a luz âmbar oscilando sobre o banheiro à esquerda do avião.

Alarme de incêndio. Fogo no banheiro.

CAPÍTULO 10

O político estava na metade do caminho da entrada da casa dos Hoffman antes que Theo pudesse ao menos atravessar a rua. Theo assoviou, mas o homem tagarelava em seu telefone, alheio a qualquer coisa fora de seu próprio mundo.

Theo sabia que não podia simplesmente correr atrás dele. O homem seria pego de surpresa e, sem dúvida, aconteceria uma cena barulhenta. Além disso, se a porta se abrisse para o homem e Theo fosse visto correndo para a casa ao mesmo tempo, toda a operação seria comprometida.

O político saiu de vista, desaparecendo atrás dos arbustos altos no jardim da frente. Theo atravessou a rua correndo e entrou no gramado da casa à direita da dos Hoffman. Uma cerca branca pequena cortava o jardim, e ele passou com facilidade pelo obstáculo baixo, algo que não fazia desde os dias de atletismo no ensino médio. Caindo no pátio na frente da casa, ele viu que as cortinas das janelas da frente estavam totalmente abertas. Theo rezou para que não houvesse ninguém em casa.

O político bateu na porta da frente dos Hoffman enquanto Theo pegou uma cadeira dos móveis do pátio e correu com ela para o muro que dividia os jardins. De pé na cadeira, os ombros e a cabeça ficavam acima do muro.

O homem estava de cabeça baixa, de costas para Theo, provavelmente olhando para o telefone. Theo abanou os braços inutilmente. Ele procurou movimento dentro da casa, mas as janelas estavam todas cobertas.

— Certo, falo com você depois — o político disse no fone de ouvido, virando de costas para a porta.

Theo agora estava na visão periférica dele e agitou os braços com ainda mais força. Perto da casa daquela maneira, não queria fazer nenhum barulho, mas o homem ainda não o notava. O político enfiou a mão na bolsa, prendendo a prancheta em uma alça e fazendo uma pilha de panfletos voar para o chão.

Theo se virou na cadeira e observou o jardim. Abaixo da cerca, à sua esquerda, havia um cesto grande cheio de brinquedos de piscina. Saindo por cima, havia um espaguete de piscina rosa néon. *Perfeito.* Theo correu para pegar o brinquedo.

Pulando de volta na cadeira, Theo balançou o pedaço colorido de espuma no jardim dos Hoffman. O político tinha recolhido os panfletos e estava levantando a aba da caixa de correio, que agora estava na altura de seus olhos, em sua posição agachada. O movimento colorido em sua visão periférica lhe chamou atenção, e ele virou a cabeça para a direita, congelando ao ver Theo do outro lado da cerca.

Theo levantou a insígnia e apontou para ela, repetidamente formando com a boca as letras *F-B-I* até que o homem assentiu lentamente. O político ainda estava agachado e imóvel, e o panfleto começou a tremer na mão dele. Theo colocou um dedo sobre os lábios. O homem fechou a boca aberta. Fazendo com os dedos um gesto de sair andando para longe da casa, Theo retornou o indicador para a frente dos lábios, rezando para que o homem tivesse entendido. Ele assentiu indicando que tinha.

Lentamente, o político se levantou de sua posição agachada, deixando o panfleto cair dentro da casa no mesmo movimento. A mão que segurava a aba da caixa de correio se abriu e a portinha se retraiu como se fosse um tapa na casa.

Um impacto violento jogou Theo para trás. Uma bola de fogo laranja toldando o céu foi a última coisa que ele viu conforme seus pés ultrapassavam a cabeça. Batendo na lateral da casa do vizinho, ele se encolheu no chão.

CAPÍTULO 11

Esqueça as máscaras de oxigênio, esqueça um ataque químico. Se havia um incêndio a bordo, o avião iria cair de qualquer maneira.

Jo seguiu para a parte traseira, ignorando todas as mãos estendidas e os olhares questionadores. Um incêndio incontrolável era a única coisa que a deixava gelada de medo. Bem, até aquele dia. Foi quando ela entendeu: *era o plano B do terrorista.*

Ela apertou o passo.

A placa iluminada do lado de fora do banheiro estava verde, o que significava que estava desocupado ou, ao menos, destrancado. Examinando a porta ao se aproximar, os olhos apertados na cabine escura, procurou sinais de fumaça escapando pela abertura na base da porta ou pelas aberturas de ventilação bem acima. Nada. Inalando profundamente pelo nariz, ela se preparou para ser tomada por um cheiro de queimado – mas nada veio.

Dando os últimos passos, Jo repassou mentalmente a localização do equipamento de emergência. Extintor de halon principal e luvas à prova de fogo: debaixo do assento dobrável L2, bem ao lado do banheiro. Extintor secundário: debaixo do assento dobrável R2, à direita do avião.

Que Deus os ajudasse se precisassem de mais de dois.

Chegando à porta, Jo se inclinou de leve, tentando ouvir algo. Nada além de silêncio. Ela esticou o braço não dominante e colocou cuidadosamente as costas da mão esquerda na superfície da porta. Estava fria. Recolocando-a mais perto da parte de baixo, percebeu a mesma coisa. Confirmando uma terceira vez, em cima, toda a superfície estava fria ao toque.

Ver o que estava acontecendo do outro lado da porta era a última linha de defesa.

Tomando fôlego, Jo piscou algumas vezes, preparando-se para o pior.

Ela virou a maçaneta e abriu apenas uma fresta na porta em uma tentativa de introduzir o mínimo possível de oxigênio. Inclinando-se o mais próximo que ousava, Jo olhou para dentro.

Ela escancarou a porta. Nada além de um pouco de papel higiênico no chão. Não havia nada errado. Ela abriu a tampa do lixo, olhou dentro, inspirou fundo e estava a ponto de repetir os passos com a privada quando ouviu seu nome.

Virando-se, ela viu Kellie e Paizão bloqueando a vista dos passageiros do que acontecia. Kellie parecia irritada. Balançando uma lata, Paizão a estendeu para Jo quando ela saiu do banheiro.

— De nada. Por favor, não me machuque — ele disse.

Jo arrancou a lata de xampu seco da mão dele.

— *Você* disparou o alarme de incêndio?

— Acho que o que fiz na verdade foi salvar vocês duas de uma turba furiosa.

— Paizão, eu ju...

Um repique de dois toques soou e uma luz vermelha se acendeu sobre a cabeça deles. Jo arrancou o interfone da parede. Seus olhos fuzilavam Paizão, mas sua voz estava alegre ao falar com os pilotos.

— Alarme falso, rapazes.

O couro cabeludo de Bill formigou de alívio enquanto o sangue corria por seu corpo.

Quando o som contínuo do alarme de incêndio soou na cabine de comando, acompanhado do botão vermelho piscante avisando fumaça/sanitário/fumaça, os dois pilotos haviam se levantado tão rápido que quase tiveram um traumatismo cervical por causa do cinto. O jantar de Ben ainda lhe cobria os pés.

Bill havia imaginado que era o plano de contingência do terrorista. Tinha pensado que havia um ataque acontecendo lá atrás. Tinha chegado a soltar o cinto de segurança como se fosse abandonar o assento e correr para a cabine de passageiros para ajudar. Ben notou e lançou para Bill um olhar perplexo, mas continuou com a lista de procedimentos e protocolos para a emergência. Que era o que Bill *deveria* ter feito.

— O que fez o alarme disparar? — perguntou Bill ao microfone, limpando a garganta em uma tentativa de esconder a voz trêmula.

— Uma mulher com uma lata de xampu seco — explicou Jo aos pilotos.

Ben revirou os olhos.

— Pode dizer a ela que estamos os dois bem acordados aqui agora.

— Nós também — disse Jo. — Desculpe pelo susto. Vocês precisam de alguma coisa?

Bill olhou para Ben, que balançou a cabeça.

— Acho que estamos bem. Obrigado, Jo. Vocês, uh, precisam de alguma coisa?

— Não, estamos bem. Nada de novo para avisar daqui — ela falou com certa intenção, o tom indiscernível para qualquer um a não ser ele.

Bill mordeu o lábio. Ele queria gritar no microfone e exigir notícias do sobrinho dela. Não houvera contato de sua família desde que Sam desligara na cara dele, e, no vácuo de informações, possibilidades horríveis enchiam sua mente.

Bill agradeceu a chefe dos comissários de bordo e desconectou a chamada. Ele se ouviu dizer ao copiloto:

— Tenho controle e comunicações, ações do monitor eletrônico centralizado da aeronave. — E viu as mãos apertando os botões corretos no painel à frente dele até que as palavras piscantes de alerta desaparecessem com cada procedimento, deixando a mesa limpa. Algum aspecto inato de seu condicionamento assumira o controle. Ele estava no piloto automático – mas tinha algum controle.

Muito pouco.

— Chega de enrolação — disse Jo, puxando os dois comissários de bordo para o fundo da área de preparo de alimentos, longe dos passageiros.

Eles tinham distorcido a verdade, contado algumas mentiras, disparado um maldito alarme de incêndio. Agora precisavam de um plano de verdade.

— As máscaras estão soltas — começou Jo. — Mas não vamos sobreviver a isso sendo apenas inteligentes e engraçadinhos. Precisamos decidir *agora* como vamos lidar com essa situação e o que vamos dizer a eles.

— Concordo — falou Paizão. — Proponho dizermos a verdade.

— De jeito nenhum — disse Jo, enquanto uma imagem dolorosa de Scott bebê com o macacão de seu filho veio à sua mente.

Paizão fechou as mãos debaixo do queixo como se estivesse rezando. Ou talvez estivesse se segurando para não dar um tapa em Jo, que era o que parecia que ele queria fazer.

— Joleen — ele disse, com a mandíbula dura. — Mostre como isso se desenrola em sua cabeça. Porque cento e quarenta e quatro pessoas pegas de surpresa por um ataque da cabine de comando não termina bem no filme a que estou assistindo. Estou vendo uma multidão furiosa. Estou vendo a multidão voltando-se contra nós. Estou vendo todos fazendo justiça com as próprias mãos. Estou vendo todos tentando tomar a cabine.

Jo apontou para a frente do avião, para a porta da cabine de comando à prova de balas, reforçada com kevlar.

— Você sabe que ninguém derruba aquilo — falou Jo.

— Você e eu sabemos disso — concordou Paizão —, mas eles não sabem e vão tentar de qualquer jeito. Se deixarmos essas pessoas no escuro e algo atacá-las, não tem literalmente nenhuma chance de isso terminar bem para nenhum de nós.

— Mas há um apoio a bordo. Se eles souberem que sabemos...

— Se eles souberem que sabemos? — Paizão repetiu, levantando a voz. — Jo. O avião está tomado por máscaras. Estamos nos recusando a responder perguntas. Há uma foto viral por toda a internet. Acho que o segredo já foi descoberto.

— Mas a família de Bill...

Paizão bateu no balcão da *galley*, e as mulheres pularam.

— E que porra você acha que estamos levando aqui? Carga? Tem *pessoas* neste avião, Jo. E cada uma é família de alguém. Você não vai dizer que a vida delas não é tão importante quanto a da família de Bill.

Os lábios de Jo estremeceram no silêncio chocado que seguiu a explosão de Paizão. Ela sabia que ele tinha razão. Ela soubera o tempo todo. Era essa a pequena pontada de horror em seu estômago. Ela sabia que chegaria a isso, teria de chegar. Mas aquilo a tornava responsável. Se contassem a verdade aos passageiros, era como se ela estivesse fazendo a escolha por Bill. Como se ela estivesse escolhendo o avião em vez da família dele. O peso da trair não só Bill, mas Carrie e as crianças, era devastador. Ela viveria o resto da vida sabendo que eles morreram por causa dela. Jo lutou para respirar contra o aperto sufocante em sua garganta.

— Jo, pense nisso. Bill contou para *você* — disse Paizão. — Ele contou para nós. Ele também não devia fazer isso, mas sabia que precisava. Ele sabia que precisávamos saber. Era um risco, um risco calculado. Assim como será contar aos passageiros. Mas precisamos. Não há outra maneira. O dever de Bill é cuidar da aeronave. O nosso é tomar conta dos passageiros.

O comando de Bill flutuava na cabeça dela: *"A cabine é sua".*

— Esta cabine é nossa — ela disse, em voz baixa.

Paizão assentiu.

Ninguém disse nada, e, por alguns momentos no silêncio, Jo soube que tinham chegado a um acordo tácito.

Jo enterrou o rosto nas mãos para respirar. Ela deu um inspiro final.

— Eles não precisam saber sobre D.C.

Paizão colocou uma mão no ombro dela e deu um pequeno aperto.

— Concordo.

— E eu estou errada — falou Kellie, finalmente contribuindo — ou também *não* devemos dizer a eles que o oxigênio dura só doze minutos?

Jo e Paizão concordaram vigorosamente.

— Minha opinião é que não devemos dizer a eles nada que esteja totalmente fora do controle deles — disse Paizão. — Nada sobre D.C. e nada sobre o oxigênio acabar.

Algo se conectou na mente de Jo.

— Essa é a verdade, Paizão. Essa é exatamente a verdade. O que você acabou de falar sobre as coisas fora do controle deles. É bem isso que eles precisam saber. Eles precisam saber que não há literalmente nada que eles possam fazer.

O zumbido dos motores acentuou o argumento dela, um lembrete contínuo e incessante de onde exatamente todos eles estavam, e qual era exatamente a situação. Quando os passageiros embarcaram no avião, eles colocaram a vida deles direto nas mãos de Bill. E, assim que o avião subiu ao ar, era uma escolha da qual não poderiam voltar atrás. *Bill* decidiria o que aconteceria com o avião. Era com aquilo que tinham concordado. Então, agora, a única coisa que os passageiros podiam fazer era confiar que o comandante cumpriria sua parte do acordo e pousaria o avião.

— E aí? Vão tentar invadir a cabine de comando? — disse Jo. — Mesmo se conseguissem, para quê? Ninguém mais consegue pilotar o avião.

Ela esperou por uma resposta.

— Para pegar o terrorista? Adivinhe. Ele não está aqui! — Jo limpou a boca, chegando à total percepção do pouco que controlavam. — Nossa melhor chance de sobreviver a isso é confiar em Bill. Os passageiros precisam entender isso. Inferno, o mundo inteiro precisa entender isso. Porque você está certo, Paizão. Isso não tem mais a ver com a gente. Graças àquela foto na internet, não são só o terrorista e seja quem for o apoio que sabem o que está acontecendo. O mundo inteiro sabe. Então *todos* precisam entender que confiar em Bill é a única maneira para que todo mundo saia vivo deste avião.

Paizão e Kellie assentiram. Eles todos estavam de acordo. Sabiam o que iam dizer.

Mas um problema permanecia: como?

Não podiam fazer um anúncio aos passageiros. Mas o avião era grande demais para que simplesmente ficassem no meio e gritassem. Se fossem fileira por fileira, a confusão e a desinformação que se espalharia com aquele tipo de comunicação desorganizada alimentaria uma sensação de pânico. Se tinham qualquer esperança de uma reação unificada dos passageiros à situação, ela só viria como resultado de uma mensagem articulada, organizada. Mas Jo não tinha ideia de como conseguiriam isso.

Kellie fez um barulho estranho de chiado com um pequeno arquejo. Quando ela não disse mais nada, Paizão estalou os dedos diante do rosto dela.

— Gafanhoto. Tem algo a dizer?

Kellie observou o chão. Olhando para Paizão, o rosto dela revelou um tipo de surpresa infantil e atônita. Ela abriu um sorriso.

— Na verdade, sim. Gente, sei exatamente como podemos dizer a eles.

CAPÍTULO 12

O barulho na cabeça de Theo era um som de trompete agudo, subindo e descendo a escala. Uma dor no corpo todo se intensificou enquanto o som ficava mais alto. Uma corneta tocou. Atrás de seus olhos, havia uma pulsação tão intensa que a sensação se tornou uma cor.

Confuso por um cheiro molhado, terroso, ele percebeu que estava de cara no chão. Folhas frias de grama fizeram cócegas em seus lábios quando ele abriu a boca. Respirar era quase impossível. Ele deixou a boca aberta e esperou que fosse o suficiente.

Por que sentia tanta dor e onde estava? E, seja onde estivesse, como chegara até ali? Tinha tantas perguntas, mas nenhuma parecia importar. Não era suficiente apenas deitar-se imóvel? Dissolver-se em uma nuvem de dor até as perguntas sumirem – sim – parecia que era isso que ele deveria fazer.

Theo.

Ele ouviu alguém dizer aquela palavra e ficou pensando no som. *Theo.* O que aquilo significava? Ouviu a pessoa repetir, desta vez mais perto. Isso o fazia se lembrar de alguma coisa. Ele sentia que devia saber a resposta daquela pergunta.

Ele abriu os olhos, mas os fechou rapidamente. A luz que entrou dava a sensação que o partiria de dentro para fora.

Deitado ali, ele examinou o que estava na escuridão de seus olhos fechados, o contorno parecido com um holograma do que tinha visto em um breve momento ao deixar o mundo externo entrar. Um balanço pendendo de uma árvore em chamas.

O barulho era uma sirene. O carro de bombeiros estava ali por causa da casa. A explosão. O político. A família. Tia Jo. Lembrou-se de tudo de uma só vez.

A dor desapareceu como se jamais tivesse estado ali.

— Não se mexa — um dos agentes da equipe tática disse a ele.

Theo, no entanto, rolou de lado. Levantar-se seria impossível. Ele não conseguia mexer os braços.

— Você está arrebentado, cara. Deixe os médicos darem uma olhada em você. Meu Deus — o agente murmurou ao ver o braço esquerdo dele, pendurado em um ângulo estranho, inquestionavelmente deslocado.

— Estou bem. O que aconteceu? Os agentes, eles...

— Liu os fez esperar depois que você veio — disse o agente. — Eles estão bem.

— E o cara? Ele saiu?

O balançar lento da cabeça do agente disse tudo que ele precisava saber.

Theo enterrou a cabeça na mão do braço bom. Jamais tinha perdido ninguém. Nem um suspeito, um transeunte inocente, um colega agente – ninguém. Só o político já era devastador o suficiente. E se Liu não tivesse ordenado que os outros agentes esperassem? E se eles tivessem avançado para dar apoio a ele e então aquilo tivesse acontecido? Era a primeira vez que o trabalho tinha tomado um caminho trágico e facilmente poderia ter sido pior.

Theo sentou-se, abalado. No treinamento, alertavam os agentes para esse tipo de reação, ensinando-os em vez disso a se desconectar, a compartimentalizar, não ter apego emocional à missão. Como se existisse um interruptor para simplesmente desligar a parte humana de uma pessoa.

— Chegamos aqui o mais rápido que pudemos — falou outro agente. — E você fez mais do que qualquer um de nós para chegar a ele e à família. Não é culpa sua. Certo? Theo? Theo.

Theo olhou para cima e assentiu. Não em concordância, mas apenas para que pudessem seguir em frente.

— Ajudem-me a levantar.

Sentado na traseira da ambulância, Theo ouviu o paramédico falar, mas não escutava. Observava os bombeiros tentando apagar o fogo que destruía a casa dos Hoffman, o lar onde tinham jantares de família e assistiam a filmes. Onde a bebê tirava seus cochilos.

— Isso vai doer muito. Tem certeza de que não quer os remédios?

Theo assentiu.

Crianças atrás de gostosuras do Dia das Bruxas iam pegar doces na porta da frente deles. No Natal, sem dúvida Bill decorava a casa com luzes.

— Lá vamos nós, no três. Um, dois... — A mandíbula de Theo se apertou com a dor, mas ele não emitiu nenhum som quando o paramédico recolocou seu braço no encaixe do ombro. Ele abriu os olhos e observou a casa queimar.

Não era uma casa. Era um túmulo. Eles estavam mortos. Carrie. Scott. Elise. Um homem inocente que apenas estava no lugar errado, na hora errada. Todos mortos.

Ele deveria tê-los salvado. Tinha fracassado.

Liu se aproximou da ambulância e Theo jurou que viu preocupação passar pelo rosto dela, sumindo tão rápido quanto aparecera.

— Você tem sorte de estar vivo — ela disse, olhando-o de cima a baixo.

Ela se virou para o paramédico e perguntou:

— Ele vai ficar bem?

O paramédico assentiu.

— Provavelmente está com um traumatismo e vai precisar de radiografias do braço. Fora isso, ferimentos superficiais.

— Ótimo. Pode nos dar um minuto? — ela pediu ao paramédico.

Ele assentiu e se afastou rapidamente.

— Você tinha razão — disse Liu com a voz fria e monótona. — Mas colocou todos nós *e* a missão em risco.

Theo manteve o contato visual, mas não respondeu.

— Vá para casa.

Ele ficou de pé.

— Não. Eu sei que não...

— Sem chance. — Liu disse rispidamente, dando um passo à frente, de modo que ele teve que se sentar outra vez. — Você já estava por um fio antes de começar. Está envolvido demais nisso para continuar. Está comprometido emocionalmente, e isso o torna imprudente. Isso o torna perigoso. Vá para o hospital e depois para casa. Você está fora.

Theo não sabia se ela falava do caso ou de sua carreira. De qualquer modo, ele não disse nada.

Um agente se aproximou e Liu disparou um olhar irritado para o homem. Ele levantou o telefone. Liu se inclinou para a frente.

— Meu Jesus Cristo — ela falou, pegando o telefone da mão dele para olhar mais de perto. — Qual é o dano?

— É viral. Todos os canais de notícia têm — respondeu o agente.

— Menciona a família?

— Aparentemente, há muita discussão nas mídias sociais a respeito de regulamentos da Administração Federal de Aviação e muita especulação sobre o motivo real pelo qual as máscaras foram soltas. Mas não há menção a Washington, D.C., à família Hoffman ou ao ataque de gás venenoso na cabine.

Liu virou o telefone na direção de Theo. Ele apertou os olhos na luz clara, a cabeça ferida ainda confusa. Era uma foto daquela subcelebridade Rick Ryan usando uma máscara de oxigênio de avião.

— Que porra sua tia está aprontando?

— Bem, eu perguntaria a ela, mas estou fora do caso.

Os olhos de Liu se apertaram em duas fendas.

— É essa sua tática, é?

Theo a encarou sem piscar. Usar o acesso à tia para permanecer no jogo era um toma lá dá cá arriscado na carreira. Mas Theo sabia que provavelmente estava queimado no bureau de qualquer maneira e, naquele momento, não poderia se importar menos. A única coisa que importava era ajudar tia Jo.

Os dois se encararam. Lentamente, Liu se inclinou até que seu rosto estivesse a centímetros do dele.

— Se você der um passo fora da linha, se desobedecer a uma ordem — ela sussurrou —, seu distintivo vai ser meu no fim. Eu prometo, Theo. Jamais vai trabalhar de novo nas forças policiais. — Inclinando lentamente a cabeça, ela disse: — Entendido?

Ele baixou a cabeça.

— Sim, senhora.

A diretora esfregou os olhos e começou a caminhar. Vários agentes chegaram e Theo levantou um dedo para evitar que se aproximassem. Liu os ignorou de qualquer forma, virando-se para a casa em chamas e soltando a respiração, descansando os dedos entrelaçados no topo da cabeça.

— Precisamos descobrir se o comandante sabe que sua família está morta — disse Liu por fim. — Isso muda tudo.

Virando-se rapidamente, ela se dirigiu diretamente aos agentes:

— A mídia está aqui?

— Sim, senhora — afirmou um dos agentes. — Ninguém falou com os repórteres ainda.

— Ótimo. A declaração oficial é esta: a investigação segue, mas a explosão se deve a um vazamento de gás. — Os agentes assentiram. — A Coastal Airways soltou alguma declaração a respeito da foto da máscara? Admitiu alguma questão com o voo?

— Não.

O FBI havia informado a companhia aérea, a Administração Federal de Aviação e o Controle de Tráfego Aéreo da situação, mas exigiu que esperassem para fechar o espaço aéreo, impedir a decolagem de aviões e fechar aeroportos. Uma resposta pública apavorada a esse tipo de ameaça seria colossal, e, se o FBI protegesse a família Hoffman, tudo poderia ser evitado. Todas as agências – incluindo agentes em terra em Washington – estavam prontas para cumprir os protocolos de evacuação e defesa a qualquer momento, mas concordavam que a opção mais prudente era dar ao FBI de Los Angeles tempo para encontrar a família.

— E, no entanto — disse Liu —, não protegemos a família. Então agora temos uma família morta e um piloto sob pressão cujo estado mental desconhecemos. Além de um civil morto que não tinha nada a ver com isso. Nós o identificamos e contatamos a família dele?

Um agente saiu andando, dizendo que cuidaria daquilo. Liu suspirou e passou uma mão pelo rosto.

— Theo, entre em contato com sua tia. Quero saber o que está acontecendo lá em cima. Preciso saber se o piloto sabe sobre a família dele. E preciso saber quais são as intenções dele neste ponto.

Theo assentiu, pegando o telefone.

— Quero Bravo, Charlie e o comando fora daqui — ela continuou. — Nossa presença parece suspeita e prefiro evitar perguntas se possível. Reúnam-se em algum lugar perto, podemos precisar nos mover. Mas quero que estejamos longe das câmeras.

Ela fez uma pausa, olhando para a casa.

— Agora que a família está morta, não sabemos o que temos nas mãos. É provavelmente um caso para a Administração Federal de Aviação, a Segurança Nacional, o Controle de Tráfego Aéreo e o FBI da Costa Leste. Mas temos muitas peças para juntar e não sabemos nada com certeza.

Liu pegou o telefone e Theo a observou de canto de olho. Havia uma hesitação na maneira como ela digitava. Ele sabia que ela estava a ponto de ligar para o leste. A ligação para avisá-los de que tinha fracassado. A família estava morta, e a ameaça não estava neutralizada. Ele sabia que, depois da ligação, começariam grandes evacuações nas instituições mais importantes e simbólicas do país. Aqueles no poder seriam abrigados, e os civis inocentes seriam forçados a fugir. O pandemônio e o terror correriam desenfreados pela capital do país, e era *ela* que precisava dar o telefonema.

Theo agora entendia por que ela parecia tão brava no escritório. Qualquer que fosse o desdobramento daquela situação, a conta cairia em cima dela.

O capitão dos bombeiros se aproximou do grupo e Liu parou de apertar botões. Ela colocou o telefone no bolso e seus ombros pareceram relaxar um pouco.

O bombeiro tirou o capacete, limpando a testa com as costas do braço. O suor caía de seu rosto sobre a roupa à prova de fogo.

— O incêndio deve estar apagado em uma hora.

Liu agradeceu.

— Quando será seguro para nós entrarmos para recuperação?

Ele inclinou a cabeça.

— Recuperação?

— Os corpos. Quando podemos recuperar os corpos para identificação?

Os olhos dele se estreitaram, confusos.

— O homem no alpendre da frente foi a única vítima. Não havia outros restos humanos, senhora. A casa estava vazia.

CAPÍTULO 13

O horizonte ao leste brilhava em um tom profundo de safira, cujo azul forte desaparecia enquanto o sol se arrastava para o outro lado do mundo atrás do avião. A vista da cabine de comando era como a superfície calma de um lago; as estrelas, um reflexo das luzes da cidade abaixo.

Sentindo-se apartado do restante do mundo, Bill ouvia o som do ar morto em seus fones de ouvido. Nada.

Ben olhava pela cabine com um ar intrigado.

— O que está clicando?

Bill parou para ouvir. Os homens se olharam em silêncio.

— Ah, desculpa — disse Bill, levantando a caneta. Ele a clicou algumas vezes. — Tique nervoso. Deixa minha esposa maluca.

Ben deu uma risadinha e voltou ao seu tablet.

Bill olhou para o computador, depois para o telefone. Tinha perdido a conta de quantas vezes fizera aquilo. Ainda nenhuma notícia de sua família. Bem naquele instante, o telefone se iluminou com uma mensagem.

GARY ROBINSON iMESSAGE.

Os ombros de Bill se soltaram com sua expiração. Ele não poderia se importar menos com o que o vizinho queria. Ignorou.

Checando o relógio, Bill jogou o jogo.

Era um jogo que Carrie inventara quando começaram a namorar e ela ainda morava em Chicago. Ela lhe dissera que o mundo era sublime quando estavam juntos. Mas, sempre que ele ia viajar, ela ficava infeliz. Ela se pegava pensando em quantos fusos horários os separavam, e aquilo fazia com que sentisse que Bill estava ainda mais longe. Então inventou um jogo em que pensava em onde ele estava e no que estava fazendo em vez de que horas eram lá. O relógio dizia que eram oito da noite, mas, em vez disso, ela pensava: *hora de jantar. Ele provavelmente está* em algum lugar sobre as Rochosas. *Hoje é lua cheia, e aposto que a neve nas montanhas está brilhando.* E, de algum jeito, Bill não parecia tão longe.

Bill achou que era bobagem. Ele usava o lado esquerdo do cérebro com a mesma firmeza que ela usava o direito, então, a leve reinvenção do modo como as coisas eram simplesmente não fazia sentido. No entanto, a solidão pode atingir um homem de maneiras inesperadas, e, numa madrugada, sozinho em Honolulu, Bill não conseguia dormir. Carrie estava a quatro horas. Eram sete da manhã no fuso horário dela. Ele imaginou a esposa esticando-se na cama, usando aquela velha camiseta grande do basquete da IWU com a qual ela dormia. Ele sabia que ela se levantaria e faria café imediatamente, a NPR tocando no fundo. Escolheria a caneca rosa com as palavras "Ooh la la!" escritas em letra cursiva debaixo da Torre Eiffel. Era a predileta dela. Só creme, sem açúcar.

Rolando na cama, ele enfiou um travesseiro debaixo do braço e pegou no sono.

Vinha jogando o jogo desde então.

Olhou para o relógio. Cinco e trinta e sete em Los Angeles. Àquela hora, Carrie estaria…

Era como olhar para um pedaço de papel em branco. Ele não podia saber o que Carrie estava fazendo, e toda tentativa de imaginar o levava de volta à imagem dela gritando em agonia enquanto um homem a torturava em sua própria casa. Bill fechou os olhos, procurando no escuro um mundo em que aquilo não havia acontecido. Um mundo em que ele declinara a viagem, escolhera ser pai e marido acima de piloto. Um mundo em que sua família simplesmente seguia com seu dia.

Um nó se formou em sua garganta enquanto ele se lembrava.

Cinco e trinta e sete em Los Angeles. Eles deveriam estar no jogo de beisebol do Scott.

O telefone brilhou. PAT BURKETT iMESSAGE. Bill franziu o cenho. Outro vizinho? Por que havia…

Ele se apressou em abrir as mensagens.

Oi, cara, está voando? Estava em casa? Me avise se eu puder ajudar.

Oi, Bill, Pat aqui. Vi você sair de carro hoje de manhã, acho que está voando. Sabe onde Carrie e as crianças estão? Eles estão bem? Ah meu deus isso é uma loucura. Por favor dê notícias. Steve e eu estamos aqui para qualquer coisa que vocês precisarem. Por favor diga como podemos ajudar.

Ajudar com o quê? Do que estavam falando? Um pânico quente ardeu pelas veias dele. Os polegares pararam acima do pequeno teclado, o cursor piscando em espera. Ele precisava ser cuidadoso.

Oi, Gary. Estou voando. O que está acontecendo?

Gary lhe daria os fatos. Pat lhe daria fofoca. Três pontos apareceram do outro lado da mensagem de Gary. Foi rápido.

Ai. Ok. Isso é difícil, cara. Você soube da sua casa?

Bill não sentia os dedos enquanto perguntava ao vizinho o que queria dizer com aquilo.

Ela explodiu. Estão dizendo que foi vazamento de gás. Onde estão Carrie e as crianças?

Bill olhou para a mensagem por tanto tempo sem se mover que seu telefone apagou. Ele escapou de seus dedos, caindo no colo. Ele não se moveu. Carrie. Scott. Elise. Seu mundo todo. Acabado. Ele imaginou a casa deles por dentro. A mesa da cozinha, onde liam o jornal enquanto Scott mastigava cereais Rice Krispies. O quarto de bebê, onde ele ninava Elise para ela voltar a dormir. A sala, onde decoravam a árvore de Natal. O quarto deles, onde o corpo de Carrie se aninhava ao dele à noite. Ele tentou colocar aquele mundo no fogo, explodido em pedaços. Tentou apagar a família, fazê-la desaparecer. Sua mente não permitia. Não havia como. Não era possível.

Carrie usando o colete suicida. Amordaçada. Segurando Elise. Ao lado de Scott.

Uma onda de náusea passou por Bill quando ele percebeu que aquela seria a imagem final que ele sempre veria de sua família. Uma vida inteira de amor e alegria, e ele sabia que se fixaria naquela tomada final para o resto da vida. Era culpa dele. Bill fracassara como marido, como pai, como protetor.

Ele ia vomitar. Estava pegando o saco de lixo quando uma foto de sua esposa apareceu no computador com as palavras "Aceite a chamada FaceTime de Carrie Celular". Bill olhou em descrédito antes de apertar o botão verde.

Os olhos dele correram para lá e para cá na tela, desejando que a chamada se conectasse. *Por favor, que eles estejam vivos. Por favor, Deus. Mostre minha família.* O rosto de Bill deslizou para o lado quando a chamada entrou. No centro da tela, apareceu a família dele. Todos os três. Vivos. Ele beliscou a perna o mais forte que conseguia para não chorar.

Carrie e Scott ainda estavam amarrados, mas sem mordaças. Sam estava ao lado deles, segurando o detonador. Ele e Carrie ainda estavam cobertos de explosivos. Carrie segurava Elise, então ele não conseguiu ver a condição do braço dela depois da água fervente, mas ela parecia estar bem.

Estavam vivos. Bill sentiu-se zonzo de alívio. Forçou-se a se concentrar.

Onde estavam? Estava incrivelmente escuro; exceto por uma luz suave fora da tela, à esquerda deles, o brilho do telefone refletido no rosto deles era a única luz no espaço. O lugar era pequeno. Estavam sentados juntos e, pela postura, Bill pensou que talvez estivessem no chão, não em cadeiras.

— Tsc, tsc, tsc — a voz de Sam atravessou o fone no ouvido esquerdo de Bill.

A voz parecia mais perto do que estava, do jeito que uma voz se amplifica em um espaço fechado como um carro.

— Você não devia ter feito isso, Bill.

Bill digitou furiosamente uma resposta.

Feito o quê? Você recebeu o vídeo? Eu fiz exatamente o que você pediu.

Sam recebeu o e-mail com uma risadinha.

— Ah, não. Eu recebi o vídeo. Não — ele disse. — Eu disse que você não podia contar aos comissários de bordo.

Bill sentiu um aperto no estômago, mas tentou manter uma expressão neutra enquanto decifrava aquela declaração. Como Sam sabia que ele tinha contado à tripulação? Ele estava dizendo que sabia sobre o sobrinho de Jo e o FBI? Era por isso que tinham saído da casa? Por isso ele a explodira?

A voz de Sam estava confiante.

— Eu sabia que alguma coisa estava errada depois que você enviou o vídeo. Algo simplesmente não parecia certo. E de fato…

Sam deslizou o dedo pelo próprio telefone antes de levantá-lo para a câmera. Bill apertou os olhos para ver o que estava na tela. Parecia ser uma foto de um passageiro em um assento da primeira classe da Coastal Airways, o couro cor de creme e a luz ambiente rosa em contraste com o amarelo assustado da máscara de oxigênio cobrindo-lhe o rosto.

Bill fechou os olhos, juntando os pontos. Tinham soltado as máscaras com a ferramenta manual. Brilhante. Mas nenhum deles, claramente, levara em conta o uso da internet pelos passageiros.

Com um sentimento de angústia, ele percebeu que, na verdade, talvez tivessem levado – mas não podiam cortar a internet porque Bill precisava falar com a família. Mais uma nova maneira pela qual ele destruía tudo e todos ao redor.

— Mas imaginei que você seria arrogante a esse ponto — continuou Sam. — É por isso que eu e sua família fizemos uma pequena viagem.

Viagem.

Certo, então eles estavam em um veículo. Bill tentou se lembrar se vira uma van da companhia de telecomunicações estacionada do lado de fora da casa deles quando saíra para o aeroporto naquela manhã, mas não recordava. Ou talvez estivessem no carro de Carrie, o imenso SUV que compraram no ano anterior depois que descobriram que tinham um bebê a caminho. As duas últimas fileiras de bancos eram dobráveis – poderiam facilmente estar na parte traseira dela.

— Quer dizer — continuou Sam —, não sei quem mais sabe além de seus comissários de bordo. Mas, seja lá quem você tenha enviado para sua casa, espero que não gostasse muito dele. Sabe de uma coisa? Aqui… espere.

A tela chacoalhou quando ele passou o telefone de Carrie para que ela o segurasse enquanto sua mão livre apertava os botões de seu próprio telefone. Carrie olhou para a tela do celular dele, observando o que ele procurava. Uma voz começou a falar e Carrie arfou.

— ... estou aqui na frente da casa, que, como podem ver, foi completamente destruída na explosão. As autoridades afirmam que a causa foi um vazamento de gás e não disseram se havia alguém lá dentro no momento da explosão. Felizmente, apenas uma casa parece ter sido...

Sam ergueu o vídeo para que ele visse. Bill lutou contra o impulso de cobrir a boca. A repórter estava na rua deles, diante de fitas amarelas de isolamento esticadas atrás dela. Além das fitas, estava sua casa. O que havia restado dela.

Bill olhou para os destroços e uma percepção o gelou.

Aquele homem não estava blefando. Ele sabia exatamente o que estava fazendo, e não havia dúvidas na mente de Bill de que ele *mataria* sua família se não cooperasse.

Carrie começou a chorar. Não alto, mas também não em silêncio.

— Sério? — Sam falou a ela. — Você foi tão forte. Surpreendentemente forte. Vai desabar agora por causa de uma casa e talvez algumas pessoas? — Ele balançou a cabeça. — Como vai viver consigo mesma depois que um avião cheio de gente morrer para você e seus filhos viverem?

As lágrimas rolavam pelo rosto de Carrie enquanto ela olhava para o teto.

Sam riu.

— Supondo que Bill escolha vocês em vez do avião... — Ele deu de ombros. — Talvez eu não devesse supor. Vamos checar. Fez sua escolha, comandante?

Bill digitou raivosamente, observando o homem receber e ler o e-mail virando os olhos.

— Não vou derrubar este avião, você não vai matar minha família, blá-blá-blá — disse Sam. — O que acontece com os homens americanos? Por que vocês sempre se veem como heróis? Por que sempre querem fazer as coisas do jeito difícil? — Ele suspirou. — Certo. Faça como quiser.

Sam começou a digitar em seu telefone, o detonador apertado entre os dedos e o aparelho. Carrie olhou para Bill. Ela parecia tão aterrorizada quanto ele.

— Bill — ele falou, ainda digitando. — Eu lhe disse que você *faria* uma escolha. Eu lhe disse que havia coisas a bordo que assegurariam isso.

Também lhe disse que não tinha permissão para contar a ninguém. Agora, achei que aquela ameaça seria suficiente… mas também sei que você é um babaca arrogante e privilegiado que acha que pode fazer o que quiser. Pelo jeito, eu estava certo. Então, vou ser franco com você. Não posso matar sua família agora. Eu preciso deles. Vou deixar aquela escolha final para você. Mas você *quebrou* as regras e adivinha? Ações têm consequências. Você enviou autoridades para sua casa, então eu a explodi. Você contou aos comissários de bordo — Ele levantou os olhos do telefone, os dedos parados, e olhou para a câmera —, bem, vamos chegar a isso.

Um arrepio se espalhou pelos braços de Bill e se estendeu pela parte de trás de seu pescoço com uma picada gelada.

Sam recomeçou a digitar. Parecendo ter acabado, ele baixou o telefone com um sorriso presunçoso.

— Sua recusa a cooperar me obrigou. Está na hora do plano B.

Bill sentiu as batidas do coração na garganta. Ele se esforçou para ouvir os sons vindos da cabine, esperando por gritos abafados. Uma explosão. Pânico e caos. Alguma coisa. Qualquer coisa.

Mas só o que ouviu foi o zumbido dos motores.

E então, ali estava.

Tão alto que ele quase pulou.

O inconfundível som de um gatilho.

Bill se virou lentamente na direção do copiloto.

— Desculpe, chefe — disse Ben, estendendo o cano da arma.

CAPÍTULO 14

Theo e os outros agentes estavam do outro lado da rua da casa dos Hoffman, que se desintegrava em pouco mais que uma pilha fumegante de entulho. Vigas estruturais solitárias subiam da fundação aqui e ali. Brasas brilhavam dentro de madeiras que embranqueciam. Na cerração da hora dourada do fim do outono, a casa ganhava uma estranha vivacidade. Como um animal abatido, sua forma ferida exalava os suspiros finais: fumaça negra subindo e se dissolvendo na atmosfera.

Um estampido alto veio de algum lugar nos destroços. Todos se viraram para ver a casa se mover, um pedaço chamuscado de parede caindo sobre a fundação. Liu não se mexeu.

— E os carros? — ela perguntou ao capitão dos bombeiros.

— A garagem estava vazia.

Liu mordeu a parte interna da bochecha.

— Família com dois carros. Bill foi com um ao trabalho. O outro... — Ela estalou os nós dos dedos. — Verifique a base de dados e solte um alerta para a cidade sobre os carros deles, com prioridade para o que parece ser o carro da família. Uma minivan ou SUV.

O agente ao lado de Theo assentiu e saiu, apertando botões em um equipamento.

— Encontraram algum equipamento da empresa de telecomunicações? — Liu perguntou, virando-se de novo para os bombeiros. — Ou qualquer coisa que parecesse fora de lugar em uma casa de família?

O capitão dos bombeiros olhou para a casa e de novo para ela.

— Senhora, o incêndio foi completamente catastrófico. Não sei o que lhe dizer. Aquela casa está acabada.

Liu assentiu seu agradecimento enquanto ele se afastava.

— Senhora? — uma voz atravessou o fone de ouvido de Theo. — A CalCom respondeu. Não havia registro de uma visita nos Hoffman hoje.

Eles também não têm nenhum funcionário com um nome que comece com a letra S. E todos os veículos da companhia foram localizados.

Observando a mandíbula de Liu se apertar, Theo se perguntou se o resto dos agentes também sentia o impulso de se afastar um passo dela.

— Digam-me que têm alguma informação — ela pediu aos dois agentes que se aproximavam.

— Nada — falou um deles. — Dois vizinhos têm câmeras de segurança, mas nenhum ângulo delas cobre a propriedade dos Hoffman.

— Então — ela disse — não temos nome, localização nem descrição de nosso suspeito.

Ninguém a questionou.

— Se o comandante souber que esse homem explodiu a casa dele, e vamos supor que sabe, ele deve estar ficando assustado. Esse cara não é amador. Quer dizer... — Ela fez um gesto na direção da casa. Virando-se de novo para a equipe, continuou: — Quero saber mais sobre o comandante. Quem ele é e por que deveríamos confiar nele. Nossa prioridade é a família. Mas temos um avião cheio de pessoas para considerar também, sem mencionar Washington, D.C.

Liu olhou a rua ao longe, onde a mídia havia se aglomerado. Mirando o grupo de agentes usando todo o equipamento da equipe tática, seu olhar caiu sobre Theo. Com um nó na garganta, ele percebeu para onde aquilo estava indo.

— Você — ela disse, com um aceno da cabeça para os repórteres. — Lide com eles.

Cinco vans de imprensa formavam uma linha do outro lado das fitas de isolamento amarelas que cercavam o perímetro. As antenas de satélite acima das vans estavam no mesmo ângulo, as portas laterais abertas, expondo painéis de controle similares.

Não era a primeira vez que Theo atuava como porta-voz em uma investigação – mas era a primeira vez que mentia enquanto fazia isso.

— Vazamento de gás? — disse um dos repórteres, claramente descrente. — Então por que não evacuaram o resto da vizinhança?

— A OG&E nos assegura de que é um evento isolado — disse Theo, tentando não apertar os olhos.

As luzes da câmera eram demais para quem tinha uma concussão. Outro repórter não esperou para ser chamado.

— Mas o FBI já estava aqui quando a explosão aconteceu. Por quê?

— Estávamos respondendo ao relato de que um empregado de uma empresa de telecomunicação poderia ter cortado uma linha de gás. Estávamos aqui por excesso de cuidado.

— Mas a equipe tática? E... — O repórter apontou para o braço ferido de Theo, aninhado contra o corpo dele em uma tipoia.

— Estou me sentindo bastante sortudo — disse Theo, olhando sobre o ombro para a casa.

— Alguém mais se feriu? Havia alguém na casa na hora da explosão?

Theo imediatamente pensou no político.

— A investigação está em andamento e não tenho permissão para comentar sobre isso — ele disse, esforçando-se para manter a voz sem emoção. Ele falou rapidamente, antes que alguém pudesse fazer outra pergunta. — Senhoras e senhores, muito obrigado. Quando soubermos de algo novo, vocês saberão.

Virando-se, ele se agachou por baixo das fitas.

— Agente Baldwin?

Uma das repórteres estava afastada para o lado. Os outros voltavam para as vans. Theo andou casualmente, tentando não atrair atenção. Ele a reconhecia das transmissões da CNB. Vanessa Perez. Ela sempre lhe parecera uma profissional que dizia as notícias com integridade, não alguém que só queria a cara na TV.

— Vazamento de gás? — ela questionou.

Theo não disse nada, nem sua expressão.

— Vazamento de gás — ela repetiu, assentindo. — Claro. Mas...

Ela estendeu um cartão de visitas preso entre o indicador e o dedo do meio.

— Só para o caso de essa informação mudar.

Permanecendo inescrutável, Theo colocou o cartão no bolso sem uma palavra e se afastou.

— A Liu está atrás de você — avisou o agente Rosseau quando Theo se aproximou.

— Talvez eu seja demitido duas vezes hoje — disse ele, procurando a chefe ao redor. Vendo-a sozinha em um telefonema mais além na rua, ele foi para aquele lado, olhando o próprio celular enquanto andava. Graças a Deus o capitão dos bombeiros dissera a eles que a casa estava vazia antes que Liu ligasse pedindo a evacuação em Washington e Theo pudesse enviar uma mensagem à tia Jo dizendo que a família estava morta. Uma informação errada como aquela teria sido desastrosa. O telefone não mostrava nenhuma notícia da tia, e ele abriu a troca de mensagens para ter certeza de que todas elas diziam "Enviada". Sua única escolha era esperar. Ela provavelmente estava ocupada preparando-se para o ataque com gás, ele se deu conta com um calafrio.

A situação que ele atravessava já era surreal o suficiente. Mas, naquele exato momento, sua tia enfrentava um trauma de outra magnitude. Jo voava fazia muito tempo, e, pelas histórias que tinha contado ao longo dos anos, ele sabia de todas as coisas malucas que ela vira. Mas aquilo? Nunca as histórias dela tinham chegado nem perto.

Quando Theo tinha seis anos, a mãe dele o colocou junto com as duas irmãzinhas no carro uma noite e deixou para trás o pai e o único lar que ele tinha conhecido. Ele não entendeu o que estava acontecendo, mas algo lhe dizia que eles jamais voltariam. Ele não retornara ao Texas desde então. Naquela noite, a mãe dele dirigiu até a Califórnia, onde morava sua única irmã – a tia Jo. Ela estava grávida de Wade na época; Devon nasceria dois anos depois. Àquela altura, Theo e sua família estavam instalados numa casa quatro números abaixo da de tia Jo, seu novo mundo consistindo de duas portas traseiras que nunca ficavam trancadas, constantemente abrindo e fechando. Ele era o mais velho dos cinco primos e, já que não havia uma figura paterna, decidiu preencher aquele papel. Até mesmo o tio Mike, marido da tia Jo, parecia vê-lo como um igual, não uma criança.

Toda noite, a cozinha em uma casa ou na outra se encheria dos sons da família; um chiado quente vindo do fogão, um refrigerante sendo aberto depois que uma mãe dissera que tudo bem, uma história sendo contada sobre o que acontecera naquele dia na escola ou no trabalho. As melhores histórias sempre eram as de Jo. Ela era uma contadora de histórias nata, sempre sabia pintar uma cena do jeito certo. Seus relatos começavam como se não fossem ser grande coisa e, nem dois minutos depois, garfos cheios de espaguete estavam suspensos sobre os pratos, esquecidos.

Theo não podia esperar para ouvir como ele e Jo descreveriam aquele dia para suas famílias. Seria repetido pelo resto das vidas deles. Chegariam ao ponto em que se transformaria em uma cena, ambos contando seus pontos de vista conforme a saga se desenrolava. Lendário.

Ele assentiu para si mesmo, confirmando o futuro feliz.

— Theo!

Um agente correu até ele com a notícia de que a polícia de Los Angeles havia visto o SUV dos Hoffman em um centro comercial não muito longe dali.

Theo fechou o punho do braço bom.

— Vou chamar a Liu.

Ela estava de costas para Theo, desavisada de sua presença. Ele não ia esperar que ela terminasse a ligação para dar as boas novas. Aquilo era muito importante – ela ia querer ser interrompida. Chegando mais perto, Theo conseguiu ouvir a conversa.

— Sim, senhor — ela disse, fazendo uma pausa. — Eu entendo e concordo. Mas estamos falando de Washington, D.C. Potencialmente, da Casa Branca. Da segurança do presidente dos Estados Unidos. Acho que precisamos começar a pensar muito sério nas linhas do protocolo secundário.

Theo parou subitamente.

Em uma situação como aquela, havia apenas um plano de contingência, uma linha de protocolo secundário.

Se o FBI não salvasse a família, iriam derrubar o avião.

CAPÍTULO 15

Os pés de Ben levantaram terra castanha, que permaneceu no ar grosso do alto verão. Ele limpou o suor da testa com a manga da camisa, apertando os olhos contra o sol poente enquanto corria o mais rápido que podia. Suas tarefas haviam levado mais tempo do que esperava – nem teve tempo para jantar –, e seu estômago roncava enquanto ele corria, mas Ben não se importava. Estava atrasado. Apenas esperava não ser tarde demais.

Quase todas as fachadas das lojas pelas quais passava já estavam fechadas, as casas acima delas também escuras. Não havia carro, por isso ele corria no meio da rua. Também não havia pessoas. Praticamente todo mundo na vila no noroeste da Síria já estava no café. Ben apertou o passo.

Virando a esquina, ele viu as luzes do café espalhando-se lá fora no lusco-fusco sobre os fregueses que não haviam conseguido encontrar uma cadeira no interior. O local estava cheio de parede a parede, e uma conversa empolgada ecoava pela multidão. A cena era de expectativa, como sempre acontecia nas raras ocasiões em que ocorria algo diferente em um lugar tão pequeno.

Ben abriu caminho pelo café, afundando na multidão, sem desacelerar nem mesmo com um tapa na nuca vindo da tia Sarya. Um único ventilador oscilante ficava de lado, lentamente virando sobre o cômodo apinhado – e, na frente do local, Sam bloqueava a vista da TV com os dedos esticados bem abertos. Discutindo com todo o poder que um menino de nove anos podia reunir, ele pedia ao barbeiro da vila para esperar até que Ben estivesse ali antes de começar o filme. Alguém jogou uma castanha-de-caju, acertando Sam no rosto. Todos riram, inclusive Sam, que a pegou, pronto para jogá-la de volta na aglomeração, quando viu Ben. Pulando com um apito, ele declarou que então podiam começar. Mais castanhas voaram em sua direção em resposta.

O grupo silenciou quando o barbeiro deslizou a fita VHS para dentro do aparelho. Sam e Ben tomaram seus lugares de pernas cruzadas no chão com o resto das crianças. Não disseram uma palavra, apenas se sentaram de boca aberta enquanto Ben tentava recuperar o fôlego.

Alguém apagou as luzes e o brilho da TV se transformou na única iluminação em quase toda a vila. Palavras em inglês que ninguém entendia enchiam a tela, enquanto uma estranha música de percussão dos anos 1980, estrangeira a seus ouvidos, tocava no fundo. Então, duas palavras apareceram:

TOP GUN.

Todos no local celebraram.

Pelas duas horas seguintes, ninguém se moveu. Estavam fascinados pelo estranho mundo que viam na TV. Palmeiras e sol. Motocicletas e belas mulheres loiras. Homens de uniforme. Óculos de sol de aviador e vôlei.

Aviões.

Quando o filme acabou, todos se dispersaram, a conversa e a empolgação levando-os para fora. Para o restaurante, para suas casas, para começarem o que fariam por um longo tempo: discutir.

Sam e Ben ficaram paralisados, colados à TV, enquanto todos ao redor deles se mexiam. Só quando o último crédito rolou pela tela, viraram-se um para o outro.

Trocaram um olhar que nenhum deles entendeu. Horas depois, quando o sol se levantasse e todo o plano estivesse na frente deles, entenderiam. Pela manhã, teriam tudo planejado.

Começariam a economizar dinheiro. Aprenderiam inglês. Iriam para os Estados Unidos. E se tornariam pilotos. Não tinham ideia de como. Mas aquilo não importava. Eles descobririam. Sabiam, mais do que já tinham sabido qualquer coisa, que aquele era o destino deles. Ir para os Estados Unidos. Viveriam uma vida confortável, sem aborrecimentos, feliz. Brincariam nas praias da Califórnia e namorariam belas mulheres. Pilotariam aviões.

Mas, quando o dono do café os expulsou, eles não sabiam nada disso ainda. Apenas sabiam que tudo havia mudado.

— Coastal quatro-um-seis, mantenha Mach sete-cinco como medida.

Em algum lugar, um centro de controle qualquer na rota quilômetros abaixo do voo 416, um controlador de tráfego aéreo observou um pequeno ponto ir para a frente no radar diante dele. Seu tom parecia casual, como se fosse apenas outra direção em um dia como qualquer outro.

Ben passou a arma para a mão esquerda, pegando seu microfone com a outra.

— *Roger Wilco.*[3] Baixar para Mach sete-cinco, Coastal quatro-um-seis — ele disse, a voz calma e uniforme como a dos controladores.
— Preciso tirar o chapéu para o Controle de Tráfego Aéreo — falou a Bill. — Eles merecem um Oscar pela interpretação. Quer dizer, se você mandou o FBI para sua casa, a Administração Federal de Aviação deve saber o que está acontecendo.

Ele riu e mandou Bill para tirar os fones do laptop e tirar a tela de privacidade depois que ele terminasse de ajustar a velocidade do avião.

Bill ouviu o controlador, mas era somente som. Ben falava também, mas suas palavras tampouco tinham sentido. Era só barulho que corria pela cabine de comando. Bill não sabia de mais nada. Via apenas o cano daquela arma. Ele não se moveu.

Virando os olhos, Ben esticou-se para a frente. Girou um botão em sentido anti-horário, e os números amarelos na marca começaram a baixar. Quando chegaram à diretriz do Controle de Tráfego Aéreo, ele empurrou o controle para cima e o computador do avião ajustou a nova velocidade.

— Falar com o Controle de Tráfego Aéreo. Pilotar o avião. Derrubar o avião. Vou precisar fazer tudo hoje? Esse trecho é seu, você sabe.

Bill continuou olhando para a arma. Sua mente voltou para poucas horas antes, quando ele tinha passado – não, flanado – pela equipe de segurança no aeroporto. Ben deve ter passado pela mesma agente não muito tempo depois. Mas o abuso do sistema pelo primeiro oficial era o menor dos problemas de Bill no momento.

Bill olhou para o laptop. Havia uma estranha nova apatia na expressão de Carrie. Ela parecia olhar para algo que não estava ali, o foco disperso e indefinido. Suspirando como se tudo estivesse acabado, ela fixou os olhos em Bill. O cabelo na nuca dele se arrepiou.

Algo nela havia mudado.

Tirando a tela de privacidade, Bill a jogou junto com os fones de ouvido em cima da bolsa. O choro de Elise encheu a cabine de comando.

— Como vocês se conhecem? — Carrie perguntou a Sam.

---

3. Jargão de piloto, "Recebido, vou obedecer", da letra R (*roger*) e "Will comply". (N. T.)

O tom de voz dela era muito familiar, e Bill ficou subitamente desconfortável por não saber o que havia acontecido quando perdeu o contato com eles. Ele sentiu todo um novo nível de proteção macho alfa, enraizado na inveja e na posse. Era animal, irracional, mas fez com que voltasse a se concentrar.

Ele observou Carrie e Scott olharem para algo diante deles antes de baixarem os olhos momentos antes.

— Bendo é meu irmão — explicou Sam. — Bom, é como se fosse.

Apontando para a câmera, ele disse algo em uma língua que nem Carrie nem Bill entenderam. Ben riu em resposta e respondeu na mesma língua estrangeira. O afeto do reencontro deles parecia injusto, como papel picado caindo no time perdedor.

— Bom, Ben é meu irmão também — disse Bill com a voz trêmula. Ele olhou para as asas na camisa do primeiro oficial antes de apontar para a porta da cabine de comando. — Eles entraram no avião de boa-fé. Colocaram a vida em nossas mãos. É nosso dever respeitar essa responsabilidade.

Sam começou a falar, mas Ben o fez parar com um gesto.

— Por quê? — Bill continuou, a voz subindo. — Por que não simplesmente atira em mim e derruba o avião? Se é isso que queriam, não precisavam envolver minha família.

— Não é isso que queremos — disse Ben.

— Então o que é? — suplicou Bill. — Não entendo o que vocês querem. Não entendo por que estão fazendo isso.

Ben olhou para a janela diante dele, considerando a pergunta, a mão que segurava a arma baixando um pouco.

— De onde nós viemos, nosso povo tem um ditado. "Não há amigo além das montanhas." Significa que nosso destino é traição e abandono. Que só temos uns aos outros. Ninguém mais se importa. Só podemos contar com a gente.

Ben olhou para Sam, seus olhos embaçados e um sorriso desamparado.

— Tentamos não acreditar nisso — continuou o primeiro oficial. — Queríamos tanto acreditar que poderia ser diferente, que *seria* diferente. Aderimos à esperança. Ao Sonho Americano. Liberdade, esperança, pertencimento… era só o que queríamos. Para nós e nossas famílias.

E diga... por que isso é errado? Querer esse tipo de vida? Por que nossa vida não deveria ter aquela dignidade? Por que *nós* não merecemos isso? Seguimos as suas regras, fizemos o que vocês queriam, fomos tudo o que pediram que fôssemos. E vocês nos traíram! Você me pergunta como eu posso trair essa profissão... Bem, como você pode trair milhões de pessoas que só querem uma vida decente?

Bill tentou pensar em uma boa resposta, mas não encontrou. Ele não tinha entendido de verdade sobre o que Ben falava. Por fim, ele disse:

— O que isso tem a ver com a minha família ou os passageiros neste avião?

Ben abriu os braços e riu.

— Continue. Continue reagindo da forma como sabíamos que reagiria. Porque é precisamente isso! É por esse exato motivo que estamos fazendo isso! Vocês *nunca* acham que tem algo a ver com vocês. No mundo inteiro, merdas acontecem. E vocês apenas seguem em frente. Porque não tem nada a ver com vocês. Nunca se envolvem a não ser que sejam forçados. Então... — Ele fez um gesto para a cabine de comando. — Aqui estamos. Finalmente, você está sendo obrigado a enfrentar a verdade.

— Que verdade?

— A verdade de que as pessoas só são boas até onde o mundo permite. Você não é inerentemente bom, e eu não sou inerentemente mau. Estamos apenas usando as cartas que a vida nos deu. Então, colocando você nessa posição, dando a você essas cartas... o que um cara bom faz agora? Não tem a ver com a queda, Bill. Tem a ver com a escolha. Com pessoas boas percebendo que não são diferentes das pessoas más. — Ele olhou de Bill para Carrie. — Você apenas sempre teve o luxo de escolher ser bom.

O rosto de Bill se avermelhou. Ele não entendia totalmente o que Ben dizia, mas reconhecia a angústia que via arder nos olhos do copiloto. Era a mesma raiva fervente que corria pelo corpo de Bill sempre que olhava para a família cativa, desamparada.

— Mas e as pessoas que não têm escolha? — disse Bill. — Os passageiros no avião, as pessoas em Washington. Como a morte inocente delas prova seu argumento?

— E quanto às mortes inocentes do meu povo? — Ben rosnou de volta. — Por que a vida deles tem menos valor, por que a morte deles é menos trágica? Ninguém liga quando eles são massacrados. Está na hora do seu povo partilhar do mesmo fim sem sentido. Quero que os Estados Unidos lamentem como lamentamos nossa vida toda.

— Olho por olho não é justiça — disse Bill.

— Nem a inação. Nada vai mudar se nada mudar.

— Mas nada vai mudar se fizerem isso também. Os Estados Unidos não vão se curvar a um terrorista justiceiro.

— Nunca quisemos que vocês se curvassem! Só queremos ser vistos!

Ben ofegou no silêncio que se seguiu à sua explosão de raiva, a arma tremendo. Bill olhava para a frente em seu assento. Ben virou a cabeça para olhar pela janela. Tentativas tristes de uma atenuação física no espaço apertado.

Bill baixou as mãos ao lado do corpo, rendido. Ele não sabia o que fazer. Tudo parecia irremediável. Ele olhou para a família, tentando removê-la mentalmente daquela loucura, tentando lembrar como a vida deles parecia simples tão recentemente quanto na noite anterior.

Bill fizera hambúrgueres na churrasqueira. Tinham comido com a TV ligada, o volume baixo, assistindo ao jogo. Scott derrubou o leite em um momento. Elise tinha chorado, então Carrie comeu as batatas-doces fritas de pé, balançando-a até o choro parar. Bill se lembrou de pensar que precisava tirar o lixo quando jogou os guardanapos de papel embebidos em leite na lixeira. Ele tinha se esquecido de fazer aquilo antes de sair pela manhã.

Um barulho distante soava bipando em seu fone. Bill mal percebera, perdido na memória maravilhosa da normalidade. Mas os barulhos baixos, irregulares, por fim arrancaram Bill de seu devaneio. De repente, algo estalou em sua mente, enquanto ele se esforçava para ouvir, tentando não respirar.

Mas agora havia apenas silêncio. Sua mente estava lhe pregando peças.

Ele olhou para Ben, que não deu sinais de escutar nada incomum. Se *havia* algum som, ele viria pela frequência reserva, que só era audível no fone de Bill. De qualquer modo, Ben estava em seu próprio mundo. Ele examinava a arma, passando o dedão sobre o cabo.

De repente, ali estava. Bill arregalou os olhos. *Havia* um barulho.

Não era imaginação dele. Alguém o ouvira e estava respondendo.

CAPÍTULO 16

— Tudo pronto? — perguntou Jo.

Paizão jogou um saco quase vazio de fones de ouvido de plástico baratos da Coastal Airways no balcão mais próximo com uma pancada.

— Tudo pronto — ele respondeu.

— Todos os passageiros?

— Cada um deles.

— E você mandou ligarem as TVs? E colocarem no noticiário?

— Sim, mãe.

— Correu tudo bem? Eles foram receptivos?

Paizão olhou para ela, impassível.

Chegando à *galley*, Kellie passou entre eles, jogando seu saco vazio em cima do dele.

— Certo, essa galera *não* gosta da gente — ela disse, com os olhos arregalados. — Puta merda, eles estão bravos.

Paizão assentiu.

— Ele precisa terminar o que está fazendo *agora* porque temos que dar alguma informação a essas pessoas.

Os comissários de bordo olharam para o outro lado da área de serviço, para Rick Ryan, que continuava a tocar e mexer no telefone.

— Assim que ele acabar, e obrigada, sr. Ryan, por ajudar, nós vamos. Até lá, vamos falar dos especiais — disse Jo. Ela passou o manifesto de passageiros a Paizão, e Kellie olhou sobre o ombro dele.

— Milagrosamente, não temos muitos. Dois bebês e um passageiro de cadeira de rodas. Graças a Deus, sem menores desacompanhados. Mas você tem um caso de idioma na dezoito delta. O sobrenome é Gonzales, então imagino que seja espanhol. Algum de vocês fala espanhol?

Kellie fez que não.

— *Un poquito* — disse Paizão, olhando a lista. — Vai ser uma instrução divertida.

— Kellie, enquanto Paizão dá as instruções, prepare sua área de serviço. Precisamos dela segura agora para a descida final. Não vamos ter tempo depois.

Ela assentiu.

— Um minuto — disse Rick Ryan. — Estou quase pronto.

A tripulação esperou. Cada um deles tinha mil coisas a fazer para preparar os passageiros para o que acontecesse, mas não podiam fazer nada ainda. *Corra e espere*. Até em uma crise, o lema não oficial da aviação era verdade.

— Você lembra — Paizão quebrou o silêncio —, há muito tempo, quando nos ensinaram o que fazer se o avião fosse sequestrado?

Jo sorriu. A lembrança parecia curiosa.

— Fale com eles. Apele às emoções deles. Coloque-se no mesmo nível. Dê a eles o que querem. Basicamente? Faça o que precisar para que o avião pouse em segurança.

Naquele tempo, a tática era ganhar a simpatia dos sequestradores, então a companhia havia instruído os comissários de bordo a manter fotos dos filhos ou da família consigo o tempo todo. Jo tinha fotos dos meninos quando bebê presas no crachá e lembrava que Paizão tinha a foto do gato. Ele tinha dito a ela que seu plano era distrair os terroristas com seu bichano.

— Aí, aconteceu o Onze de Setembro — disse Paizão, a voz diminuindo. — E tudo mudou. — Ele se recostou no assento retrátil de Jo. A cabine de comando estava bem ali, e ele passou as costas dos dedos na porta. — Antes, a gente tinha como trabalhar, sabe? Os caras maus faziam sentido, o mundo fazia sentido. Havia motivos e demandas. Mas agora… — Ele balançou a cabeça.

— Beleza, beleza, beleza — disse Rick Ryan, acabando com o momento. — Está feito. Eu diria para esperar uns dois minutos, aí você entra.

Jo pegou o telefone e abriu a troca de mensagens com o sobrinho.

✱✱✱

O bolso de Theo vibrou e ele puxou o cinto de segurança para pegar o telefone. Abrindo a mensagem, ele sentiu a testa franzir.

— O quê? — perguntou Liu.

— Ela diz: "Veja as notícias".

Liu abriu o site da CNB no tablet. Esperando a página carregar, ela se inclinou sobre a divisória.

— Falta quanto para chegarmos?

— Uns seis minutos, senhora — respondeu o motorista.

Um mar de vermelho cobriu o aparelho.

— O quê... — Liu murmurou para si mesma.

A rede estava no modo total de últimas notícias, grandes fontes e letras maiúsculas exigindo a atenção do mundo. Os olhos do âncora do jornal iam e voltavam de suas anotações para a câmera, o ritmo do que estava acontecendo era rápido demais para um teleprompter. Liu aumentou o volume.

— ... a informação está chegando enquanto falamos. Por enquanto, temos certeza de que algum tipo de sequestro ou evento terrorista está ocorrendo agora a bordo de um voo da Coastal Airways indo de Los Angeles para Nova York. A celebridade Rick Ryan é um dos passageiros a bordo, e ele alertou a mídia para algum tipo de anúncio que será feito. Estamos esperando por esse...

Um gráfico em forma de caixa de um tuíte apareceu na tela:

> @RickRyanyaboi
> O VOO 416 FOI SEQUESTRADO.
> VÍDEO AO VIVO DA TRIPULAÇÃO A SEGUIR. REZEM POR NÓS!!!

Marcando todas as principais redes de notícias, o FBI, o Departamento de Segurança Interna – até a Casa Branca –, o tuíte já tinha sido compartilhado doze mil vezes em menos de três minutos.

— ... o avião é um Airbus 320, que pode carregar até cento e cinquenta passageiros, além de tripulação composta de três comissários de bor...

O âncora apertou o ponto no ouvido.

— Certo, estou sendo avisado de que temos um vídeo ao vivo do avião. Vamos assistir.

O estúdio desapareceu, substituído por uma transmissão entrecortada do interior de um avião. A tela foi tomada pelo rosto de uma mulher de meia-idade usando uniforme de comissária de bordo.

Theo quase perdeu o fôlego. *Tia Jo.*

— Senhoras e senhores — ela disse, a voz entrecortada enquanto o vídeo carregava. — A esta altura, vocês estão cientes de que enfrentamos um problema.

Liu olhou para Theo com total sinceridade.

— Sua tia é completamente maluca?

Jo olhou para a pequena câmera na parte traseira do telefone de Kellie. A jovem comissária de bordo estava na frente dela, intensamente focada, por vezes levantando ou baixando o aparelho para manter Jo enquadrada na tela.

— Eu sei que o mundo inteiro está nos assistindo agora, mas não é para o mundo que estou falando — anunciou Jo para a câmera. — Estou falando para vocês, os passageiros do voo 416. Sei que estão confusos e bravos. Eu também estaria se fosse vocês. Mas, do meu ponto de vista, as coisas são um pouco diferentes. Senhoras e senhores, vocês precisam saber o que está acontecendo. Merecem saber o que a tripulação sabe.

Os motores zumbiram. Era o único barulho na cabine. Cada passageiro a bordo usava os próprios fones ou o par gratuito distribuído pelos comissários de bordo. Todos assistiam às notícias atentamente.

— Não vou dourar a pílula — continuou Jo. — A família do nosso comandante foi sequestrada. A esposa, o filho de dez anos e a filha de dez meses dele estão sendo mantidos reféns em Los Angeles enquanto falamos. O indivíduo que os sequestrou disse que vai matá-los... a não ser que o comandante derrube o avião.

Uma mulher na primeira classe arquejou tão alto que assustou Kellie. Paizão cruzou os braços no peito, observando os passageiros, verificando o clima da cabine enquanto Jo falava. Ele deveria monitorar qualquer sinal de um comparsa entre eles; qualquer um que ficasse irrequieto ou olhasse em volta de maneira suspeita. Olhando para Jo, ele assentiu de modo encorajador.

— Eu voo com o comandante Hoffman há quase vinte anos — continuou Jo. — Conheço aquele homem. Eu *conheço* aquele homem. Não existe chance, nenhuma possibilidade, de que ele derrube este avião. Nenhuma. E é só o que vou dizer a respeito disso, pois não há mais nada a dizer. Mas, antes de continuar, quero falar com *você* — Jo rosnou, apertando os olhos, mudando o equilíbrio do corpo. — Seu filho da puta doente, onde você estiver. Você acha que vai se safar dessa? Você não tem ideia das forças à sua caça no momento. Elas *vão* encontrar você, eu garanto. E prometo outra coisa. — Ela ajustou a echarpe. — Aquela família que você sequestrou? Eles vão ficar vivos. E este avião? *Não* vai cair.

Kellie se endireitou um pouco. Paizão apertou a mandíbula, endurecendo a postura.

— Então vamos falar sobre as máscaras agora. Por que as soltamos? Para que vocês possam se proteger. Sim, senhoras e senhores. Esse maníaco também *nos* envolveu em seu plano doente.

Jo sentia o coração disparar como acontecia no momento de uma confissão. Quando se está assustado e quer sair correndo ou desistir, mas sabe que não pode.

— Antes de pousarmos, ele vai fazer o comandante soltar um gás na cabine de passageiros, de dentro da cabine de comando. O que é o gás? Bem, não sabemos. Mas vamos supor que seja bem ruim e vamos fazer *planos* como sendo bem ruim. Vejam… Seja o que for, nós certamente não queremos respirá-lo. É para isso que servem as máscaras. Os comissários de bordo vão instruí-los e prepará-los para o que vai acontecer. Mas aqui está o que vocês precisam saber acima de tudo, o que precisam lembrar deste momento até que aquelas rodas pousem em Nova York.

Ela foi para a frente.

— Nós vamos vencer. Vamos trabalhar juntos. Vamos proteger uns aos outros. E juntos, como passageiros, comissários de bordo e pilotos neste voo, vamos mostrar a esse monstro que não podemos ser intimidados, chantageados ou derrotados.

Jo fez uma pausa. Ela não sabia de onde tinham saído aquelas palavras. Tinha definido uma intenção, aberto a boca e as palavras simplesmente saíram. Sua mente corria. O que tinha esquecido? Não tinha nem certeza do que havia acabado de dizer.

— Quando eu era pequena, papai costumava me dizer: "Monte firme e coloque as esporas, menina". Senhoras e senhores, temos uma escolha. Essa escolha é confiarmos e ficarmos unidos. É uma honra estar aqui com vocês e é um privilégio servi-los. Montem firme e coloquem as esporas... lá vamos nós.

Kellie apertou o botão vermelho. Com um barulho suave, o vídeo parou de ser gravado.

Theo observou Liu colocar o tablet no colo. Em frente à janela da van, o cenário passava em um borrão.

— Desumanizar o cara malvado — ela disse. — Pintar o comandante como vítima *e* herói. Unir a turba contra um inimigo comum, o que os distrai de sua morte em potencial. Incitar o espírito guerreiro deles a agir. — Liu se virou para Theo. — Essa vontade que você tem de desprezar autoridade e mijar no protocolo... é um traço de família?

Theo inspirou em meio a um surto de orgulho que fazia suas bochechas formigarem.

— Sim, senhora — ele disse, sem conseguir esconder um sorrisinho.
— Ela não... Espere, ela falou sobre D.C.?
— Não, senhora — disse outro agente.

Liu balançou a cabeça.

A tia Jo estava a mais de mil quilômetros de distância e conseguia irritar Liu também. Theo amou aquilo.

— Senhora? Chegamos — disse o motorista, entrando em uma área comercial decrépita. Fachadas vazias com contornos de sinalizações antigas enchiam a praça. Pequenos vasos com mato crescido e árvores secas pontilhavam o estacionamento. Um sedã marrom com dois pneus murchos e um para-brisa coberto por uma camada grossa de poeira estava abandonado.

O único outro sinal de vida estava bem na ponta do terreno. Debaixo de um poste com a lâmpada queimada, envolto na escuridão, um grande SUV prata tomava duas vagas, evidentemente novo. Na brevidade de um dia no fim do outono, a noite já tinha caído, mas o tapa-sol do carro estava colocado, bloqueando a vista de dentro da perspectiva da unidade Alpha.

— Estacione atrás daquilo — ordenou Liu, apontado para um vaso com uma árvore de bom tamanho.

O veículo diminuiu a velocidade até parar, balançando para trás ao estacionar.

— Certo, seu doente — disse Liu. — Vamos tentar de novo.

CAPÍTULO 17

Carrie observou uma gota de suor deslizar pelo rosto de Sam. Prendeu-se ao queixo dele antes de cair na manga, deixando um círculo escuro no uniforme cinza da CalCom.

Estava quente no local apertado. A camiseta de Carrie grudava nela onde Elise havia se aninhado. O cabelo de Scott estava colado na testa com um brilho de umidade.

Sam baixou o telefone e começou a mexer no botão da manga. Segurar o detonador complicava a tarefa fácil, e Carrie sentia a frustração dele aumentando com o calor enquanto os dedos deslizavam em torno do botãozinho de plástico sem sucesso.

Carrie fez um movimento para a mão dele. Ele a puxou para trás. A câmera do telefone, mirando o teto, não mostrava nada agora à cabine de comando, e por aquele momento foi como se apenas os dois estivessem ali. Ele: armado, defensivo. Ela: calma, disposta. Ele apertou os olhos em ceticismo, mas ela não se mexeu. Ela não sorriu nem falou; não fez nada para provar que não era uma armadilha. Simplesmente baixou as mãos.

Lentamente, ele estendeu o braço, e ela o pegou com as mãos atadas, trabalhando também desajeitadamente, mas se saindo melhor. O botão se libertou, e o punho soltou-se em alívio.

Ela enrolou a manga da camisa dele, dobrando o tecido e ajustando-o. Parecia tão natural e automático para ela quanto dobrar uma fralda suja ou endireitar uma gravata. A van era escura, mas ela pensou ter visto uma cicatriz fina, vertical, que subia pelo interior do antebraço de Sam. Ele rapidamente puxou o braço para longe dela, quase confirmando sua suspeita.

— Meu pai também morreu quando eu era jovem — ela disse. — Acidente de carro. Motorista bêbado. Ele mesmo. — Fazendo uma pausa com os dedos, ela completou: — Ele sempre era o bêbado.

Ela voltou a trabalhar no tecido como se não tivesse mais nada a dizer. E tinha.

Entre Carrie e suas amigas, era a ela que pediam conselhos. Sim, ela era perspicaz e afetuosa – mas também tinha a habilidade inata de se aprofundar e apontar qual era o problema *verdadeiro*, não apenas o que as chateava. Elas chamavam aquilo de "modo Spock". Carrie era capaz de examinar uma situação difícil de modo imparcial, como se a estendesse diante de si em uma mesa debaixo de luzes fortes, removendo cirurgicamente a emoção que anuviava a lógica e a razão. Ela não achava aquilo grande coisa. Era apenas o modo como o cérebro e o coração dela se comunicavam. Mas se Carrie tivesse de pensar em como se tornara assim, imaginava que a presença não confiável e cheia de cerveja em uma infância que de resto era feliz e segura seria o ponto de partida.

— Graças a Deus, ele bateu em uma árvore — disse Carrie. — Estava dirigindo na contramão. Foi um milagre não ter machucado mais ninguém.

Sam inclinou a cabeça quando ouviu a palavra *Deus*.

— Seu pai era religioso? — ele perguntou.

— Não — disse Carrie. — Nossa família não era nem um pouco religiosa. Cristãos de Natal, do tipo ocidental. Ele parou de frequentar esses eventos. — Ela franziu a testa e olhou para Sam, mas seus olhos foram para mais longe. — Mas, honestamente, nunca conversávamos sobre isso. Deus, quero dizer. Não sei o que ele pensava.

— Você deveria me ajudar com isso, sabe — disse Carrie.

Bill sorriu sem tirar os olhos da TV enquanto mudava de canal.

— Esse negócio de Deus não é comigo — ele respondeu. — Eu não saberia nem por onde começar.

— E você acha que eu sei? — falou Carrie, de pernas cruzadas no sofá, virando as páginas da Bíblia no colo. O casamento deles aconteceria em uma semana, e o pastor dissera que precisavam escolher ao menos duas passagens para a cerimônia.

— Eles não têm separados os versos que usam para casamentos?

— Claro — respondeu Carrie. — Mas ele quer que tenha um significado para nós.

— Duas pessoas que nunca vão à igreja — disse Bill, assistindo à reprise de um jogo de basquete. Indicando a Bíblia no colo dela, ele disse: — Onde você achou isso?

Carrie riu.

— Em uma caixa no fundo do meu guarda-roupa. É de quando eu era criança. Nunca comprei a versão adulta. Eu gosto da linguagem simplificada.

Ela foi ao índice no fim para ver se as passagens estavam organizadas por assunto. Encontrando uma longa lista sob o título "Amor", escolheu uma e foi para o Livro de Eclesiastes, virando as páginas finas até que um papel escrito à mão a fez parar. O coração dela disparou ao ver os recuos profundos e as letras de fôrma da escrita distintiva do pai. Bill disse alguma coisa, mas ela o ignorou. Ele cutucou a perna dela com o controle remoto, e ela levantou os olhos. O sorriso dele sumiu ao ver o rosto dela. Ela contou o que havia encontrado.

— Seu pai? — perguntou Bill, endireitando-se e tirando o som da TV. — Você nunca me disse que ele era religioso.

— Ele não era — disse Carrie, olhando para o livro. — Então por que ele encontrou minha Bíblia e escreveu nela? E quando?

Bill não tinha uma resposta.

— Como sabe que foi ele? — ele quis saber.

— Tenho certeza. A letra dele era inconfundível.

— Bem, e o que ele escreveu?

Carrie franziu o cenho, tentando interpretar, sem entender. O pai havia circulado Eclesiastes 9:3 – "Este é o mal que paira sobre tudo o que se realiza debaixo do sol: todos nós estamos expostos ao mesmo destino". E, ao lado, ele havia escrito uma palavra. Sublinhada. Toda em letras maiúsculas. SIM. Ela virou a Bíblia para que Bill pudesse ver.

Pegando o livro, Bill olhou para a página por um bom tempo antes de devolvê-la. Ele parecia tão confuso quanto ela se sentia.

— Então... todos morrem. E isso não é justo?

Carrie olhou para o fantasma do pai.

— É.

Carrie desabotoou a outra manga de Sam.

— Não tenho muitos arrependimentos a respeito de meu pai. Mas eu me arrependo de nunca ter perguntado o que ele pensava de Deus.

Sempre achei que ele não falava sobre isso porque não se importava. Mas, quanto mais velha fico, mais olho para as escolhas que ele fez na vida. Eu me pergunto se ele na verdade não tinha um tanto a dizer sobre isso.

— Quantos anos você tinha quando ele morreu?

— Dezenove. Caloura na faculdade. A última vez que o vi foi na cozinha dos meus pais. Eu tinha ido jantar e estava indo embora. Já estava com a bolsa na mão, e minha mãe e eu estávamos terminando a conversa quando ele entrou na cozinha para pegar outra cerveja e perguntou do que estávamos falando. Eu disse a ele que estava tentando escolher uma linha principal de estudos. Ele deu de ombros e falou para, seja qual fosse minha escolha, eu escolher viver.

Sam franziu a testa, confuso.

— Exatamente. Ele sempre dizia esse tipo de bobagem de biscoito da sorte. Eu ficava maluca. Então, quando ele falou aquilo, eu revirei os olhos como sempre fazia. Mas nunca vou esquecer... E nunca vou esquecer porque foi a última coisa que ele me disse... Ele me olhou e pareceu... ofendido? Não, não ofendido. Magoado. Pareceu magoado e disse: "Você não acha que todo mundo vive de verdade, né? A maior parte das pessoas só existe e perambula por aí. Viver de verdade é uma escolha".

Carrie terminou de dobrar a manga de Sam, as palavras caindo no silêncio. O olhar dela parou no detonador, e uma onda ancestral de compreensão passou por seu corpo.

Sam pegou o telefone, devolvendo os dois à realidade atual.

— Na verdade, acho que entendo o que seu pai quis dizer.

Carrie olhou para a escuridão. Ela assentiu com a cabeça.

Um barulho veio do lado de fora.

Sam olhou para Carrie, de olhos arregalados.

Ele colocou um dedo sobre a boca. Silêncio.

O dedão dele se moveu para o botão vermelho do detonador. Um lembrete do que aconteceria se ela não obedecesse.

CAPÍTULO 18

Jo estava ao lado de Kellie do outro lado da cortina da *galley*, ouvindo os sons da cabine. Logo após pararem o vídeo, os três tinham prendido a respiração. Haveria gritaria? Pandemônio? Cerca de um minuto se passara sem muita reação.

— Até agora, tudo bem — disse Paizão, sem tirar os olhos da cabine. — Ninguém soltou o próprio veneno. Ninguém está dizendo que também é mau. Ninguém nem apertou o botão de chamada. Estou surpreso. Achei que aquilo pudesse...

Ele parou de falar e se afastou correndo da área de preparação.

Jo abriu a cortina, seguindo Paizão enquanto ele corria pelo corredor na direção de um homem que vinha em ataque. Os dois se encontraram logo depois da divisória.

— Eu quero saber — disse o homem, alto suficiente para que metade do avião escutasse — quando vamos seguir para o outro lado daquela merda de porta.

Paizão levantou uma sobrancelha para o dedo apontado para seu rosto.

— Que porta? — ele perguntou.

— Aquela. — O queixo do homem apontou para a cabine de comando.

— Ah — disse Paizão. — Infelizmente isso não vai acontecer, senhor.

O homem resmungou e suas bochechas ficaram ainda mais vermelhas. O rosto dele era do tipo que tinha um tom rosa natural, mas o peito arredondado e a pança de cerveja deixavam claro que não era resultado de correr meio quilômetro. Honestamente, ele deixava Jo nervosa. Ela conhecia homens como ele. Grande ego, pouca tolerância.

— Senhor — disse Paizão —, aquela porta tem trancas múltiplas, todas controladas por dentro. Não há chave. E, mesmo que fôssemos capazes de destrancá-la, o que não somos, há um dispositivo de anulação manual dentro da cabine de comando.

O homem piscou, como se o pensamento de destrancar a porta jamais tivesse lhe ocorrido. Jo colocou a mão no ombro de Paizão para que ele soubesse que ela estava com ele e para lembrá-lo de ficar calmo.

— Então vamos derrubá-la! — o homem uivou, cuspe voando da boca dele.

Alguém a algumas fileiras de distância grunhiu, concordando. Algumas cabeças assentiram.

— Aquela porta — disse Jo com a voz baixa e firme — é à prova de balas. Reforçada com kevlar. Foi projetada para ser impossível de ser derrubada.

— Não impediu os caras no Onze de Setembro.

— Aquela porta existe *por causa* do Onze de Setembro — respondeu Jo. — Acha que é sorte ninguém ter invadido uma cabine de comando desde então?

O homem não respondeu, simplesmente abanou a cabeça, as narinas alargando-se. A multidão começava a ficar do lado dele, o medo deles encontrando conforto no excesso de confiança do homem.

— Precisamos entrar lá! — gritou uma voz feminina de algum lugar.

Jo não conseguia saber nem quem tinha dito aquilo.

— Certo — disse Jo. — Vamos imaginar que a gente consiga derrubar a porta. Coisa que não conseguiremos. Mas vamos supor que sim. O que o senhor vai fazer assim que entrar lá?

O homem piscou de novo. Ele tampouco tinha pensado nisso.

— Vamos derrubá-los!

— Quem? — perguntou Paizão.

— Os terroristas!

Um par de pessoas aplaudiu.

— As únicas pessoas naquela cabine de comando — disse Jo, calmamente — são os dois pilotos deste avião. Que estão muito vivos e bem. O terrorista que você quer está em terra, lá em Los Angeles. Entrar na cabine não serviria de absolutamente nada e só nos colocaria em um risco maior.

Ninguém respondeu.

— Querido, se os caras maus estivessem ali, eu concordaria com você em um segundo. A única coisa que o senhor vai encontrar lá dentro na verdade são os caras bons — ela enfatizou.

Jo não ousou revelar que na verdade talvez houvesse um cúmplice com eles na cabine de passageiros.

Um homem sentado no corredor falou:

— Mas você não disse que um ataque de gás viria deles?

— É verdade — disse Jo, com um suspiro. — Nossos pilotos têm um problema. E precisam da nossa ajuda. *Haverá* um ataque de gás, pois, se não houver, uma família inocente vai morrer.

Jo deixou aquela declaração no ar por um momento.

— As autoridades em terra estão procurando a família, mas os pilotos precisam dar tempo a elas. Bill, nosso comandante, confia que estaremos prontos. Prontos para nos protegermos. O que é algo que podemos fazer. É *assim* que lutamos, é *assim* que vencemos o terrorista. Trabalhando juntos. Confiando uns nos outros. Sobrevivendo.

Ela olhou para os passageiros à sua volta. Todos pareciam levar em conta sua fala.

— Precisamos lutar. Mas vamos fazer isso sendo fortes o suficiente para *levar* o golpe, não o desferir.

Ninguém respondeu, o que ela tomou como um bom sinal. O principal agressor não parecia saber para onde ir agora, nem em seu argumento nem no avião. Então ele a encarou, respirando pesadamente, mas em silêncio. Ela pensou nos filhos quando eram pequenos. Eles costumavam enfrentá-la com aquele olhar que o homem tinha. Jo entendeu o cenário bem rápido: uma disputa de poder nunca terminava bem. Em vez disso, aprendeu a ter tato com as frustrações dos meninos. Redirecionar a energia deles. Ela lhes dava poder, enchia-os de importância e dever. Na verdade, só precisava que eles recolhessem os brinquedos. Mas suas táticas garantiam que aquilo fosse feito.

Indo para a frente de Paizão, ela ficou diretamente na frente do homem.

— Qual é o seu nome? — disse Jo.

— Dave.

— A tripulação vai precisar da sua ajuda, Dave. Podemos contar com você?

Ele estufou o peito.

— Precisamos reacomodar as pessoas — Jo continuou, antes que ele pudesse pensar muito naquilo e, francamente, antes que *ela* pudesse pensar muito. Eles não tinham ideia de quem estava com eles ou contra eles. Ela estava recrutando assistência às cegas. — Tem oito assentos na primeira classe. Quero dois vazios e seis ocupados por pessoas que desejem me ajudar a lutar. Há dois jovens rapazes, já sentados na primeira classe, que acredito que vão querer ajudar. E o senhor — Ela sorriu para Dave — completa três. Então vamos conseguir mais três e acomodá-los na primeira classe. O ataque virá da frente, então vamos querer…

— Mulheres e crianças atrás — interrompeu Dave.

Uma mulher em um assento próximo riu.

— Pelo amor de Deus — ela disse —, não estamos no *Titanic*. — De pé, ela colocou o joelho no assento, o braço pousado no assento diante dela. — Senhora, minha esposa e eu somos voluntárias.

Do assento do meio, a esposa dela assentiu solenemente.

Dave riu.

— Senhoras, acho que seria melhor para as mulheres…

— Deixe-me falar de outro modo — disse a mulher.

Em uma voz calma, ela explicou que era veterana dos fuzileiros navais com seis missões de trabalho e se tornara bombeira do Departamento de Bombeiros de Los Angeles, e sua esposa era paramédica e faixa preta em jiu-jítsu. Dave não teve muito a dizer depois daquilo.

— Excelente — falou Jo, rapidamente. — Isso dá cinco. Precisamos de mais um.

O zumbido dos motores foi de barulho de fundo a som proeminente. Ninguém se moveu, ninguém disse uma palavra. Era tática de escola primária. Se ficasse quieto o suficiente, a professora não o chamaria para dar a resposta.

Um clique de metal; um cinto de segurança aberto. A atenção se voltou para o barulho. Três fileiras adiante, no assento do corredor, um homem ficou de pé.

Olhos o seguiram para cima. E mais para cima.

— Podemos dizer "não, obrigado"? — Paizão sussurrou para Kellie.

O homem era enorme. Pelo menos dois metros. Provavelmente, mais. Ele se virou para olhá-los e cabeças se inclinaram para observá-lo, a incerteza passando pelo grupo. Cabelo negro raspado. Olhos escuros, sombreados na iluminação fraca, em um rosto pálido que era mais ossos do que qualquer coisa. Jo entendeu imediatamente por que Paizão não conseguira identificar a essência do homem. Ele tinha um mistério intangível, uma qualidade volátil de sombra.

A tripulação se entreolhou.

— Vou ajudar — ele disse com uma voz que atingia os registros mais graves.

O sotaque leve era estrangeiro, mas não reconhecível. O tom, despido de emoção.

Jo forçou um sorriso confiante.

— Obrigada, senhor. Agora temos seis.

CAPÍTULO 19

Theo observou a unidade Bravo parar em uma vaga de estacionamento na loja de burritos vinte e quatro horas no centro comercial. Estavam longe o suficiente do veículo dos Hoffman, mas tinham uma linha de visão direta. Todos esperavam pela avaliação da unidade.

— Nada — uma voz finalmente reportou nos fones de ouvido deles.

As luzes do veículo estavam apagadas e ninguém estava visível. Mas as janelas eram tão escurecidas que era difícil ter certeza.

Liu mordeu uma unha enquanto Theo observava a única fachada de loja no centro comercial com as luzes acesas. Um minuto depois, uma agente à paisana saiu pela porta. A voz dela encheu os ouvidos deles minutos depois.

— Esta loja e uma outra são as únicas propriedades abertas no terreno todo — ela disse. — Só uma tem sistema de vigilância e não funciona há meses.

Theo baixou a cabeça.

Se a família não estivesse no SUV, os agentes precisavam seguir em frente. Estavam ficando sem tempo e gastando o pouco que tinham simplesmente ali parados.

O suspeito havia dado o tom com a explosão no primeiro local. Seguir os protocolos do FBI para situações como aquela era vital para assegurar que a segunda locação não guardasse nenhuma surpresa. A equipe antibomba precisava fazer uma varredura completa antes que pudessem ao menos abordar o veículo.

Mas o protocolo do FBI não levava em conta o tempo estimado de chegada do avião. A cada segundo, a aeronave ficava mais perto de seu destino. Cada minuto contava. Theo checou o relógio ao mesmo tempo que Liu checou o dela.

Eles se olharam. Ele sabia que estavam pensando a mesma coisa.

— Comando, quanto tempo até que a equipe antibomba chegue aqui? — perguntou Liu no rádio.

— Sete minutos, senhora — disse uma voz.

— E, quando chegar, quanto tempo até a equipe se preparar, fazer a varredura e liberar o carro?

— Provavelmente meia hora.

Os agentes se entreolharam.

— Quanto tempo? — ela perguntou a Theo, referindo-se ao tempo programado para o avião pousar.

Ele olhou novamente para o relógio.

— Cerca de uma hora e vinte. Mas o comandante vai ter de jogar o gás na cabine antes disso.

Liu pareceu medir as palavras dele ao fitar o SUV dos Hoffman. Ela cuspiu um pedaço de unha e começou a morder outra.

— E se esperarmos pela liberação e então descobrirmos que eles não estão no carro? — sugeriu Theo. — Ainda precisamos encontrá-los.

Ninguém mencionou que não havia tempo para fazer isso.

Theo sabia que tinha razão. Sabia que os agentes sabiam que ele tinha razão. E sabia que Liu sabia que ele tinha razão.

Ela pegou um capacete.

— Não é para ninguém me seguir até eu mandar, está claro? — Liu prendeu a faixa sob o queixo. — Quero que conste nos registros que tomei esta decisão sozinha e aceito total responsabilidade pelo que acontecer.

Theo esquentou de medo. Uma coisa era ser imprudente com a vida *dele*. Aquilo era a vida de outra pessoa. Theo pensou no político, concordando com a cabeça, confiando nele.

Desde a explosão, uma dor lancinante se irradiava de seu braço esquerdo machucado para cima e para baixo de seu corpo, quase sem parar. Theo havia bloqueado a dor, uma dureza mental bem trabalhada que ele desenvolvera ao longo de muitos anos de treinadores pregando corpo acima da mente. Mas, enquanto observava Liu se paramentar, a dor pareceu pulsar mais intensamente, como se fosse um aviso. A dúvida entrou na mente de Theo, em lugares a que normalmente ela não tinha acesso.

— Achei que tivesse me dito que agir assim era uma má ideia — ele disse, levantando o braço na tipoia.

— E é — ela falou, tirando a arma do coldre.

Engatilhando a arma, ela abriu a porta do carro e pulou para fora.

Pasmos, todos observaram Liu correr através do estacionamento, arma em punho, aberta e exposta, nada além do asfalto entre ela e o veículo dos Hoffman. O para-sol no para-brisa teria impedido qualquer um dentro do SUV de ver o avanço frontal dela.

Aproximando-se do veículo, seu passo desacelerou antes que ela se agachasse ao lado do capô do carro, que permaneceu imóvel e escuro. Quando ela inclinou levemente o ouvido na direção do veículo, Theo percebeu o som distante do tráfego, como se o corpo dele recebesse comandos do dela.

Ficando de joelhos, Liu olhou embaixo do veículo. Momentos depois, ela se levantou, aparentemente convencida de que não havia nada no chassi do carro.

Limpando a palma das mãos, ela se agachou e foi devagar para o lado do motorista, mantendo o topo da cabeça abaixo da linha das janelas. A cada porta, ela inspecionava a maçaneta buscando fios detonadores. Ela não parou, então Theo imaginou que as maçanetas também estivessem liberadas. Indo em direção ao para-choque traseiro, ela saiu de vista.

— Unidade Alpha sem visão — disse o agente no assento do motorista.

— Nós a vemos — uma voz na orelha de Theo respondeu.

Ele sabia que havia atiradores de tocaia vigiando a situação de três pontos de observação diferentes, com os gatilhos prontos.

A expectativa no carro era palpável, o ar fechado tornando-se denso e quente. Theo mordeu o lábio até achar que poderia sangrar.

— Fiquem a postos... — disse nos ouvidos deles um dos agentes que tinha visão de Liu.

Então houve um som de arranhar seguido por uma série de impropérios muito raivosos e muito altos.

— Nada aqui — falou a voz de Liu. — Ninguém toca o carro até a varredura do esquadrão antibomba. Mas a família não está aqui.

Reaparecendo na traseira do carro, Liu enfiou a arma no coldre e checou o relógio.

Theo também olhou para o relógio. Eles precisavam esperar até que os técnicos liberassem o carro antes de procurar evidências, mas as chances de que o suspeito houvesse deixado qualquer coisa útil para trás eram poucas. Digitais, DNA; ele não seria tão descuidado. Não havia tempo para identificá-los, de qualquer jeito.

Theo saiu do carro imaginando para onde o terrorista teria levado a família. E em que veículo. Liu olhava para o céu noturno além dos mosquitos que enxameavam as luzes dos postes no centro comercial. Theo olhou para cima e viu um avião, milhas acima, as luzes piscando conforme seguia.

Liu pressionou as palmas das mãos sobre os olhos por um momento antes de suspirar alto o suficiente para que Theo ouvisse. Colocando a mão no bolso, ela tirou o telefone.

Theo andou sobre o asfalto sujo do estacionamento e, a cada passo, ele se lembrava de se concentrar. Organizar as evidências e revisá-las. Juntar as pistas.

Mas a percepção o atingiu com força.

Não havia evidência. Não tinham nenhuma pista.

— Sim, Liu falando — a diretora assistente disse no telefone assim que a alcançou. Ela pigarreou. — A segunda locação é um negativo. Começar a fase um de evacuações em Washington, D.C.

CAPÍTULO 20

Empoleirado em sua torre, bem acima das pistas do Aeroporto Internacional JFK, George Patterson estava acostumado a se adaptar a circunstâncias fora de seu controle.

Aquilo era diferente.

Com as mãos entrelaçadas, ele pousou o rosto sobre os nós dos dedos, os cotovelos sobre a pilha de papéis que tomava sua mesa: rotas de voo, informações meteorológicas, protocolos de emergência. Páginas cheias de símbolos, códigos que seriam tão claros quanto o ciscar de uma galinha para a maioria das pessoas.

Sou um observador de pássaros, dizia George para as pessoas, com um sorriso, quando elas perguntavam o que ele fazia. Falava de brincadeira, mas, por vinte e sete anos, tinha feito exatamente isto: observado asas de metal refletindo o Sol e a Lua enquanto subiam. Observador de pássaros era mais fácil de entender para a maioria das pessoas do que gerente de operações do Controle de Tráfego Aéreo do JFK.

Condições climáticas. Falhas mecânicas. Tempo. As leis da física. Ele não se preocupava com aqueles fatores. Não tinha controle sobre eles. Eram o que eram. Aceite as circunstâncias dadas e lide com o que *pode* controlar. Não perca tempo com o que *não* pode. Era assim que ele dirigia a torre. Era por isso que ele era o chefe.

Mas, pela segunda vez em sua carreira, a frustração fervilhava sob seu comportamento em geral firme. *Não precisava ser dessa maneira*, ele pensava. Teve o mesmo pensamento no fim do dia no Onze de Setembro, ao sentar-se ao lado da banheira, chorando, escondido da esposa e dos filhos. Todo seu trabalho era manter o equilíbrio em um ambiente cheio de fatores incontroláveis. E diante da TV, assistindo ao vídeo da comissária de bordo, ele se viu frustrado novamente porque o problema que enfrentavam naquele dia não era fruto do acaso. Alguém o havia criado.

Indo para a janela de seu escritório, observou sua equipe trabalhando. Todas as estações ocupadas, controladores curvando-se para a frente em suas cadeiras, falando rapidamente nos microfones acoplados aos fones de ouvido, virando botões e mudando as exibições em seus monitores. Ele sabia que incontáveis outras torres e centros pela nação haviam recebido a mesma diretriz NOTAM que o JFK recebera.

Acredita-se que o primeiro oficial do CA416 não saiba sobre a situação do comandante. Não falem sobre a situação no ar. Para informações, dirijam todas as cabines de comando para frequências alternativas.

Todo o tráfego aéreo chegando ao JFK será desviado para alternativas, uma zona de espaço aéreo fechado será imposta enquanto o 416 se aproxima.

Todas as comunicações com o 416 precisam permanecer dentro do padrão. Desvio e discrição é nosso objetivo e a melhor chance que eles têm.

Em aviões por todo o país, comandantes e primeiros oficiais olhavam uns para os outros, curiosos para saber por que estavam sendo dirigidos para novos canais de comunicação. Mas o mistério desapareceria quando aeronave após aeronave fosse informada e começasse a executar protocolos sem emoção. Era quase milagrosa a velocidade com que a rede de comunicações se formava pelo céu, cada piloto trabalhando naquele dia avisado da situação iminente, reagindo conforme seu treinamento.

Apenas aqueles que realmente precisavam ter conhecimento sabiam que os aeroportos em D.C. – Aeroporto Internacional Dulles, Aeroporto Nacional Reagan e Aeroporto Internacional Baltimore/Washington – também se preparavam como o JFK. Para o quê, não tinham ideia. Não deviam lidar com aquele voo; o pássaro não era deles. E, se o comandante terminasse derrubando o avião no alvo do terrorista, não teriam nada a ver com a rota do 416. Mas, ainda assim, precisavam estar prontos. Para qualquer coisa.

Porém, em Nova York, assim que os controladores viram o vídeo no noticiário, assim que souberam que o destino do avião era o JFK, foram para o trabalho sem precisar ser convocados. George via um de seus controladores vestindo algo que claramente era um pijama. Outra tinha tirado os saltos altos e colocado debaixo da mesa. Seu primeiro jantar com um pretendente não estava indo bem, de qualquer maneira. O suor empapava a camiseta de um de seus rapazes que viera diretamente da academia.

Meu Deus, como ele amava aquelas pessoas. Como tinha orgulho da dedicação deles a seus deveres. Como um farol, eles serviam como uma garantia constante de esperança. No caos da tempestade, seriam o previsível dentro do imprevisível. Seriam a luz que guia o caminho para casa. Não apenas a torre dele. Cada controlador e cada centro que o 416 encontrasse tinha um propósito unificado: guiá-los.

Em uma indústria que funcionava vinte e quatro horas por dia, sete dias por semana, trezentos e sessenta e cinco dias por ano, aquele não era um escritório ou um local de trabalho. Era a torre deles. Onde passavam feriados, fins de semana, madrugadas e auroras. Juntos. Era o segundo lar deles.

Mas George sabia que a qualquer minuto chegariam oficiais militares e ela se transformaria em uma sala de guerra apinhada.

— Ei, chefe?

George olhou para o homem parado na porta. Cabelo loiro caía até os ombros saindo de um boné desbotado dos Mets, enquanto uma camisa havaiana enrugada e solta subia para mostrar um pedaço de pança. Aquela maçaroca de masculinidade era o controlador mais inteligente e experiente de George. *Era isso ou caçar tempestades*, dissera Dusty Nichols sobre sua decisão de se tornar controlador de tráfico aéreo. Aqueles eram os dois únicos empregos em que ele conseguia pensar que não exigiam gravata ou banhos regulares.

— O que foi? — perguntou George.

— Estou com o centro de Chicago na linha. Eles estão me dizendo que estão se comunicando com o comandante do 416 – mas não em transmissões vocais.

George inclinou a cabeça.

— Certo...

Dusty ajustou o boné, mudando o peso do corpo de um pé para outro.

— É uma doideira, cara. O comandante está usando o microfone de mão para bater em código Morse.

CAPÍTULO 21

Bill estava tão enferrujado para ouvir e transcrever código Morse quanto ao começar a transmiti-lo antes, quando ninguém parecia ouvir. O conhecimento voltava rapidamente, mas ele ainda sentia o suor na palma das mãos com a concentração intensa. Código Morse era difícil o suficiente de fazer sozinho – quanto mais em segredo enquanto conciliava outra conversa.

Um piloto comum não sabia código Morse. Alguns dos militares mais velhos talvez soubessem. Mas, na maior parte, a linguagem estava morta. Era assim naquele momento e era assim trinta anos antes, quando Bill apresentara o mesmo argumento ao seu primeiro instrutor de voo. Mas o veterano da Segunda Guerra não deu ouvidos. Ele não queria saber se Bill achava que código Morse era difícil, tedioso e uma completa perda de tempo. Era mais uma ferramenta para a caixa de ferramentas. Ele disse que Bill aprenderia logo que as coisas podiam ficar muito feias bem rápido. E quando ficassem – e isso ia acontecer –, Bill ia querer sua caixa de ferramentas tão cheia quanto possível.

Bill nunca ficara tão feliz por estar tão errado.

Do outro lado da tela, Carrie o observava com atenção. Àquela altura na vida deles, Bill realmente acreditava que ela o conhecia melhor que ele mesmo. Pelo olhar em seu rosto, ela sabia que a mente dele estava em outro lugar. Ele desejou que pudesse dizer a ela onde.

Segure firme, amor. Vou dar um jeito nisso.

Sam olhou para o telefone.

— Estamos chegando muito perto da hora da decisão. Preciso de sua escolha, Bill.

O coração de Bill batia na garganta. Ele se mexeu no assento, gaguejando em sua tentativa de enrolar.

Sam o interrompeu:

— Vamos, Bill. Qual vai ser?

O tom dele era de gozação. Pelo canto do olho, Bill viu a arma chegar mais perto de sua cabeça.

— Por favor — disse uma voz. — Me leve. Só eu.

A voz baixa do menino tinha uma pureza que destroçou o coração de Bill.

O lábio inferior de Scott tremia. Sua súplica não era a barganha de um homem maduro aceitando com conhecimento o fardo de seu destino. Era o grito de um menininho forçado a abandonar a inocência, mas sem ferramentas para entender. Uma criança meramente imitando o que via heróis de filmes fazerem. O que achava que o pai faria.

O trem de brinquedo fez a curva de novo. Os olhos de Scott arregalavam-se de deleite enquanto o pequeno motor, seguindo e bufando, passou por eles. Desaparecendo no túnel de papel machê, reapareceu alguns centímetros depois, perto da área onde os cavalos de plástico pastavam. As mãos do menino apertaram a barreira, sua respiração embaçando o vidro.

Bill olhou para o relógio. Quarenta e cinco minutos e nem uma palavra. Ele se virou ao ver um grupo de enfermeiras caminhando com seus copos de papel cheios de café.

A gravidez não planejada tinha trazido a Bill e Carrie um mundo de choque. A reação pasma inicial deu lugar à empolgação – mas as realidades médicas e estatísticas de uma mulher grávida aos quarenta e dois anos haviam pairado de forma agourenta nos nove meses de gravidez. Bill checou o telefone de novo atrás de uma palavra do médico. Ainda nada.

— Você acha que ela vai gostar de trens? — perguntou Scott.

Bill sorriu.

— Aposto que vai. Você pode ensinar a ela tudo sobre eles.

Os olhos de Scott nunca deixavam o brinquedo circulante.

— Onde ela vai dormir?

Bill pensou.

— Bem, ela vai dormir no quarto dela.

Bill havia pintado o quarto de amarelo-claro no fim de semana anterior. Ele perguntara a Scott se ele queria ajudar, mas o menino havia declinado sem muita explicação. Bill não o pressionou.

— Você quer dizer meu antigo quarto de brinquedos.

Bill hesitou.

— Sim... seu antigo quarto de brinquedos. Mas agora você pode brincar na sala. E, quando ela tiver idade, podem brincar juntos.

Scott murmurou algo baixinho. Bill ia deixar passar, mas aí notou que o menininho tentava não chorar. Bill se ajoelhou no nível dos olhos do filho.

— Você acha que ela vai gostar de beisebol? — sussurrou Scott.

Uma lágrima desceu pelo rosto dele.

— Não sei, filho — disse Bill. — Precisamos esperar e descobrir. Você acha que ela vai gostar de beisebol?

Scott balançou a cabeça.

— Certo — disse Bill.

Ele mal conseguia discernir os sussurros de Scott.

— A gente *gosta* de beisebol.

Ah. Ali estava. Agora Bill entendia.

Uma década antes, Carrie dera a ele um teste de gravidez positivo. Naquele momento, Bill sentiu que sabia o que Scott vivenciava agora. Bill não estava pronto para se tornar pai. Eles estavam casados havia apenas um ano. Iam viajar, ficar acordados até tarde, dormir sem colocar o alarme. Beber vinho sempre que quisessem. Carrie estava terminando a pós-graduação. Eles moravam em um apartamento ruim de um quarto em uma parte ruim de Los Angeles. Ele não estava nem perto de pagar seus empréstimos estudantis para a escola de aviação.

Mas, acima de tudo – de modo egoísta –, ele não queria deixar de ser o centro do mundo de Carrie. Ele havia encontrado o amor de sua vida e o queria para si. Queria ser o único que ela amava. Ele se odiou no momento em que olhou para o teste de gravidez, porque seu primeiro pensamento foi de ressentimento. E, agora, todos aqueles anos depois, Bill sabia que Scott sentia aquele ressentimento. Scott queria ser o centro do mundo dos pais, ele queria a mamãe e o papai só para ele. Queria ser o único que eles amavam.

O telefone de Bill vibrou com uma mensagem.

— Vamos, filho. Precisamos ir — chamou Bill. — Ela chegou.

Três andares depois, Bill bateu suavemente na porta, abrindo-a para deixar Scott entrar primeiro. Carrie estava na cama segurando um cobertor rosa que se contorcia. O rosto inchado dela se iluminou quando os dois entraram, os olhos quase sumindo em um sorriso de alegria.

— Aqui estão meus meninos — ela disse, a voz fraca e áspera. — Agora estou bem.

Bill precisou se esforçar muito para não correr para sua menininha e tomá-la nos braços em segurança. O parto fora longo e difícil, e, quando a pressão arterial da bebê caiu, Bill foi retirado da sala enquanto levavam Carrie para a cirurgia. Ele ficou olhando, impotente, de mãos abertas, enquanto os médicos cercavam a cama e corriam pelo corredor com ela, desaparecendo em alguma porta. Bill ficou sozinho sem nada a fazer além de esperar e consolar Scott.

— Você é tão incrível — ele sussurrou para ela. — Você fez isso, Carrie. Olhe.

A bebê Elise, perfeita e de rosto rosa, esticou os braços. A boca se abriu em um bocejo com um barulhinho, quase um miado de gatinho, escapando de seus lábios apertados.

Scott olhava para a recém-nascida de olhos arregalados, e o bicho de pelúcia que Bill comprara na loja de presentes caiu no chão. Esticando um dedinho de menino pequeno, ele tocou a bochecha dela.

— Ela é tão pequena — ele sussurrou.

Bill ajudou-o a subir na cama ao lado da mãe, e Carrie passou Elise para ele com cuidado; duas mãos segurando a cabeça dela. Scott olhou nos olhos da irmã, e ela nos dele, e, de algum modo, um entendimento se deu entre eles. Bill não entendia a mensagem, mas reconheceu o mensageiro como o mesmo que o visitou na primeira vez em que colocaram Scott em seus braços.

Havia tudo antes daquele momento, e então tudo depois. A mudança de paradigma era sobrenatural.

— Vou te ensinar tudo sobre trens — Scott sussurrou para a irmãzinha. — E beisebol também.

— Filho — disse Bill, com o rosto tremendo. — Essa é a coisa mais corajosa que já ouvi alguém dizer na vida. — Ele tentou desesperadamente não chorar, ter metade da coragem que seu filho tinha. — Só fique com a Elise, tá? Ela precisa do irmão mais velho dela agora. Só tome conta da nossa menininha, tudo bem?

Bill viu Carrie se inclinar e beijar o topo da cabeça do filho, lágrimas caindo naquele cabelo emaranhado, o redemoinho teimoso, mesmo agora. Carrie e Scott levantaram os olhos ao mesmo tempo outra vez, observando algo na frente deles, como tinham feito antes.

Bill ficou de boca aberta. Ele se recuperou rápido.

Colocando os cotovelos na frente do computador, Bill enfiou a cabeça nas mãos. Parecia um homem derrotado em uma pose de frustração – mas a nova posição colocava sua orelha mais perto do alto-falante, onde, de olhos fechados, ele se concentrava no silêncio vindo da máquina, ouvindo para confirmar o que suspeitava.

Ali! Ali estava. O barulho de fundo mudara, ainda que muito levemente, o barulho distante de um jato ficando mais fraco a cada momento.

Eles estavam observando os aviões decolarem. Estavam perto do aeroporto.

Ben bateu a arma impacientemente no painel de controle, fazendo Bill pular. O comandante baixou a mão para fora da vista e começou a bater em código Morse no botão do microfone de mão o mais rápido que podia.

Ben interrompeu a concentração de Bill.

— Está na hora de jogar a lata — ele disse.

— Não vou jogar nad...

Sam levantou o detonador.

— Então é essa sua escolha? O avião?

— Não — negou Bill, rapidamente, estendendo as mãos para o laptop como se pudesse tocar a família. — Não. Essa não é minha escolha.

— Se não arremessar a lata, essa *é* sua escolha — falou Sam.

Bill ficou de boca aberta, tentando encontrar palavras além das que sabia que precisava dizer.

Ben estendeu a arma. Sam ajustou a pegada no detonador.

— Certo — disse Bill. — Vou jogar.

CAPÍTULO 22

Jo estava na frente do avião, examinando seu esquadrão de voluntários. O homem alto estava reclinado, de olhos fechados, a cabeça contra o assento. Jo se perguntou como ele conseguia dormir em um momento como aquele. Tudo a respeito dele parecia estranho. De acordo com o manifesto de passageiros, o nome dele era Josip Guruli, e a busca on-line de Kellie não tivera resultados. Não tinham motivos para desconfiar dele além de um sentimento instintivo. Mas, naquele dia, isso tinha peso.

Ela observou Paizão instruindo os passageiros das fileiras das saídas de emergência sobre as asas, certificando-se de que eles entendiam como as portas funcionavam e onde deveriam se colocar durante a evacuação. A mão firme dele distribuía os papéis com autoridade: você e você – fiquem na ponta do escorregador e ajudem as pessoas a se levantar. Você – corra para longe do avião e chame todos até você. Cabeças assentiam.

Pegando uma bandeja de pequenas garrafas de água de sua *galley*, Jo a entregou para seus novos recrutas enquanto observava uma jovem passageira se espremer passando por Paizão em direção à parte traseira. Ora, para onde ela estava indo? Jo balançou a cabeça, frustrada porque todos subitamente eram culpados até que se provassem inocentes. Aquilo ia contra a maneira como ela tipicamente enxergava a humanidade.

— Tirem suas gravatas — ela disse de passagem para dois executivos que agora estavam nos assentos do corredor da primeira fileira. — Perigo de sufocamento.

Os dois jovens obedeceram.

Depois de distribuir a água, ela prendeu de novo o recipiente vazio antes de se abaixar atrás da cortina da área de preparo de alimentos para checar o telefone. Nenhuma novidade de Theo. Ela colocou o telefone no bolso e pegou os suprimentos antes de sair da área de preparação e se dirigir aos voluntários.

— Certo, senhoras e senhores — ela disse. — Vamos começar.

Os passageiros aptos se reuniram, com Jo no comando. De braços cruzados, concentração alinhada, eles se preparavam para a batalha, e Jo era a comandante. Ninguém a interrompeu, nem mesmo Dave.

— Nossas ferramentas são limitadas — ela explicou —, então, precisamos trabalhar com o que temos. Nossa vantagem é que estaremos bem preparados e bem coordenados. Certo?

Todas as seis cabeças balançaram para cima e para baixo.

— Nosso objetivo número um é contenção. Queremos o mínimo possível desse veneno no ar.

Jo sentiu uma pontada de culpa ao falar. Ela não precisava explicar por que conter o gás era importante, mas estava omitindo o fato de que o suprimento de oxigênio dos passageiros se esgotaria em doze minutos depois de ser ativado. Então eles realmente precisavam do mínimo possível de toxinas flutuando, mas um relógio correndo sobre o qual não podiam fazer nada era um estresse adicional desnecessário.

Ela estendeu os braços. Robustos sacos de lixo cinza pendiam de suas mãos.

— Isso é o melhor que temos — disse Jo, ao entregar um deles a cada passageiro apto, explicando como a coisa se daria.

Todos os seis estariam sentados, usando as máscaras de oxigênio. Jo estaria usando um cilindro portátil de oxigênio. Ela ficaria diante deles na divisória, diretamente na frente da porta da cabine de comando, esperando que ela se abrisse. Quando a lata fosse jogada, iria atrás dela, já que seu oxigênio portátil permitia que se movesse. Depois que pegasse a lata, iria jogá-la na sacola que estivesse mais perto dela no momento. Aquela pessoa amarraria a sacola o mais rápido possível e então a jogaria na sacola mais perto dela. Aí, Jo pegaria as sacolas, colocaria na privada do banheiro, fecharia a tampa e trancaria a porta.

Cabeças assentiram.

— Mantenham as máscaras, entendido? Se precisarem removê-las por alguma razão, prendam a respiração. Aí, a coloquem de volta rapidamente. Trabalhamos como equipe. Ninguém pode ser exposto por muito tempo.

Os passageiros aptos murmuraram concordando e se inclinaram para a frente, prontos para a próxima parte do plano. Pareciam dispostos e determinados a ajudar – mas e se o cúmplice fosse um deles? E se ela tivesse mostrado o plano bem para a pessoa que os preocupava? Jo olhou para sua equipe e percebeu: não tinha um plano para aquela possibilidade sombria.

— Alguma pergunta?

CAPÍTULO 23

Um chiado soou no fone de Theo.
— Vocês não vão acreditar — disse uma voz da van de comunicações. — Acabamos de saber que o comandante Hoffman está se comunicando com o Controle de Tráfego Aéreo. Em segredo. Usando código Morse.
Bill dissera a eles que a família estava em um veículo estacionado. Algo grande o suficiente para que sentassem na traseira. Ele não sabia a locação exata, mas sabia que estavam em algum lugar perto do Aeroporto Internacional de Los Angeles.
— Ele disse que estão olhando pela janela traseira do veículo, observando os aviões decolarem.

Depois que Jo terminou de instruir os voluntários, ela pegou os últimos copos da primeira classe que ainda estavam soltos antes de se abaixar e entrar na *galley* com um olhar para a cabine principal. Kellie e Paizão haviam quase terminado a primeira rodada, checando se tudo estava em conformidade. Jo os observara pelo canto do olho enquanto falava com a própria equipe e se surpreendera com o pouco tempo que eles levaram.

Na maior parte dos dias, garantir a conformidade era uma luta. Os passageiros não gostam de receber ordens sobre o que fazer. Mas naquele dia parecia que Kellie e Paizão não precisaram corrigir uma só pessoa. Décadas de carreira depois, Jo enfim entendeu por que os passageiros frequentemente resistiam a pedidos pequenos como guardar a bolsa ou levantar o assento ou por que ignoravam as demonstrações de segurança. Era o mesmo impulso que os impedia de dizer o que queriam dizer, fazer o que queriam fazer, ser quem queriam ser. Fariam isso amanhã. Da próxima vez. Mais tarde. E agora, tarde demais, percebiam que o amanhã nunca fora uma garantia. Agora, faziam por vontade própria, até de modo desesperado, tudo que podiam para conseguir um pouco mais de tempo.

Jo colocou os copos em um carregador com divisórias no carrinho de bebidas. As máscaras estavam para fora, seus passageiros aptos estavam informados, a cabine estava em conformidade e sua área de preparação estava segura. Estavam se aproximando do fim da preparação, e ela olhou para os passageiros, aqueles estranhos tornados família, perguntando-se se havia esquecido algo, quando, do nada, sentiu vontade de chorar.

Talvez fosse porque o tempo estava se esgotando. Ou talvez fosse porque Jo observara um homem dizer, de modo espontâneo, a uma senhora idosa ao lado dele, que não a deixaria quando chegasse a hora da evacuação. Talvez fosse porque tinha visto um adolescente – velho demais para ser considerado um menor desacompanhado, mas que estava viajando sozinho pela primeira vez – sendo reassegurado e reconfortado pela família do outro lado do corredor. Jo via o orgulho adolescente dele derreter enquanto ele se permitia sentir mais seguro na confiança que só um pai ou uma mãe podem dar. Talvez fosse porque ela vira estranhos de mãos dadas, rezando juntos.

As almas a bordo tinham se tornado uma família – tão perfeita quanto a imperfeição. A vida curta daquela família estava a ponto de chegar ao fim, e, enquanto grupo, tinham enfrentado a própria mortalidade juntos.

Jo queria pegar o avião nas mãos como um brinquedo, beijá-lo gentilmente e colocá-lo no alto, em uma prateleira. Seguro. Tinha tanto orgulho de estar com aquelas pessoas, tanto orgulho de ter juntado a própria voz ao coro. Ela e os outros dois comissários de bordo podiam ter desempenhado papéis diferentes, mas estavam todos juntos naquilo.

Uma luz vermelha apareceu no teto com um repique de dois toques. Jo pegou o interfone.

— Vocês terminaram a conformidade? — perguntou Jo.

— Sim, senhora — disse Paizão do outro lado da linha.

— E estão todos informados?

Paizão confirmou que estavam.

— E você me deve cinco dólares.

— Você só pode estar brincando. Quem?

— O casal na fileira treze. Olhe no corredor.

Jo virou e sufocou um riso. Como esperavam, um casal de meia-idade estava no corredor, esforçando-se para tirar os coletes salva-vidas inflados.

— Ah, tadinhos — disse Jo, e riu, na verdade não muito surpresa.

O avião baixou levemente, fazendo com que a ameaça parecesse iminente.

— Certo — continuou Jo. — Coloquem as máscaras primeiro, depois peçam aos passageiros para fazer o mesmo. Aí, quero você e Kellie na traseira, em seus assentos dobráveis, prontos para pousar. Entenderam?

— Mas...

— Esse pouso pode ficar turbulento — ela explicou, interrompendo-o. — A última coisa de que precisamos é de vocês dois sendo jogados. E não precisamos de vocês aqui. Tenho meus passageiros aptos e vamos dar um jeito. Mas vocês dois conhecem este avião e sabem o que fazer em uma emergência. Os passageiros precisam de vocês vivos para isso. Entendido?

Paizão suspirou.

— Entendido. Mas, para deixar claro, não gosto de você aí sozinha com aquele cara.

Jo olhou para Josip. Ela também não gostava. Ele era quase sessenta centímetros mais alto que ela.

— Não vou estar sozinha — disse Jo, tentando soar mais convencida do que estava. — E, se ele tentar alguma coisa, tenho um avião cheio de ajuda. A multidão está com a gente, lembra?

Paizão murmurou algo, concordando. Ele claramente não estava convencido, e ela também não. Mas ambos sabiam que não tinham outra opção.

Depois de desligar, Jo abriu o primeiro compartimento acima de sua cabeça, à esquerda da aeronave, e retirou o cilindro de oxigênio portátil. Ela puxou a alça sobre a cabeça, o cilindro cruzando seu corpo na diagonal. Tirando a máscara amarela da bolsa, girou a válvula em sentido anti-horário até que o número "4" aparecesse na janelinha na ponta do cilindro. Inseriu um dedo dentro do recipiente e buscou um fluxo de ar antes de cheirá-lo. Não tinha odor. Colocando a máscara, ela puxou forte as tiras soltas, o recipiente plástico afundando no dorso do nariz. Então ela balançou o cilindro até que ele pousasse de modo desajeitado em suas costas. Com um olhar para trás, viu Kellie e Paizão terminando as mesmas manobras.

Andando pela primeira classe, ela ajudou os voluntários a colocar as máscaras e puxou os tubos para baixo para começar o fluxo de oxigênio. Era um exercício calmo e até intimista. Mas, quando ela voltou para seu lugar na frente do avião e se virou para olhar para eles, o humor mudou.

Eram os olhos deles.

As máscaras cobriam o rosto dos passageiros. Jo não sabia se alguém estava sorrindo ou de cara feia. Se estavam torcendo o nariz ou mostrando a língua. Fazendo uma pergunta ou gritando para ela ter cuidado. Cada ação, cada intenção, cada emoção era canalizada pelos olhos.

Jo começou uma verificação final de conformidade. Um balanço de cabeça aqui, um sinal de joia ali. Sua cabine estava pronta para seguir, e Kellie e Paizão tinham quase terminado na cabine principal. Jo assentiu para Paizão na metade da cabine. Ele curvou a cabeça em resposta, voltando para a *galley* traseira para tomar seu posto. Jo se virou para a divisória. Algo chamou sua atenção.

Era luz refletindo em um par de asas plásticas de piloto. O menininho que visitara Bill e Ben na cabine de comando antes do voo estava sentado na primeira fileira da cabine principal.

O pai apertava a mão do filho em um gesto de proteção. Os pés do menino balançavam na ponta de seu assento, sapatinhos pontilhando o fim das perninhas curtas; ainda levaria muitos anos até que fossem compridas o bastante para alcançar o chão. Os olhos intensamente verdes de fato brilhavam, dominando a máscara que apequenava e maculava seu rosto de querubim.

O pai do menino verificou o cinto de segurança dele, provavelmente pela décima vez. Ela via o homem se preparando mentalmente para a evacuação. Desafivelando o cinto deles e pegando o menino nos braços enquanto iam para a saída, apertando-o contra o corpo enquanto deslizavam para a segurança. O homem estava vivendo no futuro, mas o menino não estava com ele.

O menino ainda estava no avião, ainda estava no aqui e no agora. Ele olhava em volta para as máscaras que balançavam e as luzes brilhantes. Jo podia imaginar a boca angelical dele aberta de espanto debaixo da máscara. O menino não estava tomado pelo medo. Estava tomado pelo fascínio.

Observando aquilo, Jo achou que o momento ainda era dolorosamente pesado, mas ela não precisava sofrer ao carregá-lo.

Um repique de dois acordes soou pela cabine com uma luz verde. Jo olhou para a parte traseira do avião, imaginando por que Paizão chamava novamente.

— Tudo certo?

— Sim, senhora — respondeu Paizão.

Ela esperou que ele falasse algo mais.

— Está tudo bem com o oxigênio de vocês? — ela perguntou, depois que ele não disse nada.

Ela ajustou o tanque, o volume desajeitado mudando de lugar em suas costas.

— Sim, senhora. Nós o prendemos sobre um ombro, nas costas, em diagonal. E você?

— Mesma coisa — disse Jo, observando Kellie no fundo do avião apertando a cinta em seu tanque e Paizão ao lado, no interfone. — Enfim — continuou Jo, deixando as luzes da cabine um tom mais forte —, acho que estamos prontos.

Olhando para Josip, ela baixou a voz.

— Nada de novo para reportar daqui.

Outra vez, ela esperou que Paizão falasse alguma coisa. Mas ele não disse mais nada. Jo precisava se concentrar.

— Certo, preciso ir. Vejo você lá embaixo, querido.

— Jo! — ele desembuchou antes que ela pudesse desligar o interfone.

Ela conhecia Paizão havia muitos anos. Mas, ao ouvi-lo se atrapalhar com as palavras, percebeu que era a primeira vez que o via sem saber o que dizer. Olhando para o fundo, ela o viu enxugar o rosto.

— Jo — ele sussurrou —, não tenho ninguém para quem ligar agora.

Ele cobriu o rosto com a mão livre e repetiu o que disse, caindo em lágrimas.

A voz de Jo estremeceu quando ela disse:

— Bem, você acabou de me ligar. E eu atendi.

Um soluço reprimido encheu o ouvido dela, embora ela pudesse sentir Paizão tentar segurá-lo enquanto lhe escapava da boca. Seus próprios olhos ficaram úmidos, apesar do esforço para não chorar. Jo observou Kellie pegar um lenço do banheiro e passá-lo para Paizão. Ele aceitou, apontando um dedo para ela.

— Se contar isso a qualquer um, jovem, vou dizer ao FBI que você estava trabalhando para o terrorista.

Jo ouviu Kellie rir e sorriu.

— Não se preocupe, Paizão — disse Jo. — Seu segredo está seguro conosco.

Desligando o interfone, Jo pegou o celular, abriu a troca de mensagens com Theo e começou a digitar.

Bill pegou a lata de veneno da bolsa, colocando-a cuidadosamente no painel de controle. O pequeno frasco ficou no fundo dela.

— E quanto ao pó que eu deveria usar para matá-lo? — ele perguntou a Ben.

Sam e Ben riram.

— Pode colocar na rabanada — disse Ben. — É açúcar de confeiteiro.

Bill sentiu a coroa do dente de trás quebrar com a pressão de sua mandíbula apertada.

— Mas isso — falou Ben, indicando a lata prateada na frente do comandante — definitivamente não é açúcar. Veja, eu não poderia morrer. Alguém precisaria estar aqui para certificar-se de que você faria sua escolha. Se você não tivesse quebrado as regras, eu jamais teria me revelado. Você teria me envenenado, e eu teria fingido minha própria morte. Mas eu precisava ficar vivo para me certificar de que você derrubaria o avião.

Bill balançou a cabeça, tentando entender.

— Mas e se eu tivesse escolhido o avião? E não envenenasse você e pousássemos bem e minha família... — Ele não terminou o pensamento.

— Aí essa teria sido sua escolha — disse Ben. — A gente pousaria sem incidentes, e eu me daria um tiro na cabeça à noite.

Ben se curvou a Sam, dizendo alguma coisa que não era em inglês. Sam curvou a cabeça também, repetindo a frase.

— Veja, vamos morrer hoje. Eu e Sam. Foi decidido. Mas agora, quando morrermos, nossa vida terá propósito.

Bill balançou a cabeça, enojado.

— Martírio é uma morte de covardes.

Sam colocou o telefone bem perto do rosto, as bochechas tremendo como se ele tentasse manter a compostura.

— Isto não tem nada a ver com religião — ele disse. — Os únicos covardes são pessoas como você, que têm medo de enfrentar a verdade sobre como e a qual custo mantêm sua paz e seu privilégio.

Bill não ouviu uma palavra do que ele disse.

Com os olhos apertados na direção do computador, Bill se concentrou no que via sobre o ombro de Sam. O novo ângulo da câmera trouxe a luz para mais perto atrás deles, iluminando… vigas de madeira?

A ficha caiu. Bill quase arfou.

Anos antes, quando Carrie se mudou de Chicago para Los Angeles, eles tinham alugado uma van da empresa U-Haul para a viagem. Ela não precisava de nada muito grande, já que tinha vendido a maior parte de suas coisas, então a van de dezesseis lugares com os bancos retirados que a companhia de mudanças oferecera era perfeita. Bill precisou entrar e sair dela pelo menos cem vezes. Ficou com uma farpa no dedo por uma semana por causa das vigas de madeira que usava para se apoiar.

A família estava em uma van de mudanças.

CAPÍTULO 24

Theo olhou para o alto com o som das hélices do helicóptero zunindo acima do centro comercial enquanto a luz de busca da aeronave iluminava as ruas do sudoeste de Los Angeles. Para um lado e para outro, procurava uma agulha em um palheiro.

— Raio de uns cinco quilômetros?

O agente puxou um mapa, e as telas dentro da van de comando iluminaram-se. Vistas aéreas e das ruas da área em torno do Aeroporto Internacional de Los Angeles apareceram.

— Não, vamos começar com três — disse Liu.

Theo ficou de braços cruzados ao lado de Liu do lado de fora da van, enquanto olhavam por cima do ombro do outro agente, as imagens no mapa se estreitando e entrando novamente em foco de acordo com os botões que ele apertava. Mesmo com um raio de apenas três quilômetros, levaria dias para pesquisar os pontos dos quais era possível observar o tráfego para o aeroporto. Bairros vizinhos, hotéis, centros de compra, garagens de estacionamento. A gama de possibilidades para o local em que a família poderia estar era imensa. O único ponto bom era que só precisavam procurar em três lados. Toda a parte oeste do aeroporto dava para o oceano.

— Quero nossas unidades a norte, leste e sul do aeroporto — disse Liu. — Comecem o mais perto possível do perímetro. Façam a varredura de cada rua e continuem seguindo. Peçam à polícia do aeroporto para fazer buscas nas garagens e rever as gravações.

Theo e os outros agentes assentiram e começaram a falar em seus rádios ou digitar em seus telefones.

Liu olhou para o helicóptero.

— A cavalaria aérea fica com a vista de cima — ela disse. — E vamos ficar parados e tentar montar o quebra-cabeças.

Do outro lado do estacionamento, o esquadrão antibombas trabalhava no SUV dos Hoffman.

— Alguma novidade para mim? — Liu falou no rádio.

Theo olhou através do estacionamento. Um dos agentes perto do carro se virou e claramente sinalizou com os polegares para baixo para Liu.

O telefone dela soltou um bipe. Ela leu a mensagem antes de dividir com o grupo.

— Fase um das evacuações quase completa em Washington.

Theo sabia que aquilo significava que os funcionários públicos mais graduados do governo tinham sido evacuados, a linha de sucessão estava em segurança e o Serviço Secreto estava pronto para levar o presidente para o abrigo protegido na Casa Branca a qualquer momento.

Ninguém disse nada. Theo pensou na logística daquela operação. Toda a situação se expandia, a rede de pessoas afetadas crescendo em grande velocidade.

— E... as pessoas comuns? — perguntou Theo. — O público sabe? Tem um comunicado oficial?

Liu balançou a cabeça.

— E nem terá... se conseguirmos encontrar a família.

Um barulho subitamente entrou pelos fones deles.

— Uma van de mudanças! Outra mensagem em Morse. Ele diz que eles estão em uma van de mudanças!

Os dedos no braço machucado de Theo formigaram quando um disparo de adrenalina esperançoso pulsou pelas terminações nervosas feridas. Liu se virou para ele.

— Ligue para todas as companhias de mudança da área e veja o que consegue descobrir.

Saindo de perto do grupo, Theo tomou nota do horário e fez um cálculo rápido. Ele calculou que o avião estava a menos de uma hora de seu destino final.

O ataque a gás aconteceria logo.

O coração de Bill bateu com uma esperança recém-encontrada. Ele não podia chegar à localização exata da família, mas estava se aproximando. Se o FBI corresse e encontrasse logo a van de mudanças, talvez Bill não precisasse jogar o veneno na cabine. Sim, ainda haveria uma arma apontada para a cabeça dele – mas uma coisa de cada vez. Ele precisava da família em segurança primeiro. Podia descobrir o que fazer com o resto depois.

Ele olhou para seus amados, mas precisou fechar os olhos. Era insuportável assistir à esposa com as mãos presas, lidando com uma bebê de dez meses tendo um ataque de choro. De olhos fechados, ouviu os gritos de Elise se intensificando; sua filha, sua menininha indefesa. O fato de que ela não tinha ideia do que estava acontecendo era injusto; a ignorância dela era qualquer coisa menos uma bênção. Bill se perguntou se a fralda de Elise precisava ser trocada.

Ao ouvir as tentativas de Carrie de calar a bebê se intensificarem, ele abriu os olhos. A testa dela estava vincada de ansiedade enquanto ela balançava a filha, mas não fazia diferença. Scott colocou as mãos nos pés da irmã e fez cócegas leves, mostrando a língua para ela. Os olhos da bebê estavam bem fechados. Marcas largas de lágrimas corriam pelo rosto dela.

— Está tudo bem, Lise — disse Scott, usando o apelido que dera a ela, o tom da voz subindo ao falar com a bebê. — Psssiu, está tudo bem. Está sentindo esse cheiro? Essa fogueira de acampamento? Vamos fingir que estamos acampando. Com o papai. Na floresta.

Bill prendeu a respiração.

— Vamos fazer sanduíches de biscoito com marshmallow e chocolate e olhar para as estrelas — disse Scott. — Finge, Lise. Finge.

Bill deixou o braço esquerdo cair lentamente. Pegou o microfone de mão e se certificou de que estava abaixo da cadeira, onde Ben não podia ver. Metodicamente, começou a bater.

Elise gritou mais alto.

Sam tocou na bebê. Carrie arfou, puxando a criança para perto do corpo. Mas as mãos de Sam tinham sido colocadas gentilmente; não como uma ameaça, mas como alívio. A criança, em uma traição lancinante, empurrou a mãe, indo para o homem. Com relutância, Carrie a soltou.

A pele de Bill gelou ao ver a filha se deitar no peito do homem, a bochecha apertada contra o colete suicida. Balançando de um lado para o outro, Sam se transformou em um metrônomo enquanto o corpo de Elise pulsava no compasso de seus gritos ofegantes. Fazendo pequenos círculos, ele esfregou as costas dela com o detonador entrelaçado nos dedos.

Sam começou a cantar. Uma melodia suave, melancólica, mas bonita. As palavras eram estrangeiras, mas, para a bebê, de qualquer modo, nenhuma palavra tinha significado.

Ben começou a cantar junto, alto o suficiente para Bill ouvir, mas mesmo assim baixo.

Os berros de Elise lentamente se transformaram em gritos, rendendo-se logo depois em gemidos. Seu corpinho gradualmente parou de estremecer enquanto começava a relaxar. Quando ele cantou a nota final da canção, o único movimento era o balanço suave de Sam.

Ninguém disse nada naquele momento peculiar de paz.

Bill se perguntou se os homens se arrependiam da escolha deles. Se eles se arrependiam de colocar aquela bebê, aquele menino, aquela mulher, na posição em que se encontravam. Talvez não fosse tarde demais. Mesmo com tudo o que já acontecera, talvez Bill pudesse encontrar um jeito de convencê-los a desistir. Ele ia tirar vantagem do momento, mas Ben chegou primeiro.

— Bill. Está na hora.

Theo apertou o botão vermelho, terminando a chamada. Era a sétima companhia de mudanças que contatava. Sete tentativas sem resultado.

Olhando através do estacionamento, ele viu Liu e os agentes movendo-se com propósito, mas sem urgência.

O esquadrão antibomba estava guardando os apetrechos e todas as portas do carro dos Hoffman estavam totalmente abertas enquanto ele era examinado por agentes. Observando as duas equipes trabalhando, Theo sabia que as ações deles tinham sido tão infrutíferas quanto as suas.

Apertado em sua mão, o telefone vibrou.

O ataque aqui está a ponto de começar. Mas queria dizer como tenho orgulho de você. Vai dar tudo certo, Theo. Eu te amo muito.

Theo não queria estar no controle. Não queria fazer parte daquela missão. Não queria mais ser o menininho que se declarava homem. Os adultos lidam com as situações; consertam as coisas. Theo vinha tentando fazer isso desde que a mãe os tirara de casa no meio da noite. Mas ele não queria mais fazer isso.

Você consegue, tia Jo. Nós vamos conseguir aqui. Agora você vai dar conta aí em cima. Eu também te amo.

Um pensamento pairou: *espero que o comandante escolha sacrificar a família dele.* Theo baixou a cabeça com culpa e vergonha.

Do outro lado do estacionamento, Liu e os agentes dispararam em movimento. Algo estava acontecendo. Theo começou a correr. Quando chegou a eles, o grupo tinha quase acabado de empacotar as coisas.

— ... procurem em qualquer área pública em um raio de três quilômetros que possa incluir fogueiras de acampamento. Pensem em parques e...

— O que está acontecendo? — Theo perguntou a Rousseau.

Eles tinham recebido outra mensagem em Morse. O piloto dizendo que a família sentia cheiro de fumaça. Fumaça do tipo que vinha de uma fogueira de acampamento.

Theo tentou visualizar as áreas que cercavam o aeroporto visto de cima. Ao leste, a fila de hotéis no Century Boulevard. Talvez um deles tivesse um local de fogueira no pátio? O lado sul era quase todo residencial. E muito longe das pistas. O norte também era residencial e...

— Dockweiler! — Theo gritou quando a ficha caiu. Ele começou a correr para o veículo mais próximo, mas, vendo que ninguém parecia segui-lo, parou.

— O que é Dockweiler? — perguntou Liu, sem tirar os olhos das telas na van de comando.

— É uma praia — disse Theo, falando rápido. — Fica no fim das pistas... Olha, eu explico no caminho. Mas precisamos ir.

Os agentes foram terminar de empacotar as coisas, mas Liu os interrompeu com um gesto. Depois de ordenar ao agente trabalhando nas telas que colhesse toda a informação que pudesse encontrar sobre a praia, ela se virou para Theo.

— Vamos ver. Olhe — ela disse, indicando a informação que começava a aparecer nos monitores —, *estamos* vendo. Mas não temos recursos para mandar agentes a cada vez que você tenha um palpite.

— Mas não temos tempo...

— O que não temos é tempo para enganos. Entendeu? — O tom de Liu era categórico.

Ela se virou de volta para a van.

Theo abriu a boca, incrédulo. Tinha certeza absoluta de que sabia onde estava a família. Dockweiler era uma praia pública localizada na ponta oeste das pistas do aeroporto. Os aviões decolavam diretamente acima, e havia fogueiras na praia. Ele sabia que Liu descobriria tudo aquilo em sua pesquisa e sabia que ela chegaria à mesma conclusão a que ele já chegara. Acabariam indo para aquela direção, mas, quando chegassem lá, Liu *ainda* ia querer fazer reconhecimento antes que pudessem cercar a área e estabelecer um perímetro.

Para Theo, não havia dúvida de que seria tarde demais.

Ele tentou soar calmo.

— Eu realmente acho...

Um dos outros agentes foi para a frente dele.

— Cara — ele disse para Theo com a voz baixa —, eu sei. Mas você precisa se acalmar. Só deixe ela fazer as coisas dela.

Theo o mirou, momentaneamente confuso, antes de olhar em torno de si. Os outros agentes o observavam. Ele sabia que eles não tinham a mesma responsabilidade de Liu nem uma ligação pessoal com o caso como ele. Não tinham motivo para se arriscar, o que tornava mais fácil seguir a chefe. Seguir ordens era seguro.

— Theo.

Ele se virou ao som de seu nome. Era Rousseau. O agente olhou para a mão trêmula de Theo, que ainda apertava o celular.

— Desculpe — disse Theo. — É só que, minha tia, sabe.

Os agentes assentiram, e Theo se afastou do grupo. Depois de uns momentos, ele olhou para trás por cima do ombro. Ninguém o observava. Todos haviam voltado para suas tarefas.

Theo apertou a mandíbula e andou para o SUV próximo. Ninguém tentou pará-lo, pois jamais imaginaram que um agente faria o que ele estava a ponto de fazer. Enquanto ele sentava no assento do motorista e ligava o motor, não sentiu nenhuma hesitação. Seu desejo de estar em outro lugar e não em controle desaparecera totalmente. Ele sabia que aquilo significava o fim de sua carreira. Mas, de qualquer modo, não era por inação e covardia que ele havia entrado para o FBI.

Enquanto saía em velocidade do estacionamento, Theo não olhou para trás.

CAPÍTULO 25

Jo sorriu ao ler a mensagem de Theo.

Colocando o celular no bolso, ela ficou sozinha, de costas para todos que estavam sentados. Ela se escorou, diretamente na frente da cabine de comando. Sussurrou uma prece pelo sobrinho, pela família e pelo resgate em solo.

Tão perto da cabine, ela ouvia o silvo pneumático de uma máscara de oxigênio dos pilotos sendo liberada do estojo.

Ela sabia que Bill estava se protegendo do veneno, assim como eles fizeram ali na cabine de passageiros. A máscara do piloto, no entanto, seria de nível militar. Podia criar sucção com selamento hermético, cobria o rosto inteiro e jogava sem esforço um fluxo infinito de oxigênio aos pulmões dele. Muito diferente dos copos de plástico baratos e produzidos em massa que os passageiros haviam prendido nas cabeças com tiras elásticas. A desvantagem parecia injusta.

Ela ouviu o silvo de novo e imaginou que a máscara dele agora estava colocada.

Estava na hora. O ataque começaria a qualquer momento.

Bill ajustou a máscara no rosto, virando-se para ver Ben prender as tiras da própria máscara de oxigênio na cabeça, soltando o aperto lateral da parte bucal. A máscara selou-se com precisão, protegendo olhos, boca e nariz.

Bill agitou a lata na mão, uma bola de mistura fazendo barulho dentro. Conforme a pressão aumentava, ele sentia o animal lá dentro implorando para ser libertado.

Esperando até que Ben terminasse de ajustar a máscara, Bill parou de agitar a lata como sinal.

O primeiro oficial fez um joinha.

★★★

O que era aquele tilintar? Os olhos de Jo examinaram a porta, que não deu pistas. E se as suposições deles estivessem erradas e as sacolas de lixo não funcionassem? E se ela não conseguisse lidar com aquilo? E se o gás a deixasse incapacitada imediatamente? E se ela sucumbisse e nem conseguisse lutar? E se houvesse um cúmplice entre os passageiros para assegurar que o ataque fosse bem-sucedido?

Ela olhou por cima do ombro para os seis voluntários. Levantando o polegar para eles, sorriu quando cada um respondeu do mesmo jeito. Ela não estava sozinha.

Josip, enfiado no canto de trás da primeira classe, a observava intensamente. Ele levantou o queixo devagar. Era um sinal de solidariedade. Ou uma ameaça. Jo não sabia qual dos dois. Ela levantou o queixo em resposta, querendo dizer ambas as coisas.

A cabine era dela, lembrou a si mesma. Ela estava no controle.

Virando de volta para a porta, ela expirou o ar. O cheiro do próprio hálito amanhecido, morno e úmido contra a máscara de plástico a irritou. Recordou-a de que era apenas humana. Ela precisava ser mais.

Então, naquele último momento antes da batalha, ela decidiu que seria.

Jo se endireitou um pouco, fechando os olhos. Sua atenção se voltou para um ponto negro; calma antes da ação. Ela fez um agradecimento mental às gerações de deusas, guerreiros e sobreviventes que correm em seu DNA, reconhecendo agora que de fato deveria estar entre eles.

Houve um som de metal retraindo-se.

Os olhos dela se abriram.

A porta se destrancou por dentro. Uma cascata de botões iluminados ia do teto ao chão, a janela da cabine de comando um talho horizontal de escuridão. O comandante Hoffman se virou para trás em seu assento, as luzes púrpura da cabine refletindo no escudo plástico da máscara dele. Houve um movimento na parte de dentro.

Jo viu os detalhes da lata na mão de Bill. Prateada, pequena o suficiente para caber na mão, soltava um fluxo de resíduos brancos que se dissipavam quanto mais se afastavam da fonte.

Jo estendeu as mãos, ansiosa para pegá-la. Sem tirar os olhos da lata, observou-a voar até seu alcance. Bem quando chegou às suas mãos, algo bateu nela vindo de trás e a jogou no chão. Ela gritou ao ver a lata sair de seu alcance. Batendo na divisória, ela rolou para o outro lado da *galley*, alojando-se embaixo de um carrinho.

Bill colocou as mãos na boca, batendo contra a máscara que havia esquecido que usava.

Jo!

O grito dela ecoou em sua mente mesmo depois que já tinha acabado. Aquele som – um barulho de puro terror humano, dor humana, fúria humana – atravessou sua consciência.

Você fez isso, Bill. Você causou isso a ela, a eles.

A imagem queimava em sua mente. Jo, pronta como prometera que estaria. Preparada, armada – pega de surpresa.

Ela não percebeu o homem chegando, e Bill não pôde gritar um aviso, uma vez que a porta já se fechava com uma batida, os sons de loucura e caos surgindo do outro lado.

Ele olhou para Ben, que se inclinou para a frente, olhando pela janela. O primeiro oficial ofegava tanto quanto ele.

— Diga quem foi! — gritou Bill.

O primeiro oficial nada disse, nem Sam.

Tudo aconteceu de uma vez, embora se desenrolasse em câmera lenta.

Jo jogou a cabeça na direção da porta conforme o agressor se dirigia a ela.

Ele chutou e arranhou a porta, gritando enquanto batia o ombro repetidamente na superfície impenetrável. Os esforços dele eram inúteis. A porta estava fechada. A cabine de comando não fora invadida. Uma onda de alívio passou por Jo. O homem na porta se virou para ela, agarrando-a pelo uniforme. Ele a puxou para cima, deixando-a na altura do rosto dele.

— Não! O gás! — gritou Jo sobre o ombro para o primeiro passageiro apto, o empresário na primeira fileira, que vinha em sua ajuda. Ele correu para a *galley* para achar a lata.

Dave envolveu a garganta de Jo com as mãos, apertando com

força. Ela o julgara mal. Achou que o convencera, que ele era parte da equipe. Estava errada.

Os olhos de Jo saltaram enquanto ela via o empresário procurar freneticamente pela lata, girando em torno de si na área de preparo de alimentos. Ela tentou apontar, dirigi-lo, mas Dave chacoalhava seu corpo com violência demais. Jo podia sentir que começava a tremer por causa da falta de oxigênio. Vendo o empresário também começar a tremer, no entanto, ela se perguntou se na verdade era o veneno.

— Preciso chegar lá!

Espuma branca caía da boca de Dave enquanto ele gritava no rosto de Jo. Caía pelo queixo coberto de suor dele. Os olhos avermelhados ficaram cheios de água enquanto ele piscava contra a ardência. Jo o viu sucumbir lentamente ao gás, pequenas bolhas aparecendo no pescoço dele, ao lado de veias que saltavam e pulsavam.

— Não, isso eu não vou deixar! — ele gritou para ela. — Não vou deixar!

O empresário, sem sucesso, se agachou para pegar a máscara de oxigênio quando o segundo passageiro apto, o outro jovem empresário, pulou para ajudá-lo. Ele ficou de joelhos e começou a procurar debaixo do carrinho errado.

Jo tentou apontar para o certo, mas estrelas começaram a dançar em sua vista. Seu cérebro parecia incapaz de mandar uma mensagem para a mão. A visão sumia e voltava, desmanchando-se em escuridão e voltando novamente. Não era possível que tivessem se passado mais de dez segundos desde que a porta se fechara, mas poderiam significar dez vidas.

Dave gritou enquanto seu aperto se soltava. O veneno o tomara. Saindo do nada, um objeto contundente o atingiu no rosto. Jo escapou das garras dele, sendo pega antes que o seu corpo batesse no chão. Dave caiu aos pés dela.

Olhando para cima, Jo se viu nos braços de Josip. A mão dele apertava uma revista enrolada. Ele a usou uma segunda vez, agora como um cassetete, e o golpe deixou Dave inconsciente.

Jo tirou o corpo das mãos dele com uma força que ele provavelmente não esperava, passando pelo segundo empresário enquanto ele voltava buscando ar. Ela bateu no último carrinho. Soltando o freio de pé, ela o puxou para a frente, batendo-o contra a tranca secundária. Perdendo o equilíbrio, ela caiu contra a divisória. O carrinho voltou para o lugar, a lata ainda presa debaixo dele. O veneno branco espalhava-se como um fantasma.

Josip entendeu e levantou a tranca secundária. A mão imensa dele se colocou sobre a dela, eles soltaram o carrinho, a lata rolou em uma nuvem de veneno.

Josip chutou a lata para longe deles. No começo do corredor no centro da área de preparação, a ex-fuzileira naval se ajoelhou à espera. Pegando a lata com a sacola de lixo, ela a amarrou com tanta força que Jo esperou que não rasgasse. Virando-se, ela colocou o embrulho nos braços da esposa, que esperava com a próxima sacola e amarrou com a mesma força, dando dois nós para garantir.

Josip arrastou o corpo de Dave pelo corredor, liberando o acesso ao banheiro. Jo cambaleou para a frente, pegando as sacolas da paramédica enquanto apontava simultaneamente para o assento dela. A mulher assentiu, indo para trás, a esposa estendendo uma máscara de oxigênio para ela. Ajudando-a a colocar a máscara, ela a pressionou sobre o rosto da mulher, enquanto ambas respiravam com dificuldade o ar limpo.

Josip escancarou a porta do banheiro, e Jo lhe jogou a sacola. Ele a jogou na privada e bateu a tampa antes de fechar a porta. Jo o empurrou para fora do caminho, caindo de joelhos diante do banheiro. Ela enfiou um cobertor da primeira classe ensopado na fresta abaixo da porta. Era a última linha de defesa deles.

Jo trabalhava de joelhos, sem notar que o tanque de oxigênio escorregara por seu dorso e pendia de seu corpo. A máscara agora cobria a orelha esquerda. A alça de elástico passava por seu rosto. Ela trabalhava o mais rápido que conseguia, mas as mãos pareciam presas ao chão. Será que estava se movendo? Jo honestamente não podia dizer. Algo nela sabia que o veneno colocava seus dedos ossudos em torno de seu cérebro. Ela caiu contra a porta da cabine de comando com uma pancada.

Josip a pegou e a segurou sentada. Girando a máscara, ele a colocou firme sobre a boca e o nariz dela. Fez mímica de respirar profundamente. Jo o espelhou, o ar fresco agindo como um tapa no rosto dela.

Josip ficara com um tom anormal de vermelho e os olhos irritados. Jo inspirou bastante antes de tirar a máscara do rosto, pressionando-a com força no rosto dele. Josip arfou dentro do plástico, sugando o máximo de ar que podia. Lágrimas caíam dos cantos dos olhos dele. Ele assentiu para Jo.

Ele ficou de pé e a puxou para cima quando ela agarrou o braço dele e apontou para os assentos. Josip fez que sim, respirando profundamente outra vez antes de devolver a máscara para Jo. Pegou Dave do chão como uma boneca de pano e o jogou no assento vazio dele.

Jo observou Josip enquanto prendia a própria máscara. Ela queria chorar. Como era bom estar tão errada a respeito de alguém.

Olhando em torno, Jo fez um balanço. O primeiro empresário estava vomitando em uma das sacolas de lixo, já com vômito cobrindo a frente da camisa. O segundo empresário parecia que também ia vomitar, o corpo todo vermelho e ensebado de suor. Ele tremia e convulsionava, apertando os braços do assento, como a fuzileira naval atrás dele. A esposa paramédica dela examinava as pupilas contraídas e tomava o pulso da mulher. Josip estava sentado do outro lado do corredor, respirando com aparente dificuldade, examinando as bolhas e a vermelhidão que se formavam nas mãos e nos braços. Ao seu lado, Dave caía para a frente, ainda inconsciente, mas usando a máscara que Josip lhe colocara.

Além do divisor da cabine, o resto dos passageiros estava em seus assentos pressionando as máscaras sobre os rostos. A maior parte deles esticava o pescoço, tentando ver o que estava acontecendo. Muitos se curvavam para a frente com as mãos entrelaçadas e os olhos fechados. Eles se prendiam uns aos outros, lágrimas caindo por seus rostos, e alguém, em algum lugar da parte traseira, soltou um gemido.

Jo podia ver Kellie e Paizão na traseira obedientemente presos a seus assentos dobráveis. Eles se curvavam para a frente de lados opostos do avião, olhando para ela no corredor central. Estavam desesperados para ajudar.

Jo levantou o braço trêmulo e fez sinal de joinha.

Estrelas cintilantes cruzavam sua visão. Uma dormência se espalhou pelo rosto. Ela retorceu o nariz e os lábios em uma tentativa de aumentar a circulação. Suor caía da máscara, descendo pelo queixo. Era suor, certo? E se fosse baba? Ou se estivesse espumando pela boca? Sem poder tocar o rosto, ela não conseguia avaliar a extensão do que parecia uma paralisia que se desenvolvia pouco a pouco.

Jo registrou com uma hesitação angustiante que um plano B potencial permanecia a bordo. Mas ela se permitiu um pequeno alívio por saber que estava viva, que todos ainda estavam vivos.

O ataque com gás venenoso havia acabado.

O tempo era um conceito escorregadio naquele momento, então ela não tinha ideia de quanto dos doze minutos de oxigênio o ataque havia consumido. Ela tinha confiança de que não todos, mas estava perto. Qualquer veneno remanescente que não tivessem capturado deveria se dissipar de modo inofensivo o suficiente antes que as máscaras se inutilizassem. E não muito depois disso iriam pousar, e a equipe de materiais perigosos seguiria para o avião, e médicos e enfermeiros estariam prontos e esperando para agir.

Tudo ficaria bem.

Jo assentiu.

Tinha acabado.

CAPÍTULO 26

O corpo inteiro de Carrie estremeceu.

Começou com um tremor, mas, depois que Bill jogou a lata, virou algo mais animal, algo mais compulsivo.

Elise começou a chorar novamente enquanto as lágrimas de Carrie caíam sobre o rosto da bebê. Scott estava enterrado em seu colo, mas, agora que o ataque havia acabado, começava a se erguer. Carrie o pressionou novamente para baixo. O corpo dele estremeceu sob o peso dela, e ele começou a chorar com a irmã. Carrie arfou, buscando ar.

Sam tentou silenciar as crianças, mas aquilo apenas amplificou o barulho delas e aumentou a sensação de caos no espaço fechado. Eles haviam sido pressionados demais.

Resistindo às tentativas frouxas de Carrie de pará-lo, Scott sentou-se ereto. Houve uma parada no barulho apenas suficiente para todos ouvirem:

— Mãe?

Scott olhou para o colo da mãe, que estava escuro de umidade. Ele olhou para cima, confuso. As mães não deveriam fazer xixi nas calças.

Carrie sentiu pena e viu a vergonha dele. Era insuportável ver aquilo, então ela virou o rosto – diretamente para o olhar de Sam.

— Preciso ir ao banheiro — ela disse, sem energia para implorar. — Deixe-me ter essa dignidade. — A voz dela baixou. — Não na frente dos meus filhos. Por favor...

Os soluços das crianças interromperam qualquer coisa a mais que ela tentava dizer. Sam olhou do colo úmido dela para o catarro que pendia de seu nariz. Ela colocou a mão na manga da camisa dele, a que havia enrolado, e ele não a afastou. A voz dela mal era um sussurro.

— Sam. Por favor.

Os olhos dele subiram e encontraram os dela, mas apenas por um momento antes que ele os baixasse em defesa.

— Certo. Segure sua irmã — Sam disse a Scott.

O menino pegou a bebê desajeitadamente. Sam olhou em torno da van e encontrou uma corda em um canto.

— Abaixe-se. Aqui, segure isto.

Ele passou o telefone para Carrie enquanto Scott correu para o chão de metal com a irmã no colo. Juntas, as crianças foram para o canto da van, longe da porta traseira. Sam amarrou a corda na coluna de metal do revestimento interno e então amarrou a outra ponta na cintura fina de Scott. O menino se esforçou para levantar Elise e tirá-la da frente.

Sam puxou a corda algumas vezes. Os nós apenas se apertaram.

— A van vai ficar trancada, então não tente nada heroico — ele disse diretamente a Scott, com um dedo apontado para o rosto dele. — Se tentar... vou atirar na cabeça da sua mãe.

O sangue sumiu do rosto do menino.

Tudo isso acontecera atrás dela, enquanto Carrie olhava para a câmera tentando descobrir como dizer ao marido o que não podia dizer em voz alta. Do outro lado, Bill não prestava atenção nela, olhando sobre o ombro da esposa para o homem que amarrava seus filhos.

Uma memória a cutucou.

Antes do casamento deles. O sofá, a velha Bíblia dela. A letra de mão do pai.

Então... todos morrem. E isso não é justo?

É.

— Bill — ela disse enquanto Sam terminava de amarrar as crianças.

A voz dela tropeçava no nó da garganta, mas os olhos estavam secos.

— Se você me pedisse em casamento? Bem agora? Mesmo com tudo isso? Eu diria sim. Sim. Profundamente sublinhado. Em letras de fôrma maiúsculas.

Bill franziu a testa, virando levemente a cabeça para o lado.

Conforme ela o via tentando unir a mensagem, as memórias vieram à tona. Sentados lado a lado no cinema, a mão dela acidentalmente roçando a dele. Flagrá-lo olhando para ela do outro lado da festa. Ouvi-lo dizer que ela era a namorada dele pela primeira vez. Ela sorriu para si mesma, sentindo-se em paz com sua decisão, quando, do outro lado da tela, Bill empalideceu. Ela soube que ele entendera.

A câmera balançou quando ele apertou os dois lados do laptop.

— Carrie, eu não posso... Eu... droga... — ele gaguejou, também claramente tentando descobrir como dizer o que precisava dizer sem dizê-lo. Ele passou as mãos pelo cabelo, olhando para a cabine antes de parar e olhar para a câmera. Ele se sentou ereto, com o queixo para a frente, e falou em um tom firme, regular:

— Case-se comigo novamente, Carrie. Estou pedindo agora como pedi naquele dia... Quer se casar comigo? Mas não diga apenas sim. Sublinhado. Tudo em maiúsculas. Ainda não. *Espere*. Seja paciente. Veja se me mostro digno de você. Eu prometo que serei. Carrie, eu prometo. Não diga sim até acreditar que eu mereço você.

Carrie sorriu com tristeza.

— Você sempre fo...

— Tudo bem, vamos — disse Sam.

Tirando o telefone das mãos de Carrie, Sam o colocou no chão da van. A câmera ficou paralisada, mostrando apenas o teto.

Bill olhou sem piscar para a tela, que era apenas um cinza-escuro turvo, a respiração pesada de Scott a única indicação de que a chamada ainda estava conectada. Houve o som de uma chave sendo inserida e girada.

As crianças estavam trancadas no interior da van, amarradas e sozinhas, e Carrie estava fora de vista nas garras de um lunático. E ele – o pai deles, o marido dela – estava a milhares de quilômetros e se afastando a cada minuto.

Ela vai fazer alguma coisa, pensou Bill.

Carrie vai fazer alguma coisa.

CAPÍTULO 27

Theo dirigia com as luzes acesas e as sirenes ligadas enquanto descia o Sepulveda Boulevard na direção do aeroporto. Os carros se abriam para deixá-lo passar, mas o congestionamento em torno do aeroporto tornava manobrar quase impossível. Não havia nenhum momento em nenhum dia em que o trânsito não estivesse engarrafado; o posicionamento terrível e o layout do aeroporto eram enlouquecedores sob as melhores circunstâncias. Theo tentou manter a ira do trânsito sob controle batucando ansiosamente no volante. Naquele dia, os riscos eram muito maiores do que perder um voo.

Seu telefone começou a tocar. DIRETORA LIU. Theo rejeitou a ligação, e a tela ficou escura.

Os minutos se passavam. Ele tentou se distrair calculando a distância que precisava percorrer, mas, depois de perceber que ainda não tinha chegado ao Century Boulevard, praguejou, frustrado. A rota o mandaria pelo túnel que seguia por baixo da ponta leste das pistas para se conectar à Imperial Highway antes que precisasse descer toda a parte mais afastada do aeroporto, na direção da entrada principal para…

Seu idiota, ele xingou a si mesmo ao fazer a conexão.

Sem verificar o trânsito, Theo jogou o veículo em uma curva em U cantando os pneus. Um carro que vinha desviou do caminho dele, soando a buzina enquanto outro automóvel desviava dele.

Theo apertou o pé no acelerador, e os pneus guincharam em resposta conforme o SUV acelerava para longe do aeroporto.

Ele voou pela estrada enquanto os carros se moviam para a direita, fora de seu caminho, quando adiante viu um SUV preto com luzes piscando parado no trânsito na direção oposta.

— Você está brincando comigo, Liu — Theo disse a si mesmo enquanto baixava para o limite de velocidade e desligava as próprias luzes e sirenes.

Ao passar pelo veículo, ele olhou rapidamente, sem querer atrair atenção, e viu dois de seus colegas esticando o pescoço, tentando descobrir um jeito de passar ao largo dos carros. Eles não o notaram.

Eram reforço? Ou, no meio da operação, com vidas em jogo, Liu queria desperdiçar dois agentes enviando-os para encontrar Theo e arrastá-lo de volta? Ele não confiava nela o suficiente para esperar e descobrir. Acelerando o SUV, deixou-os para trás.

Ar fresco e frio soprava do mar aberto, um contraste surpreendente com o abafamento quente da van. Carrie olhou para a água escura do Pacífico. Ondas quebravam na areia em uma cadeia incessante de indiferença. Amanhã a maré iria e viria do mesmo jeito que no dia anterior e no dia seguinte. Ela encontrava alívio em saber que a Terra, basicamente, não se importava e seguiria girando.

Na ponta mais distante do estacionamento, na praia, uma fogueira cuspia centelhas alaranjadas para as estrelas com um crepitar satisfatório. Atrás das chamas, um casal se reclinava com os pés apoiados no concreto cinza que cercava a área da fogueira. Carrie inspirou fundo o aroma enfumaçado de nostalgia e imediatamente sentiu o cano frio de uma arma na parte de trás do pescoço.

— Eu não ia gritar — ela falou. — Estava só... saboreando.

— Vamos acabar com isso — disse Sam, puxando o braço dela para outra direção.

Juntos, eles se afastaram da van indo na direção do outro lado do estacionamento. Naquele canto, a lâmpada no poste estava apagada. Uma pilha de areia e equipamentos de construção descartados abaixo ganhava sombras misteriosas. Uma gaivota pousava em outro poste, inclinando a cabeça de um lado para outro enquanto os observava passar. Carrie os considerou do ponto de vista do pássaro: duas pessoas, envoltas em explosivos, movendo-se calmamente na escuridão. O vento salgado soprou o cabelo dela pelo rosto, e ela estremeceu.

— Na casa, você comentou que tinha planos — ela disse. — Mas aí seu pai morreu.

Sam assentiu.

— Ben e eu estávamos preparados. Nossos documentos e vistos estavam prontos. Vínhamos economizando dinheiro por dez anos. Nossos voos estavam reservados. E aí, quatro dias antes do voo, ele morreu.

— Então você ficou e Ben foi embora sem você?

Sam fez que sim. A areia rangia sob os pés deles. Ele andava só um pouco na frente dela para que ela pudesse ver o cabo da arma saindo da cintura das calças dele.

— Você ficou chateado com ele?

Sam virou a cabeça.

— Ben?

— É. Quando ele o deixou para trás.

Eles tinham quase chegado à pilha de entulho descartado.

— Não. Nunca. Eu o obriguei a vir. Ele queria ficar, não achava justo. E não era. — Sam deu de ombros. — Eu disse a ele para vir e fiz com que pegasse meu dinheiro também. Assim as coisas ficariam mais fáceis para ele. Falei que ele devia começar e eu me juntaria a ele quando pudesse. E, dezessete anos depois, eu me juntei. Mas, naquela época, eu simplesmente não podia ir embora.

— Mas e sua família? O que aconteceu? O que aconteceu com o Ahmad?

O nome do irmão mais novo, a ferida mais profunda, pairou no ar depois que saiu dos lábios dela. Carrie soube instantaneamente que teria o efeito que imaginara. Ela se preparou.

A pulsação batia visivelmente na lateral do pescoço quando ele se virou para Carrie, parando pouco antes de bater nela. Ela se encolheu e tentou correr, mas ele a agarrou debaixo do queixo e a puxou de volta para si, envolvendo os dedos em torno do pescoço dela. Trazendo-a para perto, ele virou a cabeça de Carrie para o lado, os lábios dele permanecendo colados no ouvido dela. O hálito de Sam jogou uma umidade quente no rosto dela, que guinchou involuntariamente quando os dedos dele afundaram em sua pele.

— Não mencione o nome dele aqui — Sam sussurrou no ouvido dela.

Não lute. Não lute. Não lute. Carrie tentava desesperadamente sobrepujar o instinto. Fechando os olhos, ela se concentrou no barulho das ondas quebrando.

Devagar, o aperto de Sam foi afrouxando, até que ele a soltou completamente. Ela tropeçou para trás, respirando fundo. Dobrando-se, as mãos foram para os joelhos. Ela desviou o olhar.

Sam fez um gesto para a pilha.

— Anda logo.

A luz do semáforo ficou amarela. Theo acelerou, checando os dois lados como reflexão tardia. A luz estava vermelha antes que ele chegasse à intersecção, mas ele atravessou correndo de qualquer maneira.

À esquerda, um avião rasgava a pista norte do aeroporto em sua corrida de decolagem. Theo observou a velocidade. Cento e vinte quilômetros por hora. O limite da rodovia era cinquenta e seis. Com um olhar para o avião cujas rodas saíam do chão, Theo apertou o pé no pedal, e a agulha subiu para acima de cento e vinte e oito.

A Westchester Parkway corria paralela ao aeroporto. O trânsito estava leve, e os poucos carros que estavam na rua desaceleravam e iam para a esquerda obedientemente quando ouviam a sirene e viam as luzes piscando. Theo examinou a área, desesperado por dicas visuais que preenchessem o que sua memória deixava de fora. Havia anos não passava por ali. A área parecia diferente de como se lembrava.

Quando criança, quando a família ia para a praia, era para Toes. A praia Toes fora uma meca do surfe nos anos 1960, mas, depois que construíram molhes de pedra para prevenir a erosão da areia, o surfe que trouxera as pessoas desapareceu. Agora era principalmente uma praia dos moradores locais, com ondas calmas, uma ciclovia sinuosa e poucos turistas.

Theo bateu o punho no painel em frustração e uma onda de dor encrespou-se pelo braço ferido. Ficou feliz pela dor. Ele a merecia por ser tão idiota, por levar tanto tempo para juntar as coisas.

Toes se conectava a Dockweiler.

O fim da rua se aproximava, e Theo enfrentou outro semáforo vermelho. Ele desacelerou, verificando o trânsito, e não viu ninguém aproximando-se. Acelerando de novo, começou a virar à direita no vermelho com uma olhada para o nome da rua enquanto fazia a curva. Pershing. Ele achava que aquela rua talvez…

Ele ouviu os freios antes de ver o carro.

Os pneus guincharam um segundo antes que o carro o atingisse a toda velocidade logo atrás da porta do lado do motorista. O SUV girou sem controle até acertar outra coisa – algo grande, de metal – que o fez girar para a direção oposta. Houve um barulho alto e choveu vidro sobre ele, seguido por uma rajada de vento fresco.

Por um momento, tudo ao redor dele ficou paralisado. Fresco e imóvel. Theo não se moveu.

Theo soltou o cinto de segurança com dedos ensanguentados e se esticou para a maçaneta do carro. Não cedia. A porta estava presa. O carro estava aferrado ao que ele achava que fosse o chassi de outro veículo. Theo tossiu com a fumaça que entrava no interior pelas janelas despedaçadas.

Arrastando-se para o assento traseiro, Theo se deu conta de que todo o seu corpo doía – mas continuou. Tentou as portas traseiras, mas estavam trancadas.

A janela de trás era uma teia de aranha de vidro quebrado. Theo subiu no assento traseiro. Ali, conseguia ficar de pé, encurvado no espaço apertado de carga. Equilibrando-se com o braço bom, Theo afastou a perna esquerda e chutou o vidro. No terceiro golpe, a janela se estilhaçou em torno de sua perna com um choque tilintante. Theo saiu pela traseira do carro, inspirando longamente o ar fresco.

Um estranho correu até ele.

— Você está bem? Precisa se sentar. Uma ambulância está a caminho.

Theo ouviu tudo, mas não registrou nada enquanto observava a cena. Três carros. Um de lado. Uma motocicleta. Todos retorcidos. Vidro quebrado e metal retorcido jogado em todo lugar. Meia dúzia de pessoas estavam no chão, gemendo. Observadores ficaram ao lado dos próprios carros, impotentes.

Impotentes.

Os Hoffman.

Ele precisava continuar.

Theo se afastou do homem que tentava fazer com que ele se sentasse e foi para o carro virado. Um casal jovem estava ajoelhado no chão, falando com a motorista que estava presa no veículo, ainda agarrada ao banco pelo cinto de segurança. Ela estava consciente, mas coberta de sangue. Eles diziam a ela para não se mover.

— Ela está bem? — Theo perguntou.

Eles assentiram.

— Acho que sim — disse o marido.

Uma sirene foi ouvida ao longe.

— Aguente — falou o homem para a motorista. — O socorro está chegando. Vão retirar você, certo?

As sirenes ficaram mais altas. Podia ser uma ambulância – ou podia ser o FBI. Theo precisava sair também. No meio da comoção, ele andou até a moto que estava jogada de lado sobre o chão. A chave ainda estava na ignição.

Antes que alguém pudesse impedi-lo, Theo endireitou a moto e montou nela. Colocando em neutro, ele torceu a chave para a posição de ligar antes de puxar a embreagem e apertar o botão de arranque. Milagrosamente, o motor engasgou até roncar. Theo acelerou um pouco enquanto soltava a embreagem e a moto saiu.

Theo não andava de moto desde que aprendera no primeiro ano de faculdade com a velha moto suja de seu colega de quarto, mas tudo voltou rapidamente. Logo ele apertou os olhos contra o vento enquanto a moto corria pela rua, buzinas soando enquanto ele desviava e costurava entre os carros. Theo as ignorou.

O braço era mais difícil de ignorar. O jeito que precisava dirigir significava que andar com uma mão só não era uma opção. A dor que ele sentiu ao esticar o braço esquerdo para fora da tipoia quase fez com que perdesse o controle da moto. Como a mão direita comandava o acelerador e o freio da roda dianteira, ele ficou aliviado porque o ferimento não era naquele braço. A mão esquerda tremia em seu aperto frouxo no guidão, lutando para manter as coisas firmes e em linha reta. O pneu da frente balançava precariamente.

Theo observou as ruas adiante e teve certeza de que precisava virar à esquerda na intersecção seguinte. Havia um carro diante dele: uma minivan esperando que um corredor saísse da intersecção para que pudesse virar. Theo acelerou um pouco e engrenou. A van estava no meio do caminho à esquerda quando virou para a direita. O corredor pulou sobre a sarjeta, saindo do caminho por pouco. A moto bambeou por um momento antes de voltar ao equilíbrio enquanto Theo voava pela rua adentrando a área residencial.

A vizinhança era exatamente como Theo recordava: sinuosa e montanhosa. Ele navegava a moto pelo labirinto de ruas que levava à costa sabendo que viraria de novo à esquerda, depois à direita e em uma entrada que dava em uma estrada de acesso. Aquela estrada então correria paralelamente à praia, terminando em uma conexão com os estacionamentos de Dockweiler.

Ele só precisava encontrar a rua certa.

Theo desacelerou, olhou para os dois lados e então passou por um sinal de "pare" para subir uma colina íngreme. Ele não tinha tempo para dirigir com cuidado – mas tinha bom senso o bastante para reconhecer que não havia cintos de segurança no momento e não estava usando um capacete.

Descendo o outro lado da colina, ele se concentrou na segunda rua adiante. Achava que fosse aquela, mas, ao passar pela primeira, algo se agitou em sua memória.

A primeira rua. Era aquela. A que havia acabado de passar.

Theo brecou com força e girou o guidão. Conforme a moto girou, o pneu traseiro deixou uma marca negra em forma de semicírculo. Acelerando o motor, Theo voltou pela rua na direção do acesso correto, bem quando um carro apareceu no topo da colina diante dele.

Theo semicerrou os olhos, ofuscados pelas luzes dos faróis, e virou bruscamente à direita, enquanto o carro brecava e dava uma guinada para a outra direção, quase acertando a motocicleta. Subindo a sarjeta, o carro bateu em um hidrante, soltando um barulho explosivo. Theo levou o pé ao chão, em uma tentativa desesperada de manter o controle, enquanto a moto balançava pela rua. Ele olhou para trás e viu o gêiser de água que subia pelo ar na frente do carro batido. Dentro do veículo, o motorista lutava com o airbag.

Theo seguiu em frente.

A moto voou pelas casas de milhões de dólares que beiravam a rua. Theo sabia que o oceano estava bem do outro lado. À frente, havia areia pela estrada perto de um poste de luz com uma placa azul refletora à meia altura. PRAIA, dizia, com uma flecha. Theo acelerou.

Ele estava quase lá. Uma vez na estrada de acesso, era um caminho reto. Ele poderia chegar à família em minutos.

Se estivessem mesmo lá.

A dúvida passou por ele ao pensar em tudo o que acontecera desde que ele deixara a equipe do FBI. E se estivesse errado? E se a família não estivesse lá? Theo balançou a cabeça. Não. Eles tinham que estar lá. Eles *tinham* que estar.

A rua se aproximou. Theo acelerou na virada, mas imediatamente apertou os freios. O corpo quase subiu no guidão quando a moto parou, quase batendo na barricada de segurança que bloqueava a entrada de veículos da rua de acesso. Colunas de metal até a altura da cintura, colocadas perto o suficiente para que a moto não passasse. Era uma rua sem saída.

— Não! — gritou Theo, a voz sufocada pelo som das ondas quebrando na praia à frente dele. Ele se levantou, montado na moto, arfando, ignorando a dor. Uma memória da casa explodindo mais cedo naquele dia encheu sua mente, seguida da foto da família Hoffman.

Theo sentou-se na moto, endireitou o guidão e partiu.

Dirigindo pelo bairro e examinando a área, Theo buscava um plano B. Dockweiler ainda estava longe demais para ir a pé. Ele precisava ir com a moto para o outro lado das casas para ter acesso à rua.

À frente, uma escavadeira estava estacionada diante de uma caçamba de lixo em uma obra. Impulsionado pela esperança, Theo acelerou. Ele apertou os olhos ao se aproximar do terreno para ver a configuração da terra e avistou pilares de madeira e aço saindo de uma fundação de concreto. Mas mais importante era o que estava além de tudo aquilo: a praia e a rua de acesso.

Sem pensar muito, Theo subiu pelo meio-fio e foi com a moto pela rampa improvisada de compensado que os trabalhadores haviam feito, apoiada na fundação. Desacelerou, atravessando cuidadosamente a casa longa e fina, virando à esquerda e à direita para evitar os canos de metal onde logo ficariam a cozinha e os banheiros. Na parte traseira da fundação, canos de escape estavam empilhados sobre andaimes de metal. Theo arregalou os olhos ao examinar a altura.

Baixando o máximo que podia, Theo passou por baixo dos canos. Conseguiu sem obstruções, por pouco, mas, na distração, bateu o pé na ponta dos andaimes. A moto girou violentamente para o lado e Theo foi jogado, caindo na areia a uma curta distância. Os andaimes e os canos começaram a desabar em um coro aterrorizante de metal caindo sobre si, enquanto Theo corria de volta para a moto, levantando-a e arrastando-a para longe do terreno.

Os sapatos de Theo afundavam na areia enquanto ele empurrava a moto para a estrada de acesso.

— Não ouse — disse ele ao ouvir o motor da moto começar a enguiçar. Ao montar na máquina, ela pareceu gemer em protesto, e Theo notou um prego enfiado no pneu da frente. Ele acelerou um pouco, e a moto se arrastou.

Segurando no guidão, ele percebeu que os dois braços haviam começado a tremer, e o esquerdo estava dormente por inteiro. Ele tirou aquilo tudo da mente. Os danos ao corpo. O fim da carreira. O caminho de destruição que havia deixado atrás de si. A imagem do político assentindo para ele, confiando nele, bem antes que a casa explodisse. Theo se forçou a deixar tudo de lado. Precisava se concentrar na família e no que podia fazer para ajudá-los. Nisso, e só nisso.

O pneu dianteiro agora estava totalmente vazio e o aro de metal raspava no concreto. Um rastro fino de fumaça saía do motor que soluçava, a moto dando uma guinada irregular em resposta. Com uma baforada triste, o motor pareceu se extinguir, e a moto deslizou para a frente apenas por impulso.

Theo olhou para cima, derrotado, quando, não muito longe, adiante, viu um prédio. Era um local de manutenção municipal ou algo do tipo – e ele sabia que bem além dele estava a praia Dockweiler.

Theo largou a moto na areia e começou a correr, tirando a arma do coldre enquanto seguia. O prédio tomava um formato mais definitivo quanto mais perto ele chegava: muro sólido virado para o oceano, mas, na parte de trás, espaço aberto para veículos de manutenção da cidade e outros equipamentos. A estrada de acesso fazia uma curva em torno da parte traseira. Bem adiante do edifício: a ponta mais distante do primeiro estacionamento de Dockweiler.

Indo para a cobertura do prédio, ele empunhou a arma em uma posição defensiva ao passar atrás da construção. Parecia vazio, a não ser por alguns caminhões e um grande trator com um rastelo de praia preso à traseira. Nenhuma luz acesa, ninguém por ali.

Ele desacelerou o passo, entrando na traseira do edifício com as costas pressionadas no muro. Olhando cautelosamente do canto, examinou a área procurando uma van de mudança, mas congelou com o que viu. Na ponta do estacionamento, havia uma mulher curvada, mãos nos joelhos, e um homem de pé ao lado dela. Mesmo a distância, Theo conseguia ver que ambos usavam coletes suicidas.

Theo prendeu a respiração ao examinar o estacionamento, vendo a van ao longe. Mas o que Carrie e o suspeito faziam? Quando ela se levantou, o homem fez um gesto para uma pilha do que pareciam barricadas de construção descartadas. Ela foi para lá.

Theo se abaixou para fora de vista, atrás de um caminhão.

Andando em direção à pilha, Carrie tentou abrir o botão dos jeans, mas as mãos atadas tornavam isso impossível. Seus dedos trêmulos não conseguiam girar do jeito certo no ângulo desajeitado. Ela se virou para Sam.

— Desculpe, uma ajudinha? — Carrie pediu, humildemente.

Olhando para as calças molhadas dela e para o botão, ele pareceu agitado e envergonhado ao se aproximar para ajudar. Quando colocou as mãos na cintura de Carrie, ela desviou o olhar.

Sam lutou com o botão; era teimoso, e suas mãos estavam ocupadas. Colocando o detonador no bolso, ele pegou o botãozinho de metal e o passou pela abertura ao mesmo tempo que o joelho de Carrie bateu-lhe com força no meio das pernas. Os olhos dele saltaram e um grunhido saiu de sua boca, o corpo dobrando de dor. Carrie investiu para a frente e arrancou o detonador do bolso dele. Pulando para trás, ela saiu do alcance de Sam.

Eles olharam um para o outro com os olhos arregalados, respirando pesado. Carrie havia prendido o detonador entre as palmas das mãos atadas, os dedos em torno do dispositivo como os de Sam haviam estado no pescoço dela. O olhar dele lhe dizia que, apesar de todo o planejamento e maquinação, de toda a preparação e dos planos de apoio, *aquilo* era algo que ele não tinha antecipado.

Assim que ela apertasse aquele botão, seus filhos estariam seguros. O avião poderia pousar. Ela daria absolvição a Bill. Precisava ser assim. Era a única maneira.

— O que aconteceu com Ahmad? — ela perguntou.

As sobrancelhas dele se levantaram um pouco antes de afundarem em uma derrota dolorosa. Como se o ato de se abrir com alguém fosse mais difícil que sequestrar a família dela, que derrubar um avião.

— Cheguei a Los Angeles em setembro de 2019 — disse Sam, em um tom sombrio, amargo. — Era o céu. O Sol, o oceano. Tudo tão limpo. Eu estava vivendo. Estávamos vivendo juntos. Enfim. Tudo. A vida era simplesmente... ótima. Um mês depois, seu presidente ordenou uma retirada de soldados da região norte da Síria. Nosso pequeno bolsão do Curdistão. Isso deu luz verde à Turquia para atacar. Eles vieram atrás do nosso povo em dias. — Ele balançou a cabeça com um sorriso sombrio. — Traídos de novo. Abandonados de novo. E depois que tínhamos sacrificado tanto, lutando ao lado de vocês, destruindo o Estado Islâmico para vocês... Perdemos onze mil lutadores do YPG derrotando o Estado Islâmico para vocês. Onze. Mil. E vocês fazem *aquilo*. Vocês nos traem daquele jeito. Quando Ben e eu vimos nossa cidade nas notícias, foram três dias até que conseguíssemos fazer contato com alguém no local. Sabe quantos em nossas famílias morreram?

Ela não respondeu.

— Todos eles, Carrie. Cada um deles. Recebemos fotos para que pudéssemos identificar os corpos. A última imagem que tenho da minha mãe é de seu cadáver inchado, apodrecendo. Bolhas nos lábios. Queimaduras na pele. Ahmad. Meu irmãozinho. Colocado em cima dela. Espuma em torno da boca dele. Pus amarelo das substâncias químicas. O último ato do meu irmão foi tentar proteger nossa mãe.

Os olhos dele tinham se enchido de lágrimas e agora se apertavam sobre ela. Ela segurou o detonador com mais força.

— Você sabia da retirada de soldados? — ele perguntou. — E dos ataques que vieram depois?

Ela sentiu a vergonha tomar seu rosto. Fez que não.

Sam assentiu algumas vezes, cruzando os braços.

— Bem, com certeza estava ocupada. Provavelmente tinha um prazo no trabalho. Treino de beisebol do Scott. Aposto que tinha um jantar com amigos. Ou talvez tenha visto no noticiário, mas não conseguiu se importar. Era só algum país pobre. Algum povo pobre. Ataques desses só acontecem lá. As coisas são assim. — A voz dele começou a se levantar. — Eu sei que você reagiu assim porque eu vi acontecer. Eu estava aqui. Ben também estava. Estávamos em segurança. Estávamos em um país onde ataques como aquele não acontecem. E, em torno de nós, observamos vocês comprando seus sucos verdes e indo para a academia. Vimos vocês tirando selfies e saindo de férias. Eu vi uma mulher adulta soluçar histericamente, digo, rolar na grama, histérica, quando seu cachorro foi atropelado por um carro. E só conseguia imaginar o olhar no rosto dela quando clicou nas notícias da aniquilação da minha vila. Entediada. Distraída. Estou falando de *privilégio*.

Ele rosnava contra o mundo, e Carrie vacilava diante da verdade. O detonador pendia entre eles.

— Ahmad. Meu irmão caçula. Ele era a razão pela qual jamais me ressenti de perder todos aqueles anos. Ele era o meu maior orgulho na vida. E ele foi tirado de mim, tirado de mim porque este país o vê, vê nosso povo, como nada. Descartável. Só pessoas pobres com quem podem fazer o que quiserem.

Uma onda se aproximou. E outra.

— Sam — disse Carrie, em uma voz firme, mas cheia de ternura —, eu entendo por que está fazendo isso, mas não justifica.

Ele não tinha uma resposta. Apenas piscou para ela.

— Você tem todo o direito de estar com raiva, Sam. Eu também estaria. Mas sua culpa não pode...

— *Minha* culpa? — ele gritou. — Minha culpa? E a culpa de *vocês*? Vocês e sua ignorância e inação. Este país e o jeito como vocês pensam...

— Mas... Sam! Você estava aqui conosco!

Carrie percebeu seu engano imediatamente. Cada momento em que ele tinha se culpado por tê-los deixado, por não ter sido capaz de protegê-los porque também os abandonara, por viver uma vida fácil enquanto eles sofriam. Tudo aquilo se mostrou no rosto dele, o soco traiçoeiro da culpa de sobrevivente rachando-o bem diante dela.

Ele só conseguiu assentir. Algo nele havia mudado.

— Você está certa — ele disse, por fim. — Você está certa. Mas será que isso me faz mudar de ideia? — Ele riu e olhou em torno, balançando a cabeça vigorosamente, de um jeito um pouco maníaco. Apontou para o detonador. — Seu pequeno truque foi engraçadinho. Mas está se esquecendo de que ainda tenho uma carta nas mãos. Ainda tenho as crianças.

O corpo de Carrie ficou gelado.

— E isso significa... que não preciso de você.

Mas rápido do que ela podia reagir, Sam colocou a mão atrás de si e tirou uma arma, mirando a cabeça dela.

Sem nem pensar, ela puxou o plástico de segurança do detonador e moveu o polegar para o botão.

Uma arma disparou. Gaivotas voaram pelo céu noturno.

Sam se curvou, sangue jorrando do ferimento de tiro na coxa esquerda. Gritando, ele caiu de joelhos, a arma caindo ao lado.

Carrie a chutou, a arma deslizou pelo asfalto arenoso até ficar fora de alcance. Virando-se, ela viu um homem jovem em um colete à prova de balas correndo colina abaixo na direção deles.

— FBI! — ele gritou.

Pneus cantando cortaram a cena, e Carrie viu dois SUVs pretos correndo pelo estacionamento na direção da van de mudança.

Sam correu desajeitadamente pela praia, deixando para trás areia voando e pegadas de sangue.

— Vou pegá-lo — o agente do FBI gritou para ela enquanto corria para a praia. — Vá!

Correndo em direção à van, Carrie puxou o velcro do colete. Livrando-se, ela parou tempo suficiente para colocá-lo com cuidado no asfalto, deixando o detonador ao lado. Ela levantou os braços para se identificar como não sendo uma ameaça para os agentes armados que desciam dos veículos em torno da van.

— Ele precisa de ajuda — gritou Carrie. — O outro cara. Eles estão na praia. Rápido!

CAPÍTULO 28

O som de um tiro distante do outro lado da tela pairou no ar da cabine de comando. Bill e Ben se inclinaram para a frente, ambos tomados por desespero.

— Mamãe!

Com um silvo, Bill tirou a máscara de oxigênio. As chances de que houvesse vazado gás suficiente por baixo da porta para feri-lo eram mínimas – e naquele momento ele não se importava. Bill apertou os lados do laptop.

— Filho. Está tudo bem. Estou aqui — ele disse.

As fungadas molhadas do menino encheram a cabine.

— Mamãe. Mamãe, por favor.

Algo bateu contra a van. As crianças gritaram e os pilotos pularam.

— Scott! A mamãe está aqui — disse Carrie com uma voz abafada. — Crianças, a mamãe está aqui.

Sons de metal atingindo metal vinham do lado de fora da van, balançando a tela em resposta a cada golpe. Carrie e Scott gritaram até que subitamente as portas da van se abriram e luzes amarelas adentraram o veículo. Uma figura desfocada pulou na van, chutando o telefone e obscurecendo a visão da câmera.

— Está tudo bem — Carrie repetiu várias vezes enquanto chorava. — Vai ficar tudo bem.

O suspeito estava em vantagem, mas estava ferido, e Theo corria mais rápido.

Theo colocou a arma no coldre. Não importava o que acontecesse, não poderia atirar enquanto estivessem ambos em movimento. O homem estava coberto de explosivos. Perseguindo-o pela praia, Theo se aproximou aos poucos até estar perto o suficiente para tocá-lo. Com uma onda final de velocidade, pulou nas costas do suspeito, o homem caindo sob o peso e ambos indo ao chão. Areia branca voou pelo ar e grudou na pele deles enquanto os dois lutavam por controle, apesar das limitações físicas de ambos. Braços e pernas se debatiam em um bombardeio de sangue e dor.

O suspeito rolou sobre Theo para dar um soco, deixando o próprio estômago exposto. Theo viu a oportunidade e enfiou o cotovelo no torso do homem, o golpe atingindo o estômago do suspeito bem abaixo das costelas. Sam se dobrou de dor.

Pelo canto do olho, ainda longe, Theo viu os agentes de reforço correndo na direção deles, as luzes de seus capacetes jogando luz sobre a praia toda.

Rolando de costas, Theo empurrou o homem em cima de si, prendendo a cintura do suspeito com a perna esquerda. Deslizando o pé esquerdo sob o joelho direito, ele prendeu o corpo do suspeito enquanto os braços formavam um oito no pescoço do homem. O suspeito estava imobilizado em uma chave de braço antes de perceber o que estava acontecendo. Ele se batia nos braços de Theo, mas não conseguia se mexer além disso.

A tipoia de Theo devia ter saído completamente em algum ponto da luta, mas ele não havia notado. Uma dormência fria substituíra o pulsar incessante de dor em seu braço o dia todo, e ele imaginava que estava em um estado de choque alimentado por adrenalina.

Os agentes estavam chegando mais perto, mas, ao se aproximarem, Theo viu as armas em punho.

— Não atirem! — gritou Theo.

Ele apertou os olhos diante das luzes oscilantes dos capacetes.

Distraído, Theo não notou o suspeito pegando areia. Com uma mão cheia, ele a jogou no rosto do agente, cegando-o. Theo piscou furiosamente, enquanto balançava os braços, tentando tatear o suspeito.

— Para o chão! Para o chão!

Os gritos dos outros agentes ecoavam próximos, quase ali.

— Esperem! — gritou um dos agentes bem quando Theo sentiu que estavam ao lado dele. O apoio estava ali, e o suspeito estava em menor número. Mas o pânico na voz do agente disse a Theo que algo estava muito errado.

Os olhos de Theo lacrimejavam profusamente, mas sua visão estava voltando a ter foco. Puxando na cintura, ele tirou a camisa de dentro da calça para limpar os olhos. A mão roçou o coldre.

Estava vazio.

Sua visão se aguçou, e Theo viu o perigo por si mesmo.

Cinco agentes do FBI, exceto por ele, estavam com as armas em punho diante do suspeito.

O suspeito estava diante deles, apontando a arma de Theo diretamente para o colete suicida.

Theo sentiu um nó no estômago. Se o homem apertasse o gatilho, todos morreriam.

— Abaixe a arma e vamos levá-lo sem mais danos — disse Theo, a voz bem mais firme do que imaginara.

— Mais danos — repetiu o suspeito com um sorrisinho nos lábios.

— Isso — falou Theo. — Você tem minha palavra.

O homem riu, seu sorriso cada vez mais louco mostrando dentes ensanguentados. Seu peso pendia para a direita, favorecendo a perna esquerda, a que Theo tinha acertado. Ele virou a cabeça para o oceano por um instante antes de olhar para as estrelas inspirando profundamente de modo relaxado.

— Sua palavra... — ele disse. — Sabe, de onde eu venho, temos um ditado... "Não há amigo além das montanhas." Sabe o que significa?

— Não sei o que significa — falou Theo, devagar. — Mas por que não abaixa a arma e conversamos sobre isso?

O homem riu. Murmurou algo entredentes.

— Como é? — disse Theo.

O rosto do homem explodiu de raiva, e ele começou a gritar:

— Entendo por que está fazendo isso, mas não justifica!

Ele gritou e gritou até que a voz ficasse rouca. As lágrimas encheram os olhos dele e começaram a escorrer pelo rosto.

Theo não respondeu. Ninguém respondeu.

O suspeito olhou para os agentes e então para o colete que vestia e para a arma nas mãos. Parecia que, pela primeira vez, se dava conta de onde estava, do que estava acontecendo. Um olhar de arrependimento passou por seu rosto, apenas por um instante, até que ele pareceu mudar de ideia de novo, como se outra coisa acabasse de lhe ocorrer. Ele riu de novo, mas não da mesma maneira maníaca. Era um bufar suave, de descrédito.

— Tudo isso, e a escolha é *minha*.

A testa dele se franziu enquanto ele considerava a situação. Depois de um momento, ele soltou um suspiro divertido. Olhou para cima, com os olhos presos nas estrelas, cuidadosamente colocou o cano da arma sob o queixo e puxou o gatilho.

CAPÍTULO 29

Os pilotos ouviram o caos e a comoção do outro lado da chamada, mas não conseguiam ver nada, uma vez que a câmera do telefone ainda apontava para o teto.

— Senhora. Está machucada? As crianças estão machucadas? — disse uma voz.

Um corpo se ergueu sobre a câmera.

— Estamos bem — respondeu Carrie. — Estamos bem.

A câmera foi arrastada e se encheu de luz quando alguém do lado de fora da van a pegou do chão. Apareceu uma mulher, o sorriso sombriamente triunfante tomando a tela toda.

— Comandante Hoffman? Sou Michelle Liu, do FBI, senhor. Sua família está...

O som fraco de um só tiro soou, e ela parou de falar enquanto Bill se encolheu.

O ângulo da câmera caiu quando Liu correu para descobrir o que estava acontecendo. Houve confusão e comoção, botas correndo. O som arranhado de um rádio soou com uma voz ofegante:

— O suspeito está morto — um homem avisou. — Atirou em si mesmo.

O telefone se moveu e o rosto radiante da mulher retornou.

— É oficial! Nós o pegamos, senhor. Acabou.

Ela respirou com força por causa da empolgação na câmera antes de apertar os olhos para dar uma olhada melhor na cabine de comando, o sorriso desaparecendo.

— Isso é uma arma? — ela perguntou.

— Desligue — disse Ben com uma voz aguda. — Desligue!

Bill ouviu Carrie gritar seu nome quando ele fechou o laptop com uma batida, desconectando a chamada.

Bill não moveu um músculo. Ele sentia a arma ao lado da cabeça. Mas a ameaça mal era registrada, e um calor se espalhou por seu corpo.

Sua família estava em segurança.

Virando-se devagar, ele olhou para Ben.

A expressão vaga do rapaz não demonstrava nada. Lágrimas caíam à vontade de seus olhos vazios enquanto ele olhava o laptop fechado. Seu melhor amigo estava morto. Ele estava sozinho no mundo. Era como se Ben tivesse saído do que ele era antes e entrado em algo totalmente novo. O paradigma havia mudado, e Bill tinha medo do que aquilo podia significar.

Bill não queria falar primeiro, pois precisava seguir com cuidado. Sua família podia estar em segurança, mas o cano da arma lhe dizia que aquilo estava longe de acabar. Bill ainda precisava colocar o avião no chão.

Sem tirar os olhos do computador, Ben finalmente falou:

— Ações têm consequências, Bill. Nós o avisamos...

Ele parou de falar, virando-se para o lado direito do assento. Bill ouviu um zíper se abrir. Ben fuçou na bolsa por um momento antes de se virar de novo para o comandante.

Bill olhou para as mãos do homem e sentiu as narinas se abrirem com a aspiração profunda de ar. Era outra lata.

Bill não conseguia falar. Por fim, encontrou uma única palavra:

— Não.

Ben se inclinou. A arma quase tocou a cabeça de Bill.

— *Não?* — repetiu Ben. — Não creio que "não" seja mais uma opção.

— Não vou jogar gás neles de novo. Isso não era parte do acordo.

— Você contar à tripulação também não era. Nem às autoridades. Nem matar meu melhor amigo. Nós avisamos: ações têm consequências. Agora pegue isto e pague por seus erros.

Bill se inclinou para trás, afastando-se da lata e da arma. Ele levantou as mãos no ar.

— De jeito nenhum vou...

Ben desafivelou o cinto. Indo para o console central, ele se ergueu sobre o comandante, o cano da arma tremendo ao ser pressionado contra a testa de Bill.

Bill podia sentir os próprios braços, ainda abertos, começando a tremer também. Ben literalmente estava em vantagem. E Bill precisava ficar vivo porque Ben *ia* derrubar o avião.

— Certo — Bill sussurrou. — Certo.

Movendo-se devagar, Bill estendeu as mãos para aceitar a lata.

Ben foi para trás, e a arma saiu da testa de Bill.

Bill foi para cima dele, pegando a mão que segurava a arma pelo pulso. Ele torceu as próprias mãos o mais forte que conseguiu, mas, de uma posição sentada, não tinha força de alavancagem. Ben grunhiu, e seu aperto na arma se desfez, o dedo saindo do gatilho – mas ele conseguiu mantê-la na mão.

Com os dedos ainda presos em torno dos pulsos de Ben, Bill torceu os próprios punhos violentamente.

Ben bateu na cabeça de Bill com a outra mão, a que segurava a lata. A cada vez que seu punho atingia o corpo de Bill, a bolinha de agitar dentro da lata fazia barulho. Golpe após golpe, os sons de metal contra metal e carne contra carne encheram a cabine de comando.

Bill puxou para baixo com força e então empurrou para cima com mais força ainda, sentindo o aperto de Ben na arma se afrouxar a cada vez. Uma vez mais e…

Ben bateu a lata de metal na têmpora de Bill.

A visão de Bill ficou embaçada de dor, mas ele manteve as mãos fechadas com força no punho de Ben.

Ben baixou a lata de novo exatamente no mesmo lugar.

Dessa vez a visão de Bill escureceu. Zonzo e desorientado, o instinto se sobrepôs, e ele puxou as mãos para proteger a cabeça. Liberado do aperto de Bill, Ben cambaleou para trás.

Bill praguejou e começou a balançar os braços, tentando pegar Ben. Luz e sombras voltaram à sua visão, mas tudo era um borrão.

A bolinha de agitar soou. Bill ouviu o sibilar da lata sendo aberta, imediatamente seguido pela porta que se abria. Ben deu um leve gemido, e o ar assoviou enquanto ele jogava o veneno para fora da cabine de comando e para dentro da cabine de passageiros.

CAPÍTULO 30

Carrie observou a diretora Liu andar enquanto gritava perguntas para dentro da van.

— Quer dizer que o primeiro oficial estava junto o tempo todo? — ela quis saber.

O agente Rousseau cortou a corda em torno de Scott. O menino caiu em cima de Carrie e passou os braços em torno do corpo dela com Elise no meio deles. Ele apertou a mãe com força, e a bebê gemeu.

— Calma — disse Carrie. — Está tudo bem, amor. Estamos seguros.

— Preciso saber…

— Liu — pediu Rousseau, em voz baixa —, dê um minuto a eles.

— Nós não temos um minuto! — gritou Liu.

— Ela tem razão — disse Carrie, saindo desajeitadamente da van com Elise no colo. Virando-se, ela pegou a mão de Scott antes que ele pulasse para fora. — Do que você precisa?

— O primeiro oficial…

— É amigo de Sam. — Carrie fez um gesto para a praia.

Ela pensou por um momento antes de pensar melhor no que ia dizer. Suspirando, ela beijou Elise e passou a bebê para Rousseau.

— Você pode segurá-la? Acho que eles já viram muito por hoje. — Ela se abaixou para ficar no mesmo nível do filho. — Estamos seguros agora, amor. Mas a mamãe ainda precisa cuidar de algumas coisas para ajudar o papai. Então você precisa ficar com sua irmã e ir com os agentes, está bem?

Ela o beijou no topo da cabeça e observou os dois andando a uma distância em que não podiam mais escutar antes de se virar de novo para Liu. Limpando o rosto, ela sentiu-se subitamente exausta.

— O nome dele é Ben. Ele também é sírio. Ou curdo… — a voz dela se interrompeu, em uma incerteza envergonhada. — E ele tem uma arma.

— Por que então não derrubou o avião ele mesmo? — perguntou Liu. Carrie balançou a cabeça.

— Porque não era essa a questão. Eles queriam fazer Bill escolher. Nós ou o avião.

— E agora que não há uma escolha? Ele ainda vai fazer Bill derrubá-lo?

Carrie olhou para a praia. Ao longe, podia ver os agentes circundando o corpo de Sam, tirando fotos, fazendo marcações, documentando, gravando.

— Não sei — ela respondeu. — Mas acabamos de matar a única família que restava a ele. Então eu imaginaria que tudo é possível.

Carrie não conseguiu decifrar o rosto de Liu enquanto ela se virou, levando o telefone ao ouvido. Esforçou-se para ouvir o que ela estava falando.

O jovem com a arma que perseguira Sam e permitira que Carrie escapasse se aproximou, estendendo a mão. Ele se apresentou e perguntou se ela estava bem.

Carrie tomou a mão dele em ambas as suas.

— Estarei quando o avião pousar.

Ela estava a ponto de agradecê-lo pelo que tinha feito quando Liu voltou. Os dois agentes do FBI se olharam em silêncio.

Por fim, Liu disse:

— Não diga "eu sabia".

Ela estendeu a mão.

O homem a olhou por um momento antes de estender a própria. Eles se cumprimentaram – mas ambos permaneceram com o rosto duro e comedido.

— Theo — Liu suspirou —, não acabamos aqui. Temos um problema.

Carrie achou que a mulher parecera levemente hesitante ao explicar que o primeiro oficial estava envolvido. O rosto de Theo se retorceu dolorosamente quando ele percebeu que o avião ainda estava em perigo. Carrie ficou confusa com a maneira pessoal como o jovem agente parecia ouvir a notícia. Ele apoiou as mãos no joelho por um momento antes de se endireitar, colocando a mão no bolso.

— Ela não sabe — ele disse, digitando furiosamente no telefone.

— Quem não sabe? — perguntou Carrie.

Liu ignorou a pergunta de Carrie.

— Você sabe qual é o alvo específico em Washington?

Carrie fez que não.

— Eles nunca disseram.

— E o ataque com gás? — Theo interrompeu, fazendo uma pausa na digitação. — Aconteceu?

Carrie baixou o olhar e assentiu.

— A câmera estava na cabine de comando, então não conseguíamos ver o que acontecia no avião. Mas conseguíamos ouvir.

Ele olhou de modo vago por um instante antes de voltar para o telefone.

— Eles precisam saber do primeiro oficial — ele murmurou, voltando a digitar freneticamente.

— Para quem ele está mandando mensagem? — Carrie perguntou, ficando impaciente.

— Para a tripulação — disse Liu. — Os comissários de bordo. Um deles é Jo, uma tia dele. Ela que enviou uma mensagem para Theo. Foi assim que o FBI se envolveu.

Carrie se virou para Theo, incrédula.

— Jo Watkins?

Ele levantou os olhos.

— Você conhece minha tia?

Carrie não podia acreditar. Ela contou a ele que Bill e Jo voavam juntos havia anos e que elas eram amigas. Um novo grau de angústia desceu sobre ela ao perceber que Jo estava no voo.

— Bill não vai se perdoar — ela disse. — Jogou gás na própria cabine, jogou gás em *Jo*...

— Com todo respeito, senhora — disse Liu —, não sabemos se é só isso que ele vai fazer.

Carrie inclinou a cabeça lentamente, estreitando os olhos.

— Você acha que ele vai derrubar o avião.

Carrie não falou como uma pergunta ou declaração, mas como acusação. Liu levantou os olhos.

— Ele tem uma arma apontada para a cabeça, não acho que podemos...

— E eu tinha uma arma apontada para a minha cabeça — disse Carrie. — Eu sabia exatamente o que Bill faria.

— Você não sabe o quê...

— Eu sei *exatamente* qual escolha meu marido teria feito e vai fazer. — O corpo de Carrie estremecia de raiva. — Você não conhece meu marido. Eu conheço. Ele vai pousar aquele avião.

Liu observou Carrie. Virando a cabeça para Theo, ela disse:

— Tire ela daqui.

Theo levou Carrie para longe, apoiando o braço sobre o ombro dela. Conforme se afastavam, estavam quase fora do campo de audição quando Carrie ouviu Liu dizer em voz baixa para outro agente:

— Contate a Sala de Crise. Vou recomendar o protocolo secundário.

Carrie se virou antes que Theo pudesse impedi-la.

— O que é o protocolo secundário? — ela inquiriu.

Liu se recusou a fazer contato visual. Nenhum dos agentes fez.

Carrie virou-se para Theo.

— Me conte. O que é o protocolo secundário?

Theo a olhou nos olhos, mas não falou. Ela viu os músculos do lado do pescoço dele se retorcendo.

Carrie era esposa de um piloto experiente, um piloto que estava voando no Onze de Setembro. Ela entendia a situação que tinham em mãos; sabia qual devia ser a resposta militar.

Ela sabia. Só queria ouvi-los confirmar.

Theo desviou o olhar para Liu, os olhos ardendo pela traição.

Carrie entendeu.

— Vocês *não* vão derrubar aquele avião — ela disse, a voz subindo a cada palavra.

— Senhora, precisa deixar os profissionais lidarem com isso. Senhora... — Liu fez uma indicação para que os agentes a parassem.

— Precisa dar uma chance a ele! — Carrie gritou, agora histérica. Dois agentes lutavam com força para tirá-la dali. — Vocês não o conhecem! Ele vai pousar o avião! Eu juro pela vida dos meus filhos que ele vai encontrar um jeito!

CAPÍTULO 31

Jo estava na frente do avião, observando os passageiros.

O empresário na primeira fileira, o primeiro a ir atrás da lata, fuçava na máscara. Ele apertou as tiras e ajustou-a antes de tirá-la totalmente do rosto. Colocando-a de volta, respirou fundo, e seus olhos se arregalaram em alarme.

O pulso de Jo disparou. Os doze minutos haviam terminado.

Ela ainda sentia o ar ainda fluindo por sua máscara, o que lhe deu uma pontada de culpa. Recordou-se de que era simplesmente protocolo. *Coloque sua máscara primeiro antes de auxiliar os outros.* Ela pregava aquilo diariamente, em todas as demonstrações de segurança. Tinha até deixado claro para Paizão e Kellie: *vocês dois conhecem este avião e sabem o que fazer em uma emergência. Os passageiros precisam de vocês vivos para isso.* Jo sabia que não tinha utilidade para ninguém se estivesse morta, mas era impossível não se sentir envergonhada por ter uma ferramenta que os passageiros não tinham.

— Minha máscara quebrou — disse o empresário, e seu pânico era evidente. — Não estou recebendo nenhum ar.

— Senhor... — Jo começou cautelosamente. — Acho que...

Ela não ouviu a porta da cabine de comando abrir atrás dela. Foi a visão de uma lata prateada voando sobre sua cabeça para a cabine principal que lhe disse que um segundo ataque estava acontecendo. Jo se virou assim que a porta se fechou com uma batida.

Girando de volta para a cabine, ela observou a lata cair com uma nuvem e resíduo branco acima antes de rolar pelo corredor na direção da parte traseira. Agora estava bem além da divisória, perto dos assentos sobre a asa.

Jo congelou. Deveria correr atrás dela? Ou manter a posição de defesa para o caso de outra lata aparecer? Mas e se ela...

Um barulho alto na parte traseira reverberou por todo o caminho até a frente do avião, enquanto o assento dobrável batia contra a parede. Paizão apareceu um segundo depois, correndo pelo corredor atrás da lata.

Uma mulher em um assento do corredor soltou o cinto de segurança e deslizou na direção da janela, prendendo os vizinhos de assento. Outras fileiras se seguiram. Alguém chutou a lata, e a cabeça de Paizão subiu e desceu enquanto ele tentava localizar para onde ela tinha ido. Os passageiros se empurravam enquanto a lata rolava na direção deles debaixo dos pés, até reaparecer momentos depois, voando pelo ar depois que alguém a jogava para longe da própria fileira. Todos se apressavam para sair de perto da coisa ou para afastá-la deles, mas o tempo inteiro um fluxo firme de veneno branco saía dela, enchendo a cabine fechada que agora não tinha oxigênio secundário.

O coração de Jo batia tão rápido que era doloroso. Ela alternava a concentração entre Paizão e a porta da cabine de comando, desesperadamente querendo ajudar. *Fique calma e proteja a frente*, ela disse a si mesma. *Deixe que eles cuidem da traseira. Eles vão dar conta.* Mas a vontade de ajudar era imensa.

Com um olhar para trás, Jo viu a lata cair no meio do corredor, bem à frente de Paizão. Ele se jogou com um grunhido, o corpo esticado por inteiro no ar antes de cair no chão com uma pancada, prendendo a lata debaixo de si. Paizão se curvou em uma bola, passando os braços em torno das canelas. O fluxo de resíduo branco cessou – a lata de veneno estava presa dentro de sua posição fetal desajeitada.

Ele parou de se mexer e gritou algo e um momento depois uma pilha de tecido vermelho foi jogada na direção dele. Jo achou que parecia um suéter.

Paizão colocou o suéter aberto ao lado dele no chão antes de esticar as pernas e rolar para cima dele o mais rápido que podia. Jo queria celebrar. Ela entendia agora. A lata estava presa entre o corpo dele e o suéter. Desajeitadamente, com o cilindro de oxigênio deslizando pelas costas, ele remexeu as mãos debaixo do corpo para pegar o tecido, envolvendo a lata com ele. Jo o via tentando apertar o corpo no chão com todo o peso enquanto manobrava. *Isso mesmo, querido*, ela pensou, com orgulho. *Sufoque isso.*

Ele lutava de modo brilhante, mas seus movimentos começaram a ficar mais lentos e a parecer descoordenados. Jo lutou contra o impulso de correr na direção dele. Sabia que era o veneno. Ele precisava de ajuda. Ela ouvia Kellie na *galley* traseira abrindo e fechando carregadores com uma batida. Jo sabia que ela estava procurando as sacolas de plástico e desejou que se apressasse.

A lata agora estava bem enrolada no suéter, e Paizão a prendia contra o peito. Ele ficou de pé com dificuldade antes que um homem à frente dele se levantasse e o pegasse por um braço. Uma mulher do outro lado fez o mesmo apesar de sua tosse incessante, involuntária. A cabine toda estava cheia de gritos e tossidas.

Droga, Kellie, vamos, Paizão precisa...

O estômago de Jo se revirou quando ela recordou.

O abastecimento os deixara com menos sacolas de lixo. As poucas que tinham, Jo pegara para o ataque. Eles não tinham nenhum saco de lixo na parte traseira. Jo e seus passageiros aptos haviam levado todas para a frente.

— Josip — Jo gritou, apontando para a sacola balançando no bolso atrás do assento de frente para ele. — Pegue isso e...

Kellie correu para fora da área de preparo traseira, estendendo algo para Paizão ao disparar pelo corredor na direção dele. Paizão se mexeu e Jo viu o jarro de café que Kelly segurava. O vasilhame de plástico tinha uma boca larga – mas, mais importante, fechava hermeticamente. Jo não sabia se a lata era pequena o suficiente para caber dentro, mas, se coubesse, o jarro era perfeito.

Paizão estendeu para ela o suéter enrolado e começou a desenrolá-lo, mas parou, olhando para os passageiros. Jo os viu respirando através das camisas, cobrindo as bocas com as mãos, tossindo compulsivamente. Eles não tinham oxigênio limpo.

Paizão arrancou o vasilhame das mãos de Kellie e passou correndo por ela, disparando na direção da traseira do avião, o suéter enfiado na parte interna do cotovelo como uma bola de futebol americano.

Kellie gritou alguma coisa atrás dele, parecendo entender seu próximo passo.

Ele foi para o lado. Ela passou por ele e abriu a porta do banheiro. Paizão se abaixou e entrou e ela fechou a porta com uma batida atrás dele.

Jo permaneceu olhando da porta da cabine de comando para a área traseira de preparação de alimentos. Kellie estava do lado de fora do banheiro, esperando, a respiração pesada aparente a distância. Kellie se virou para a frente e, vendo Jo olhar para trás, arrancou o interfone da parede. Jo atendeu antes que a luz verde acendesse. A voz de Kellie estava aguda e cheia de pânico.

— Não tínhamos nenhum…

— Eu sei — disse Jo, tentando soar calma. — Você está indo muito bem. Do que precisa?

— Eu não sei. Eu não sei. Nada. Eu acho…

A porta do banheiro se escancarou, e Paizão saiu cambaleando de costas. Tropeçando, ele caiu contra a divisória da cabine antes de bater no chão. Ele chutou a porta, que fechou com uma batida, a jarra de café e a lata de veneno dentro. Kellie soltou o interfone e correu para ele, caindo de joelhos ao lado do colega. Ela recuou instantaneamente, as mãos voando para sua máscara enquanto se levantou e correu para o outro lado da *galley*. Jo ouviu um carregador abrir e fechar pela linha enquanto o interfone balançava fora do gancho.

Com o telefone apertado no ouvido, Jo olhava para lá e para cá, da frente para trás. Temendo que viesse outro ataque. Preocupada porque não teriam as ferramentas para lutar contra ele se acontecesse.

Kellie reapareceu segurando uma garrafa grande de água. Jo manteve o interfone na orelha, mal conseguindo ouvir o que acontecia. Kellie se agachou ao lado de Paizão.

— Respire fundo e segure — Jo ouviu Kellie dizer. — Depois incline a cabeça para trás e abra os olhos.

Paizão fez o que ela pedia. Kellie tirou a máscara do colega e jogou água sobre todo o rosto dele. O corpo dele se retesou em resposta. Kellie colocou a máscara de volta no rosto dele, e Jo viu Paizão reagir ao ar fresco. Ela sabia o alívio que ele experimentava, mas, pelos barulhos que fazia, só podia imaginar quanta dor ele sentia. Paizão tinha sido bastante atingido pelo veneno, e ela sabia que ele precisava de atendimento médico. Jo se perguntou se deveria colocar um de seus passageiros aptos no assento retrátil e botá-lo em um assento de passageiros para a aterrissagem e a evacuação. Ele não era mais capaz de cumprir suas funções? Estava incapacitado? Ela rezou para que o amigo estivesse bem, que conseguisse aguentar até que pousassem.

Paizão olhou para Kellie e respirou com dificuldade. Jo esperou. A voz dele estava cansada e frágil.

— Já chegamos?

CAPÍTULO 32

— Tire o avião do piloto automático — disse Ben.

Bill olhou para a frente, o corpo pressionado contra o cinto de segurança. Ele se esticou para o painel acima da cabeça, apertando um botão marcado com "PA1", e a luz verde acima dele se apagou. Três repiques soaram pela cabine de comando. O piloto automático fora desligado. Bill passou os dedos em torno do controle à sua esquerda, fazendo com que o avião ficasse sob seu controle total.

Sua visão havia voltado, mas a cabeça ainda estava zonza e a dificuldade de concentração, piorada pelos sons que se repetiam em sua mente.

Os sons da cabine durante o segundo ataque.

A tripulação esperava pelo primeiro ataque. Os barulhos haviam sido horríveis, mas restritos e controlados; os sons de uma luta difícil, mas justa.

O segundo fora diferente. O sofrimento era palpável.

Caramba, Bill. Seja um piloto. Bloqueie. Compartimentalize, droga.

Compartimentalização era a única maneira de permanecer em controle durante uma crise. Abordar a questão com lógica e razão – lidar com a maneira como se sente sobre isso depois. É uma mentalidade instilada em cada piloto desde o primeiro dia.

Mas nem todo o treinamento do mundo poderia tirar completamente os sons do ataque de sua cabeça. E, com aqueles sons, vinha uma voz que dizia uma possibilidade que ele não queria considerar.

Hoje você vai fracassar, dizia a voz. *Sua família, Jo, a tripulação, os passageiros. Você já fracassou com eles e vai continuar fracassando.*

Bill fechou e abriu a mão repetidamente.

Compartimentalize, Bill.

Pouco a pouco, seus ombros caíram. Ele começou a respirar pelo nariz, em vez da boca. A cacofonia em sua cabeça se suavizou até que sobrou apenas o zumbido dos motores.

O dia não havia acabado.

Ainda estavam na rota original, aproximando-se de Nova York pelo sudoeste, voando sobre os subúrbios de Nova Jersey. Casas com vista da cidade. Um ponto de vista de onde, todos aqueles anos antes, as pessoas estiveram em seus quintais assistindo à fumaça cinza subir da silhueta do sul de Manhattan em uma manhã de céu azul perfeito. Ao longe, diretamente na frente deles, a ilha de Manhattan brilhava na noite.

Era crueldade de Ben esperar tanto tempo para dirigir Bill ao próximo passo. Washington parecia tão longe agora que o destino original deles estava à vista.

— Voe manualmente até o alvo — disse Ben.

Bill franziu a testa.

— Em termos de navegação, como...

Ele parou.

Não.

Não, não, não...

Bill xingou a si mesmo. Como podia ter sido tão estúpido? Tão cego?

— Não vamos desviar para Washington, vamos? — O rosto de Ben não demonstrava emoção. — É claro — Bill disse em voz alta. — Por que você me contaria o alvo real? Você presumiu que eu falaria com o solo. Por que daria a eles cinco horas para se preparar?

Bill balançou a cabeça e olhou para a cidade de Nova York pela janela diante dele. Os alvos em potencial que se avizinhavam pareciam zombar da falta de visão dele.

— Já chega, Ben. Qual é o alvo real?

O Empire State Building estava iluminado de branco e azul, o marco icônico se levantando do coração do centro da cidade. Abaixo, na ponta sul da ilha, o prédio mais alto de Nova York: One World Trade. A Freedom Tower.

— Não diga que... — disse Bill.

O primeiro oficial balançou a cabeça.

Ben olhou para a frente pela janela. Um sorriso surgiu em seu rosto. Ele fez um gesto com a cabeça para a frente.

Bill seguiu o olhar dele. Em uma janela, a ilha de Manhattan. Passando a Freedom Tower, além do Empire State, para um grupo de luzes brilhantes no Bronx.

Baixinho, Ben começou a cantar:

— *Take me out to the ball game…*[4]

---

4. "Take Me Out to the Ball Game" é uma música cantada por Frank Sinatra e Gene Kelly no filme de mesmo nome de 1949, mas já tinha sido gravada em 1908 por Edward Meeker e foi regravada muitas outras vezes depois. (N. T.)

CAPÍTULO 33

Theo e Carrie ficaram do outro lado do estacionamento, ignorados pelos outros agentes. Ambos andavam ansiosos, tentando descobrir o que fazer.

De acordo com a conversa no fone de ouvido de Theo, as preparações para decretar o protocolo secundário tinham sido acionadas em Washington, D.C. O FBI emitira uma declaração pública, e a imprensa agora estava inundada de imagens de turistas e funcionários do governo correndo para abrigos. As luzes na Casa Branca foram desligadas, deixando especialistas para especular que o presidente fora levado para o abrigo antibombas. Do outro lado da cidade, no Pentágono, soldados armados com equipamento tático entravam e saíam dos prédios. Ouvir os relatos chegando era desorientador. Aquilo tinha sido a crise deles, mas agora se espalhava de costa a costa. Estava transformando-se em uma coisa totalmente diferente.

Liu e a equipe de Los Angeles vinham retransmitindo tudo que tinham para as autoridades da Costa Leste, mas não havia muito a oferecer. Passaram as informações sobre os dois suspeitos e conduziam verificações de antecedentes o mais rapidamente possível. Os resultados provavelmente seriam irrelevantes àquela altura, mas, depois de descobrirem o envolvimento de Ben, não iam correr riscos. Qualquer pista potencial deveria ser seguida – e aquilo incluía inteligência sobre Bill. Theo sabia que Carrie não podia ouvir o que estava sendo discutido em seu ouvido, mas aquilo o deixou incomodado. Ela era praticamente uma estranha para ele, mas de algum jeito ele já sentia que os Hoffman eram como família. Ouvir o FBI discutir o marido dela como uma ameaça em potencial era como uma traição.

Theo havia enviado uma mensagem para Jo para avisá-la sobre Ben, mas Jo não tinha respondido. Theo e Carrie olharam para o celular dele, esperando.

— Diz "Enviada" — disse Carrie.

— Sim, mas será que ela viu?

Carrie não tinha resposta.

Theo olhou para o telefone, rezando para aqueles três pontos surgirem do lado de Jo da mensagem. Ele tentou bloquear pensamentos sombrios, mas eles se aglomeravam no silêncio. Ninguém sabia o que era o veneno. Não tinham ideia do que realmente havia acontecido lá em cima. Até onde sabiam, Jo jamais vira a mensagem porque...

Theo deu o telefone para Carrie e sacudiu as mãos.

— Ela só está ocupada — disse Carrie, tentando tranquilizar a ambos. — Ela recebeu a mensagem. Está bem. Apenas não pode responder. Temos mais alguma notícia de Bill?

Theo balançou a cabeça. Bill não tinha se comunicado via Morse desde sua última mensagem a respeito da localização da família. Aquilo não era um bom presságio para o argumento de que ele permanecia inflexível.

— Bem, ele também está ocupado — falou Carrie. — Voar. Navegar. Comunicar.

Theo inclinou a cabeça.

— O quê?

— Voar. Navegar. Comunicar. É o... lema dos pilotos? Não sei como se chamaria isso. É a lista de prioridades deles. Voar... voar o avião. Navegar... saber para onde está indo. Comunicar... falar com quem precisa sobre o que for necessário. Normalmente não é um problema fazer as três coisas. Mas em uma emergência? — Carrie deu de ombros. — Eles fazem o que podem. Acho que comunicação é um luxo ao qual Bill e Jo não podem se dar agora.

A mente de Theo foi para o "Milagre do Hudson". Ele se lembrava de ter procurado on-line pela gravação das conversas entre o Controle de Tráfego Aéreo e a cabine de comando porque ficara perplexo com o pouco que o comandante Sullenberger falara durante o acontecimento. O voo inteiro tinha durado apenas três, talvez quatro minutos. E o controlador seguiu dando opções ao piloto – mas Sully mal respondia. E, quando respondeu, foi curto e direto: "Incapaz". E então, por fim: "Vamos estar no Hudson". Voar, navegar, comunicar. Agora fazia sentido.

Bill não havia cedido. Ele estava ocupado.

— Você sabe que está certa, né? — disse Theo.

Ela levantou os olhos.

— Precisa dizer isso a eles.

— Eles não vão me ouvir.

— Mas você está certa.

Carrie lançou para ele um olhar de reprimenda.

— Desde quando estar certo significa que vão escutar você? Você deveria entender isso melhor do que a maioria.

Theo balançou a cabeça.

— Mas você *está* certa. E Jo está certa. Mas ninguém vai ouvir nenhuma de vocês a tempo.

Theo esfregou o rosto em frustração, os olhos pousando no telefone nas mãos de Carrie.

O mesmo telefone do qual vira a tia falar no vídeo que o mundo todo vira.

— Carrie — Theo disse lentamente, enquanto a ideia em sua cabeça se formava totalmente. — Precisamos ir.

Jo abriu as pernas para se equilibrar e agarrou os lados opostos da divisória quando o avião começou a tremer. Ela se recusava a deixar sua posição na frente da porta da cabine de comando. Não havia indicação de que viria um terceiro ataque, mas tampouco houvera indicação do segundo.

Atrás dela, a cabine tinha ficado assustadoramente silenciosa. Ela olhou para trás rápido para checar os passageiros e o pequeno movimento enviou golpes gelados de dor por seu pescoço. Sentiu algo na perna e olhou para baixo. Sua meia-calça se corroía, queimando enquanto feridas doloridas floresciam na pele dela.

Ela ignorou aquilo tudo.

Paizão saiu do banheiro enxugando as mãos. As mangas dele estavam enroladas para cima, o uniforme cinza-escuro molhado nos punhos. Jo imaginou que ele estivesse tentando lavar o veneno da pele. Kellie gastara os últimos dez minutos passando garrafas de água para os passageiros, instruindo-os a derramar nos olhos, nas mãos, no rosto. Em qualquer lugar que o veneno tivesse tocado. Ela lhes disse para puxar as camisas sobre a boca e o nariz, qualquer coisa para filtrar o ar, ainda que só um pouco. Jo não sabia se os passageiros estavam sucumbindo ao veneno ou não tinham mais forças para lutar – mas ninguém resistiu, ninguém pediu uma explicação, ninguém exigiu nada dela.

Como ela estava orgulhosa deles! O acaso unira aqueles estranhos, e eles tinham reagido magnificamente. O mesmo valia para a tripulação. Jo não podia imaginar melhores comissários de bordo para se reunir do que Kellie e Paizão. Ainda não estavam em terra, mas, por causa das ações deles, cento e quarenta e quatro pessoas estavam em seus assentos, feridas e lutando – mas vivas.

Era ali que acabava o papel deles no avião. Dependia de Bill agora.

Bill.

O comandante. O homem cuja família fora levada. Pelo que Jo sabia, Carrie e as crianças já estavam mortas. O estômago dela se apertou ao mesmo tempo que o avião desceu.

O mundo dela balançou de um lado para outro enquanto a inclinação para baixo aumentava. Os músculos abdominais se retesaram enquanto ela se esforçava para manter o equilíbrio. Agachando-se, olhou pela pequena janelinha na porta à sua direita. As luzes em terra ficavam mais brilhantes, borrando conforme o avião se movia mais rápido e mais para perto do chão. Ela tinha evitado o máximo que pudera. Estava na hora de ir para o assento dobrável e colocar o cinto. Assim como dissera a Kellie e Paizão, os passageiros precisavam dela viva.

Presa com o cinto, o tanque de oxigênio contra as costas, ela se inclinou para a frente para olhar pela janela de novo. Jo voara para o aeroporto JFK incontáveis vezes. Ela conhecia bem a aproximação.

Sabia que estavam desviando dele.

Bill.

O que ele tinha dito a ela? *Você tem minha palavra de que não vou derrubar este avião. Mas como vou conseguir isso, ainda não descobri.* A declaração veio a Jo como se ele sussurrasse em seu ouvido. Ele a assegurara de que não ia derrubar o avião. Mas a que custo? O coração dela doía pelo amigo e o fardo que ele carregava, a escolha que ele precisou fazer.

A parte de trás da cabeça dela bateu contra o apoio enquanto os pés saíram do chão. Ela tentou parecer confiante, como se o estremecimento do avião fosse parte do plano. Mas a velocidade naquela altitude baixa e a descida descontrolada, fora de rota, lhe diziam outra coisa.

— Bill? — ela sussurrou baixo para si mesma, embora os passageiros fossem incapazes de ver seus lábios sob a máscara. A cabine escura escondia suas lágrimas. As evidências aumentavam... Algo estava errado. A voz dela falhou quando ela soltou uma segunda súplica:
— Comandante?

Ele precisava de ajuda? Ela queria fazer alguma coisa, queria se levantar e arrumar aquilo, queria controlar o resultado. Movendo-se para desatar o cinto de segurança – para fazer o quê, não tinha ideia –, sentiu o telefone no bolso. Percebeu que não o checava desde o começo do primeiro ataque.

A tela digital brilhante balançava na turbulência enquanto ela se esforçava para segurá-lo imóvel o suficiente para ler. Havia várias mensagens não lidas de Theo.

Carrie e as crianças estão seguras. Sequestrador morto.

Jo chutou a divisória à sua frente com os dois pés. Presa ao assento dobrável com as mãos ocupadas, era literalmente a única reação física que poderia ter. Jo jamais sentira uma emoção tão pura quanto o sentimento de vitória aliviada que correu por seu corpo depois de ler aquela mensagem. Ela apertou os olhos em meio a um sorriso que ia até os lados de sua máscara de oxigênio enquanto lia a próxima mensagem de Theo.

O PRIMEIRO OFICIAL FAZ PARTE DO PLANO. ELE TEM UMA ARMA. BILL PODE PRECISAR DE AJUDA.

A psique humana não fora feita para sustentar altos e baixos daquela magnitude em um período de tempo tão curto. A notícia correu pelo corpo de Jo como um choque elétrico. O telefone deslizou de seus dedos e caiu no chão da *galley*.

O plano B era Ben. A ameaça que estiveram procurando o tempo todo...

... era um deles.

Ela olhou para a divisória de acrílico em um estupor boquiaberto. Em todas as preparações deles, o primeiro oficial não cruzara sua mente. Nem uma vez sequer ela imaginou como Bill conseguiria se defender do ataque de dentro da cabine – com outro piloto sentado ao lado dele. Os comissários de bordo tinham o suficiente para dar conta. Tudo que acontecia do outro lado da porta, ela simplesmente deixara para Bill. Mas, agora, Jo sentiu-se uma tola porque algo tão óbvio nem ao menos passara por sua cabeça.

Conforme o avião dava trancos abaixo dela, Jo tentava descobrir o que aquilo significava, com o que estavam lidando naquele momento. Apática, abriu o cinto de segurança e se esticou para pegar o celular do chão. O tanque de oxigênio deslizou em torno do corpo dela, mudando seu centro de gravidade. Agarrando-se à divisória, ela pegou o telefone e se endireitou. Suas mãos tremiam violentamente.

Ela estava perdendo o controle.

Jo parou. Fechou os olhos. Respirou fundo.

Mocinha, isso ainda não acabou. Agora monte firme e coloque as esporas.

Enquanto ela arrancava o interfone do gancho, um toque de dois acordes soou pela cabine.

— Paizão. Venha até aqui. Temos um novo problema.

CAPÍTULO 34

Carrie andava rápido enquanto cruzavam o estacionamento. Scott a seguia alguns passos atrás, com dificuldade de acompanhar.

— Mãe — disse o menino —, aonde estamos indo?

Carrie olhou por cima do ombro. Rousseau conversava despreocupadamente com os outros agentes. Ele não pareceu perturbado quando ela pegou as crianças; apenas entregou Elise e então apertou o ombro de Scott e disse que ele era um homenzinho corajoso. Aí se virou e se afastou, e foi isso.

— Vamos ajudar o papai — disse Carrie.

Scott olhou de volta para os agentes do FBI, confuso.

— Eles não vão?

Carrie hesitou.

— Ah, sim, amor. Eles vão. Nós vamos só tentar outra coisa também.

Eles foram para o extremo do estacionamento, onde várias fileiras de trailers estavam estacionadas. Theo a instruíra a pegar as crianças e encontrá-lo ali. Ela não perguntou o que aconteceria depois. Mal conhecia Theo, mas dizer que confiava a vida deles ao agente era uma declaração literal naquele dia.

O coração de Carrie disparou enquanto contornavam os trailers. Alguns estavam com as luzes acesas e seus donos sentavam-se em cadeiras dobráveis, desfrutando da brisa do mar em varandas improvisadas. Carrie estava perto do fim das fileiras quando ouviu seu nome. Ela virou a cabeça para a esquerda, na direção do som.

Theo fez um gesto para que eles se aproximassem bem quando seu telefone começou a tocar.

— Agente Baldwin — ele disse ao atender.

Ele ouviu por um momento antes de olhar em torno do estacionamento. Então, com um susto, começou a acenar os braços.

— Estou vendo vocês. Estamos na frente, perto dos trailers. Estou acenando.

Carrie se virou para ver uma van que se dirigia até eles. Tinha várias antenas e um grande disco de antena satélite no teto. Conforme chegou mais perto, ela conseguiu ver o logo vermelho da CNB pintado na lateral. Parando ao lado deles, a porta de correr se abriu e Vanessa Perez, uma jovem que Carrie reconhecia do noticiário da noite, saiu. Ela deu um sorriso afetuoso e aliviado para a família antes que seus olhos se arregalassem ao ver Theo todo coberto de sangue e ferido.

— O que acon...

— Depois — Theo a interrompeu.

Ele pegou a bebê de Carrie, e ela e Scott entraram na van antes que ele, Elise e a repórter subissem atrás. A porta fechou e a van partiu.

— Para onde vamos? — perguntou Carrie, segurando-se quando o veículo fez uma curva fechada.

Theo fez uma pausa antes de dizer apenas:

— Para casa.

— Coastal quatro-um-seis, entre — disse Dusty, balançando a cadeira de um lado para o outro.

Como controlador mais experiente da torre – e um homem cujo temperamento tratava o extremo como blasé –, ele era a escolha óbvia para lidar com o 416. Mas, ao observar o sinal luminoso atravessar o radar diante dele sem resposta nos fones de ouvido, Dusty sentiu um aperto desconfortável no peito. Imaginou que fosse a sensação de "ansiedade" sobre a qual as pessoas viviam falando.

Ele não gostou.

Todo o tráfego dos aeroportos JFK, LaGuardia, Newark Liberty, Ronald Reagan Washington, Dulles e Baltimore/Washington fora desviado para substitutos. O espaço aéreo estava fechado para todos os voos que chegavam exceto um: o 416.

Em geral, àquela hora da noite, as pistas estariam cheias de voos noturnos internacionais partindo para a Europa. Voos transcontinentais vindos do Oeste. Tráfego de trabalho de todas as principais cidades da Costa Leste. Mais de sessenta milhões de passageiros entravam e saíam de Nova York pelas quatro pistas do JFK todos os anos. Mas, naquela noite, o aeroporto parecia um empreendimento regional sonolento.

Dentro da torre era outra história. Luzes azuis e vermelhas piscantes das equipes de emergência do lado de fora, no chão, pintavam o ambiente. Aquilo acentuava a energia frenética, mas os profissionais permaneciam concentrados.

— Coastal quatro-um-seis, entre — repetiu Dusty.

Nada.

Ele verificou o relógio. Onze minutos sem resposta.

Reclinando-se na cadeira, ele olhou para o oficial militar sentado em outra estação do outro lado do cômodo. O metal no uniforme dele brilhava sob as luzes. Ele usava fones de ouvido grandes, de aparência oficial, que eram melhores do que qualquer equipamento na torre. Com uma mão pressionada sobre o ouvido e a outra em torno de um microfone de mão, ele batia em código Morse. Militares fluentes no código tinham sido mobilizados para as torres de Washington também, apenas por segurança, embora o 416 ainda não tivesse se comunicado com nenhum deles.

Fazendo contato visual com Dusty, o agente do código Morse balançou a cabeça. Olhando para o relógio, ele escreveu algo em um papel e levantou: "dezoito".

Dusty praguejou e passou a mão pela barba por fazer. Quase vinte minutos na escuridão. Ele olhou para a parte traseira do cômodo, onde o número de homens de aparência severa em uniformes parecia crescer a cada minuto.

Dusty sabia que as coisas não estavam bem para o voo 416.

Ele olhou para as três grandes televisões penduradas na parede do outro lado da torre. Normalmente mostrando radares de clima e informações de voo, naquela noite, estavam sintonizadas em diferentes canais de notícias. A única coisa na cobertura era a crise que se desenrolava. Alguns canais mostravam imagens de arquivo e informações básicas: animações mostrando a rota do voo, hora de partida e de chegada, especificações da aeronave e estratégia logística. Outras telas reprisavam o vídeo de Jo, que a elevara de uma comissária de bordo anônima a celebridade em tempo recorde. Uma foto da família Hoffman circulava: pai, mãe, filho e filha na praia ao pôr do sol. Reportagens ao vivo de

Washington mostravam o tráfego parado enquanto as estradas de entrada e saída da cidade se entupiam de evacuados.

Do outro lado do cômodo, Dusty via George em seu escritório. O gerente do Controle de Tráfego Aéreo estava de pé atrás da mesa e se apoiava nos punhos, confrontando o tenente-general Sullivan, comandante militar encarregado do caso. Os controladores de George jamais tinham visto o chefe perder a paciência ou mesmo levantar a voz, então, desviaram os olhos e tentaram não ouvir. Era como uma traição com o homem que respeitavam tanto. Mas ouvir era inevitável, e rapidamente ficou claro para Dusty e seus colegas que George estava perdendo a discussão.

— Vocês vão derrubar aquele avião, não vão?

— Isso não é de sua alçada — disse Sullivan. — Planos de contingência não...

George bateu os punhos na mesa. Os controladores se encolheram.

— Vão derrubar um avião comercial cheio de civis inocentes...

— Basta, sr. Patterson! — gritou o oficial, desacostumado a insubordinação. — Você e sua equipe estão recebendo ordens para começar os procedimentos de operação-padrão e nada mais. Qualquer outra coisa está desautorizada e fora de suas mãos. — George não respondeu. — Compreendeu? — rosnou Sullivan.

— Afirmativo — respondeu George. — Seus homens terão total acesso a qualquer coisa de que precisarem.

A porta se abriu. Os controladores tentaram parecer ocupados.

— Dusty — disse, com calma, George, cujo rosto mantinha um tom preocupante de vermelho. Três oficiais uniformizados foram para trás dele. — Preciso que ensine o básico a esses caras.

A torre ficou em silêncio.

— Estou um pouco ocupado para treinar novatos agora — falou Dusty, saltando os olhos entre o chefe e os homens.

— Concordo plenamente, mas faça isso — disse George ao colocar os próprios fones de ouvido, pegando um par de binóculos de uma mesa e os jogando para um dos oficiais.

Ninguém na torre disse uma palavra. Todos sabiam qual era o protocolo secundário militar em uma situação como aquela. Mas o enfrentar de fato os deixou sem palavras.

Dusty balançou a cabeça, dizendo para seu colega de assento:

— É tarde demais para ligar dizendo que estou doente?

Ele fez um gesto para que os homens se aproximassem, mas parou logo e apontou para a TV. Todos se viraram.

Tendo interrompido a transmissão em campo, a CNB agora transmitia um âncora solitário no estúdio. Os olhos dele saltavam entre a câmera e suas anotações. A aparência do rosto do homem dizia tudo: ele tinha notícias exclusivas, urgentes, em um momento já sem precedentes. Alguém na torre tirou a TV do mudo.

— ... a esposa do comandante Bill Hoffman, o piloto do voo sequestrado, Coastal quatro-um-seis. Enquanto falamos, ela está com uma de nossas repórteres em Los Angeles e acabam de me avisar que a sra. Hoffman tem uma mensagem importante para o público americano e para o presidente. Vamos a eles assim que soubermos que estão prontos. A CNB não foi avisada do que...

Dusty olhou para George e os oficiais militares, mas eles estavam presos na cena se desenrolando na tela diante deles. Ele se virou de volta para o radar. Até onde sabia, a bola ainda estava em campo.

— Coastal quatro-um-seis, entre — ele disse novamente em seu microfone, quase adicionando ao fim um *por favor*.

O corpo de Carrie bateu no assento quando a van do canal de notícias parou subitamente. O operador de câmera abriu a porta lateral e saiu. Vanessa o seguiu com Scott atrás dela. Carrie pulou em seguida, virando-se para pegar Elise de Theo. A câmera já estava gravando a repórter enquanto ela andava para trás, afastando-se da van, falando em um microfone na mão.

— Estou aqui no que resta da casa dos Hoffman — disse Vanessa, indicando a pilha de escombros acima do ombro —, com a sra. Carrie Hoffman e seus dois filhos. Estou feliz em dizer que a família agora está em segurança e sem ferimentos. Mas a situação no voo 416 permanece precária, e a sra. Hoffman tem uma mensagem importante que precisa dar a todos que nos assistem. Especificamente ao presidente dos Estados Unidos.

A repórter tomou fôlego e fez um sinal para a família, mas parou. O operador de câmera olhou sobre o ombro. Vendo o estado da família, ele virou as lentes, e a visão do mundo, na direção dela.

Carrie estava imóvel, com a boca aberta, paralisada diante da visão de sua casa. Ou do que fora sua casa. Com passos lentos para a frente, ela foi na direção do que havia sobrado da explosão – ou seja… nada. Não restara nada de sua casa. Ela ouviu Scott fungar e pegou a mão dele.

Vanessa levantou a fita amarela de isolamento, e a família passou por baixo. A repórter não falou, e Carrie sabia que todos que a assistiam estavam também em silêncio. Todos tinham visto a casa, sabiam o que tinha acontecido. Mas aquela era a primeira vez que a família voltava para ver com os próprios olhos. Carrie observou o carvalho no quintal deles, recordando que estivera na pia da cozinha, naquela manhã mesmo, vendo as folhas dele dançarem na brisa. A árvore agora estava estilhaçada e queimada, e a cozinha simplesmente não existia mais. Ela balançou a cabeça devagar enquanto absorvia tudo aquilo, mas não disse uma palavra.

— Sra. Hoffman — falou Vanessa, gentil. — A senhora está bem?

Ela estendeu o microfone.

Carrie trocou Elise de lado antes de retomar a mão de Scott. Virando-se para a repórter, seus olhos úmidos ardiam de determinação ao dizer:

— Estaremos bem assim que o avião pousar.

Vanessa sorriu.

— Senhora — ela disse —, o que precisa nos dizer?

Carrie assentiu, trazendo Scott para a frente dela e colocando uma mão no ombro do filho antes de respirar fundo.

— Senhor presidente — ela disse, soltando o ar e a tensão. — Sei que está na Sala de Crise no momento decidindo o que deve ser feito. Sei que está recebendo toda a informação conforme ela chega. Sei que o senhor sabe que eu e meus filhos fomos tirados de casa sob a mira de uma arma. Que fomos amarrados e amordaçados. Que eu fui presa a explosivos. Que nosso… — a voz dela falhou ao olhar para a pilha fumegante de destroços — nosso lar foi destruído. Sei que o senhor sabe que o FBI nos resgatou. E sei que o senhor também foi informado de que o copiloto de meu marido, o primeiro oficial, tem uma arma e que fazia parte do plano o tempo todo.

Carrie não tinha ideia do que as autoridades tinham dito ao público até então, mas, pelo rosto da repórter, aquilo era claramente informação nova.

— Sei que a decisão sobre o que fazer neste momento cabe apenas ao senhor. Essa escolha não deve ser fácil. Sei que os Estados Unidos não negociam com terroristas. — Carrie passou o braço pela frente dos ombros de Scott, a voz falhando novamente. — E eu sei que é mais provável que o senhor decida derrubar aquele avião.

Scott olhou para a mãe. Ela o apertou com mais força.

— Senhor. Senhor Presidente. Antes que tome essa decisão, antes que derrube um voo comercial cheio de americanos inocentes, preciso lhe dar as informações que sei. Que não saberá pelo FBI. Que não estarão em seus informes.

Carrie fez uma pausa enquanto uma lágrima descia por seu rosto. Um sorriso agraciou seus lábios.

— Eu sei o que vai salvar o avião. Eu sei a melhor chance que aqueles passageiros inocentes têm de sobreviver. Eu sei como trazê-los para casa esta noite, para suas famílias. — Outra lágrima. — Mas não será a escolha fácil… Será a escolha difícil. Porque vai exigir que ignore os fatos… e confie na verdade. Porque a verdade é esta: a melhor chance que o voo quatro-um-seis tem já está a bordo.

Carrie mordeu o lábio inferior, desviando os olhos por um momento, tentando pensar em como articular o que queria dizer.

— Quando minha família foi levada e Bill recebeu a escolha entre nós e o avião, sabe o que ele disse? Quando nossos filhos estavam com uma arma apontada para a cabeça e ele sabia que nossa casa tinha sido explodida… sabe o que ele falou? — Ela encolheu os ombros, com um sorriso. — Ele disse não. Ele não fez uma escolha. Ele não cedeu porque também sabe que não negociamos com terroristas.

Ela passou a mão pelo cabelo.

— Veja, foi aí que esses caras erraram. Eles entendem mal a responsabilidade. Bill, meu marido, o comandante Hoffman, é um homem de responsabilidade. Eu entendo isso perfeitamente. E, senhor presidente, como um homem de responsabilidade, tenho certeza de que também entende. Sou incrivelmente grata pelo FBI ter nos encontrado a tempo. Porque eu conheço meu marido. E eu sei, pela minha vida, e hoje posso realmente dizer isso, que meu marido não teria derrubado aquele avião para nos salvar. E agora? Agora que a família dele está a salvo e ele sabe disso? — Um risinho escapou dos lábios de Carrie. Ela se endireitou um pouco. — Não é possível que meu marido não encontre um jeito de pousar aquele avião em segurança. — Ajustando Elise no quadril, ela colocou a mão com firmeza sobre o ombro de Scott. — Senhor presidente. Pelo bem do pai dos meus filhos, e de todas as mães, pais, filhos e filhas a bordo daquele avião neste momento, eu imploro ao senhor que tome a decisão corajosa e dê uma chance àquele avião e aos passageiros nele. Se fizer a escolha fraca, a escolha fácil, e derrubá-lo, sabemos exatamente o que vai acontecer. Mas peço ao senhor para ser corajoso e ter fé. Peço ao senhor para escolher confiar em um bom homem, um homem de responsabilidade. Eu sei, senhor, que sua fé será recompensada.

A torre foi reduzida a um silêncio de choque antes que um murmúrio de discussão começasse a encher o espaço. O ar estava carregado de esperança e Dusty cutucou as costas da controladora ao lado dele.

— Seria estranho se eu a aplaudisse de pé?

A controladora o ignorou, o rosto contorcido em alerta. Ela apontou para o radar de Dusty.

— Eeeei... — Dusty murmurou. — George? O quatro-um-seis começou a voar fora da rota.

— Silêncio! — disse o agente que sabia Morse.

A torre toda se virou para o grito incomum. Todos o viram escutar os fones de ouvido com uma concentração intensa estampada no rosto. De repente, o cenho franzido relaxou em compreensão, a boca abrindo-se.

— Não é Washington. O alvo é o estádio dos Yankees.

CAPÍTULO 35

Na tela do radar na frente de Bill, várias marcas em forma de cruz apareceram na traseira deles. Quatro F-16 agora estavam em distância de ataque do voo 416.

Bill esfregou o rosto em frustração. Sabia que chegaria até aquele ponto quando descobriu o envolvimento de Ben. Era exatamente por isso que não enviara uma mensagem em Morse para contar a eles. Agora precisava lidar com duas ameaças.

— Não é justo — disse Bill.

— O quê, Bill? O que não é justo? — Ben falou sem olhar para ele.

O avião saltou em resposta a um bolsão de vento, as luzes cintilantes dos bairros aparecendo na janela ao lado de Bill enquanto a aeronave se inclinou para a esquerda. Era uma noite clara, mas o vento era feroz e o avião pinoteou e girou.

— Coastal quatro-um-seis, entre.

O mesmo chiado do mesmo controlador veio novamente pelos fones de ambos, mas nenhum dos pilotos se moveu para responder. Não respondiam desde o primeiro ataque com gás e não responderiam pelo resto do voo. Eram apenas os dois agora.

— Não é justo… — Bill se esforçou para colocar seus pensamentos em ordem. — Que eu esteja aqui. E você aí. Que eu tenha tido minha vida, e você a sua. Não é justo que ninguém pareça se importar com o seu povo. Não está certo. E sinto muito.

Ben não respondeu.

Bill virou o rosto na direção do copiloto.

— Você tem a minha palavra, Ben. Vou passar o resto da vida trabalhando para corrigir esses erros. Não posso mudar o que aconteceu na sua vida. Você também não. Mas, se derrubarmos o avião, nada de bom vai vir depois disso. Você conhece este país. Sabe o que vamos fazer em resposta. Sabe quem vai sofrer. — Ben olhou pela janela. — Mas, se não derrubarmos o avião — Bill continuou —, podemos trabalhar juntos. Vou me educar. Vou aprender o que eu já devia saber. E aí talvez nós dois possamos consertar algumas coisas.

A arma estava diretamente entre eles. Nenhum deles falou. Ben se virou, examinando o rosto do comandante. Bill o olhou nos olhos, esperando desesperado que sua sinceridade fosse sentida e acreditada.

— Ben. Não é tarde demais.

Segurando a correspondência na boca, Ben puxou a maçaneta da porta enquanto lutava com a chave. O trinco guinchou, como a porta, quando entrou no apartamento, puxando as malas atrás de si. Acendendo a luz da cozinha, uma pia cheia de pratos sujos lhe deu boas-vindas ao lar. Ele jogou a correspondência na mesa da cozinha, ao lado de uma tigela de cereal comida pela metade.

Ele suspirou. Exausto por seus quatro dias de viagem e exausto pela vida.

— Achei que fosse chamar o zelador para consertar a porta enquanto eu estivesse viajando — ele disse em voz alta, colocando o chapéu no balcão da cozinha e o casaco do uniforme nas costas de uma cadeira. — Este lugar está um chiqueiro, cara.

Pegando uma cerveja da geladeira, ele se sentou na mesa, olhando a correspondência. Jogando fora o que era lixo, ele colocou o restante ao lado do jornal.

O jornal.

Ele inclinou a cabeça. Ele e Sam não recebiam jornal.

Levantando-o, encontrou uma publicação diferente embaixo, de um dia diferente. Abaixo dele, mais um. Todos com dobras nas pontas das páginas e marcados com tinta vermelha. Cada notícia era sobre a retirada de soldados.

Percebendo que Sam não dissera uma palavra desde que ele entrara em casa, Ben se virou. A luz do quarto de Sam estava acesa, a porta entreaberta.

— Sam?

Não houve resposta.

— Saman — ele disse mais alto, atravessando a sala. Batendo sem resposta, ele abriu a porta.

Havia tanto sangue empapando o colchão que ele quase parecia negro. Se não fossem as trilhas vermelhas saindo dos antebraços de Sam, Ben provavelmente não teria entendido o que via.

— Ah, meu Deus! — gritou Ben, correndo na direção do amigo, depois indo para trás, virando-se. — Porra! — ele berrou, indo para a cozinha.

Pegando o telefone, ele discou 911, praguejando de novo enquanto corria para o quarto.

Os olhos de Sam estavam claros e focados, apesar de sua respiração fraca e pele acinzentada. Ben pairou sobre ele enquanto gritava no telefone.

— Rápido! — ele berrou, desligando e apertando o telefone sob os nós brancos dos dedos.

Ele pegou o lençol e o enrolou em torno dos pulsos de Sam para tentar estancar o sangramento. Os dois amigos se olharam, tentando interpretar o que o outro estava pensando.

A voz de Sam era fraca e baixa.

— Lembra aquela vez quando fomos pegar umas bebidas naquele lugar na praia? O lugar com o pátio externo. Com os cobertores para quando ficava frio. Eles tinham ostras. Você tentou dar uma cantada na moça ao seu lado no bar. Aí o namorado dela apareceu.

Ben deu um sorriso fraco e assentiu.

— Bem naquela hora. Naquele lugar. Foi o momento exato em que a nossa vila foi atacada.

Ben fechou os olhos.

— Nós deixamos eles lá.

Lágrimas escorreram dos cantos dos olhos fechados de Ben, caindo sobre o peito de Sam.

— Não consigo mais fazer isso — sussurrou Sam. — Nada disso. — Ele gemeu de dor e Ben apertou os punhos do amigo com mais força. — Por quê? Por que está me impedindo?

Ben apertou a mandíbula, a respiração feroz de vergonha e raiva. Pela primeira vez, ele admitia a si mesmo o que Sam já havia decidido.

— Porque estou puto que você ia me deixar aqui. Vamos fazer isso juntos.

— Ben, vamos fazer uma escolha — disse Bill. — Juntos. Agora. Vamos escolher ajudar seu povo, não machucá-lo. Podemos fazer isso.

Bill não tinha como saber se Ben estava levando a oferta a sério, mas o jovem estava claramente confuso. Empatia não devia ter feito parte de seus cálculos. Bill percebeu que se inclinava para Ben, tentando trazê-lo para seu lado, para um lugar em que pudessem pousar o avião em segurança, juntos.

— Coastal quatro-um-seis, aqui é o tenente-general Sullivan da Força Aérea falando em nome do presidente dos Estados Unidos da América.

Os pilotos se encolheram com a voz agressiva que soava pela cabine de comando.

— Estamos cientes de que o primeiro oficial Ben Miro é uma ameaça. Se não responderem imediatamente, autorizaremos um ataque militar contra a aeronave. Considere isso nosso aviso.

Ben se virou para olhar o céu, levantando o queixo e apertando a mandíbula.

— Nada disso tinha a ver com derrubar o avião, Bill. Não se tratava de você nem dos passageiros nem de sua família. Não se tratava nem mesmo da escolha. — Ele balançou a cabeça. — Tratava-se de acordar as pessoas. Fazer algo dramático o suficiente para conseguir a atenção delas. Algo que não pudessem ignorar. Não era pessoal. — Ele se virou para Bill com olhos negros, vazios. — Isso foi antes. Agora? Agora quero que você se exploda.

CAPÍTULO 36

Quando Paizão entrou na primeira classe, Jo arfou.

— Eu sei. Vai ficar uma marca de bronzeado incrível — disse Paizão.

Do lado de fora da máscara, o rosto dele estava completamente vermelho, inchado e coberto de bolhas. As palmas das mãos estavam cobertas por gaze do equipamento de primeiros socorros e os brancos dos olhos estavam tingidos de vermelho.

Josip estava ao lado de Jo usando um cilindro de oxigênio portátil como o resto da tripulação. Paizão olhou o homem de cima a baixo.

— Ele está com a gente — disse Jo.

Paizão olhou de volta para Dave, ainda jogado inconsciente.

— É, estou vendo — ele falou. — Mas por que ele está aqui?

— Porque está fazendo o bloqueio por mim — disse Jo.

— Como é?

— Descobrimos o espião. É Ben. E ele tem uma arma.

Paizão piscou para ela.

Ambos tinham passado toda a vida adulta na aviação e sabiam que a única coisa com que sempre poderiam contar era que a tripulação estava ao seu lado. A tripulação era como uma família. E família não se voltava contra os seus.

Paizão apertou os lados da divisória para se firmar, examinando o chão como se a explicação estivesse estendida diante dele.

— Paizão, não temos tempo para…

Curvando-se para a frente, ele gritou uma série de obscenidades. Quando se endireitou de novo, fixou os olhos vermelhos em Jo.

— Eu estou bem — disse Paizão, com uma profundidade na voz que Jo jamais ouvira antes. — Qual é o plano?

Ela explicou rapidamente, de modo simples. Paizão deveria sentar-se no assento dobrável de Jo e liderar a evacuação pela frente assim que o avião pousasse. Josip ficaria no bloqueio, e Jo entraria na cabine de comando por meio de uma senha no teclado numérico.

Paizão olhou para ela.

— Para fazer o quê? Ben está armado! Jo, nem discutimos a entrada pelo teclado como uma opção. Porque não é uma opção. Você sabe que eles vão desautorizar...

— Eu sei! — Jo apertou os punhos ao lado do corpo. — Mas eu preciso tentar. Preciso entrar lá. Para ajudar Bill. Ou parar Ben. Ou... — Jo bateu no assento retrátil. — Droga. Paizão, senta.

Paizão pegou o interfone e ligou para a parte traseira da aeronave enquanto prendia os cintos no assento dobrável. Enquanto ele explicava a situação para Kellie, Jo fechou e prendeu um carregador da *galley*. Em sua mão havia um tubo longo e duro de plástico vermelho com uma ponta em bulbo.

Paizão levantou as sobrancelhas e cobriu o bocal do interfone com a mão.

— Ben tem uma arma e você está se armando com o quebrador de gelo?

— Você por acaso tem um facão escondido?

Josip ficou em silêncio ao lado de Jo, respirando com dificuldade. Os dois haviam inspirado o grosso do veneno durante o primeiro ataque e, embora não estivessem como Paizão, os efeitos do veneno começavam a aparecer.

Jo colocou uma mão sobre o bíceps dele.

— Senhor Guruli. Está na hora. Fique aqui de costas para mim. De frente para os passageiros. Impeça qualquer um que tentar passar por você usando quaisquer meios necessários. As únicas pessoas na cabine em quem confiamos são os comissários de bordo.

Ela apertou o braço dele.

Josip assentiu e ficou em posição. Cruzando os braços, ele ampliou a postura, ficando totalmente ereto. Era uma forma montanhosa, enraizada e impenetrável. Entre as duas forças imóveis, Josip e a porta, Jo sentiu-se levemente claustrofóbica.

Ela respirou fundo, concentrando-se no mostrador de números vertical à esquerda do banheiro. Fechando os olhos, repassou o que estava a ponto de acontecer.

Ela digitaria um código numérico secreto de seis dígitos – e esperaria. Na cabine de comando, um alarme soaria, alertando os pilotos que alguém tentava forçar uma entrada. Os pilotos então teriam quarenta e cinco segundos para desautorizar a tentativa de entrada pelo teclado. Se fizessem isso, a porta permaneceria trancada e não se abriria até a chegada. Se não desautorizassem sua tentativa, uma luz verde apareceria no painel do teclado e Jo teria uma janela de cinco segundos para abrir a porta. Depois disso, a porta se trancaria outra vez.

Os três comissários de bordo não tinham nem considerado usar o teclado. Principalmente porque não sabiam que Ben era uma ameaça, mas também porque era muitíssimo fácil para os pilotos impedirem se quisessem. Todo o propósito da entrada pelo teclado era para o acontecimento improvável de uma incapacitação dual de pilotos, um caso em que ambos os pilotos estivessem inconscientes. Quase não havia chances de que fosse funcionar.

Agora, era a única opção que eles tinham.

Jo abriu os olhos e levantou uma mão para o teclado, mas algo a impediu de apertar os botões. Seus dedos se agitavam sobre o conjunto de números em uma hesitação enlouquecedora.

Do outro lado da porta, havia um cenário de traição e violência. Ben tinha uma arma. Não dava para saber o que já podia ter acontecido lá dentro. Não dava para saber o que ela ia encontrar. E estava a ponto de irromper porta adentro cegamente. Armada com um quebrador de gelo de plástico.

— Jo?

Ela olhou para Paizão, sentado no assento dobrável bem ao lado dela.

— Tudo bem ficar assustada.

Ela assentiu e começou a apertar o código.

CAPÍTULO 37

Um estralo do bastão.

Bola fora.

O campista central Bobby Adelson saiu de sua posição, soprando uma bola de chiclete. Dando alguns passos inquietos, chutou um torrão de grama.

Concentre-se, Bobby. É só outro jogo. Só outra eliminação.

Não era. Era o sétimo jogo da World Series. Os Yankees estavam à frente, 2 a 1. Início da nona entrada. Os Dodgers tinham corredores nos cantos e o quarto rebatedor estava em aparição no bastão. Duas eliminações. A contagem estava em 2 a 2. Os Yankees estavam a um arremesso válido de serem campeões do mundo, a única consagração que a longa carreira de Bobby não podia reivindicar.

O arremessador rejeitou um sinal do apanhador. Ele assentiu para o próximo.

Um movimento no canto do olho de Bobby o distraiu.

Concentre-se, Bobby.

Mais movimento do outro lado. Algo estava fora de lugar. Ele olhou para as arquibancadas do lado esquerdo do campo.

Os torcedores estavam indo embora. Ele se virou para o lado direito e viu a mesma coisa. Não estavam apenas indo embora, estavam fugindo, empurrando uns aos outros pelas escadas para o corredor principal. Ele olhou para a parte superior e viu os torcedores correndo para baixo das fileiras, desaparecendo no interior do estádio. O coro de torcida estava rapidamente sendo substituído por berros raivosos e gritos desesperados.

O pânico tomou o peito de Bobby quando ele olhou para os outros jogadores do campo externo, que estavam igualmente confusos. O campista direito apontou para a frente dele e começou a correr. Bobby fez a mesma coisa ao ver todos os jogadores dos dois times se reunindo no montinho.

Uma voz pré-gravada saiu pelo alto-falante.

— *Senhoras e senhores, por favor, permaneçam calmos. Para sua segurança, estamos evacuando o estádio. Por favor, encontrem a saída mais próxima e a saída secundária e subam ou desçam o corredor na direção delas agora. Uma vez lá fora, afastem-se do estádio. Rampas e escadas de saída vão guiá-los. Escadas rolantes e elevadores não serão usados durante...*

Bobby se virou para o telão e correu de costas. A tela mostrava um vídeo do plano de evacuação do estádio, com figuras de desenho animado da equipe do evento guiando e auxiliando torcedores.

Quando ele chegou ao montinho, pegou o fim da explicação do árbitro na base. Soava como se devessem sair do campo pelos vestiários e seguir para os ônibus do time.

Bobby se virou para o interbases do Dodgers.

— O que está acontecendo? — ele sussurrou.

— Sabe aquele avião? Acho que o estádio é o alvo.

Os olhos de Bobby se arregalaram. Todos sabiam do voo 416. Os caras dos equipamentos no vestiário tinham dito aos treinadores, que haviam contado aos jogadores, e durante todo o jogo receberam atualizações. Em um mundo de mídias sociais, notícias tão grandiosas não passavam despercebidas. Mesmo para quem se estivesse jogando a World Series.

Em torno deles, torcedores batiam em retirada. Corredores tomados contornavam cada seção do estádio enquanto espectadores subiam nas cadeiras e pulavam cercas. O tráfego nos gargalos de saída e nos corredores largos se tornou uma sufocante confusão de humanidade. Bobby só podia imaginar como a confusão na multidão seria grande fora do estádio.

Um homem de boné dos Dodgers correu pelo corredor, empurrando as pessoas enquanto seguia. Uma mulher segurando o filho que soluçava foi para a frente dele e ele não hesitou em empurrá-los para fora do caminho. Enquanto os dois caíam no chão, outro homem puxou o torcedor de volta pela gola do agasalho e começou a esmurrar o rosto dele. Um terceiro homem correu para ajudar a mulher e o filho a se levantar.

Bobby tirou a luva e a colocou debaixo do braço enquanto observava a humanidade em seu pior. E seu melhor. Ajustando o boné, ele olhou para as arquibancadas e a atmosfera palpável de pânico e medo começou a consumi-lo também – e foi quando ele notou o casal idoso.

Descendo pelo corredor, eles se aproximavam do campo. Parando cerca de cinco fileiras acima do banco do time da casa, eles se viraram, o homem observando os pés da mulher enquanto ela pisava em copos e embrulhos jogados. Eles se sentaram e olharam ao redor, observando a vista incrível dos seus novos assentos. Era uma melhora significativa. O velho passou o braço em torno da mulher e ela colocou uma pipoca na boca rindo. Ela usava um boné dos Yankees que devia ser mais velho do que qualquer jogador dos dois times e provavelmente metade da diretoria também. Ele levava sua luva cujo couro estava envelhecido e desgastado.

— Certo, vamos nos mexer — disse o árbitro, batendo as mãos.

— Espere! — gritou Bobby. — Todos se viraram para ele. Ele era o capitão. A voz dele tinha peso. — Quanto tempo temos?

O árbitro olhou para ele confuso.

— Cinco minutos? Dez?

Bobby balançou a cabeça.

— Você sabe muito bem que isso não é tempo suficiente para evacuar.

O árbitro piscou para ele.

— Vamos — disse Bobby. — Início do nono, no sétimo jogo do World Series? No estádio dos Yankees? Um ataque terrorista? Isso não é uma coincidência. É uma mensagem. — Ele olhou em volta para a confusão. — Está me dizendo que quer que essa seja a *nossa* mensagem?

Os jogadores olharam uns para os outros, para o estádio. Bobby sorriu.

— Não sei quanto a vocês, rapazes, mas eu sempre prefiro sair batendo.

CAPÍTULO 38

Os pilotos se encolheram quando um alarme agudo quebrou o silêncio. Encarando-se, eles processaram o significado do alerta raramente ouvido no mesmo momento.

Os dois homens soltaram os cintos de segurança e se jogaram pela cabine de comando.

Os corpos bateram sobre o console central enquanto a mão esquerda de Ben se esticou na direção da chave de desativar que ficava abaixo deles, bem à direita do cinto de segurança de Bill. Era a única maneira de impedir uma tentativa de entrada via teclado. Se ele conseguisse baixar a chave, uma barra eletrônica entraria em posição atrás das três trancas de mola no topo, meio e embaixo da porta da cabine de comando.

Bill sentiu o avião se inclinar para a direita. Ele rapidamente apertou o botão que dizia "PA1" e três acordes altos anunciaram a volta do avião para o piloto automático. Lutando para alcançar a arma de Ben com uma mão, ele tentava manter o copiloto longe da chave de desativação com a outra. Bill inclinou o corpo sobre Ben, alavancando sua vantagem de peso, mas Ben era mais jovem e mais forte.

Bill desistiu de alcançar a arma e em vez disso foi para o pescoço de Ben. Com cuidado para não atingir nenhum botão, ele colocou o pé na beirada do console central e se levantou para aumentar a força sobre a traqueia de Ben. O copiloto se curvou um pouco, mexendo os pés para aguentar o peso. Bill sentiu as costas roçando nos botões do painel acima dele e se abaixou mais enquanto um tom suave de roxo começou a colorir o rosto do primeiro oficial.

A janela de desativação era de quarenta e cinco segundos. Bill se perguntou quanto tempo havia se passado, considerando que ele precisava ganhar vantagem antes que a aquela porta se abrisse.

O rosto de Ben agora estava com um tom de azul e seus olhos lacrimejavam. Enquanto a força de Ben minguava, Bill viu a arma escapando dos dedos dele. Ben foi capaz de acertar um golpe desesperado do lado da cabeça de Bill, e o pé do comandante escorregou do console. Perdendo a pegada, Bill caiu sobre os controles.

Ben buscava ar, encostado no painel da frente. Bill se levantou com cuidado, sabendo que cada botão ou alavanca empurrado ou ligado por engano poderia gerar uma nova crise. Ben também entendia aquilo. Era a única razão pela qual o primeiro oficial não tinha disparado a arma. Uma bala perdida poderia destruir a aviônica. Pior, perfurar a estrutura, causando uma descompressão. Bill sabia que Ben queria que o avião caísse – mas em seus termos.

Quando se recuperou o suficiente para se mover, Ben foi em direção à chave, e naquele momento, Bill se jogou sobre o assento dele, fechando a mão na única ferramenta que lhe restara. Pegando a caneta que ficara em seu colo o voo todo, Bill girou, grunhindo enquanto soltava o braço em um golpe para cima.

Os olhos de Ben saltaram e então piscaram suavemente, a mão livre subindo na direção da caneta que saía de sua garganta. Sangue escorria por seu pescoço, deixando vermelha a camisa branca do uniforme. Ele olhou em torno da cabine de comando em um estupor atordoado antes que sua atenção pousasse na arma em sua outra mão. Ele levantou a arma para Bill e seus olhos se reviraram quando ele apertou o gatilho.

Paizão se abaixou, e Jo apertou a máscara de oxigênio ao som do tiro. Josip olhou rapidamente sobre o ombro antes de se virar de volta para a cabine, os olhos indo de um lado para o outro em alerta. Os comissários de bordo concentravam-se em vão. Nenhum outro som saiu da cabine de comando.

Jo ajustou a tira de seu tanque de oxigênio e centrou-se na frente da porta da cabine de comando. Seu coração batia contra o peito como um animal selvagem em uma jaula. O pé esquerdo para a frente, quebrador de gelo na mão direita, ela apoiou a maior parte do peso na perna de trás, saltitando de leve, esperando para pular pela porta quando a luz verde acendesse e ela se destrancasse.

— Quanto dura o período de desativação? — perguntou Paizão. — Trinta segundos?

— Quarenta e cinco.

— Meu Deus — ele sussurrou dentro da máscara.

Um movimento atraiu o olhar de Jo, que baixou os olhos.

Um fio fino de sangue escapava por baixo da porta da cabine de comando.

— Quem temos lá em cima?

Um comandante colocou um pedaço de papel na frente do tenente-general Sullivan. Dusty saiu do caminho, jogando os fones de ouvido sobre a mesa. Indo para o outro lado do cômodo, ele ficou ao lado de George e dos outros controladores e observou a torre deles se transformar em um centro de comando.

— Tink, Redwood, Peaches e Switchblade.

Estreitando os olhos na direção do radar, Sullivan apertou um botão.

— Tink, me dê visão da cabine de comando.

— Sim, senhor.

A transmissão soou através da torre.

Uma dor lancinante ardia pelo braço de Bill. A bala rasgara seu ombro direito e entrara em suas costas. Segurando-se no painel, sua visão enfraqueceu enquanto seu corpo entrava no estágio inicial de choque.

O corpo de Ben estava amontoado sobre o console central. Apertando os dentes, Bill se inclinou para tentar tirar o primeiro oficial de cima dos controles. Seu cérebro ficou confuso, com uma tontura desorientada, frustrando até o mais básico dos movimentos. Ele se sentou, temendo desmaiar. Bill apertou o ombro ferido, puxando a mão e vendo-a coberta de sangue.

Ele precisava estancar o sangramento. Precisava pousar o avião. Havia tanta coisa que ele precisava fazer. Mas seu corpo o traía.

Com a cabeça sucumbindo a uma tontura forte, ele caiu para a frente, rolando sobre as pernas para o chão. A última coisa que viu em sua visão periférica antes de perder a consciência foi um caça aproximando-se do lado do avião.

***

— Hã, senhor?

A torre toda esperava pela informação de Tink.

— A cabine de comando parece vazia. Não vejo ninguém ali.

Uma luz verde se acendeu sobre o teclado. A cabine de comando fora destrancada.

Jo abriu a porta com força, a estrutura de metal robusta se prendendo corretamente sobre os ímãs que a mantinham em uma posição aberta. Ela se preparou, de olhos arregalados, esperando.

Nada aconteceu.

Pisando com cautela na cabine de comando, ela detectou movimento do lado de fora do avião, à sua esquerda. Levantando o quebrador de gelo por reflexo, ela viu o nariz de um caça sair de visão ao lado deles.

Merda.

Jo olhou para baixo, examinando a cena.

Ben estava caído de bruços sobre o console central, e sangue saía debaixo de seu corpo. A arma estava no chão, pouco além do alcance dele. Jo a chutou para longe dele.

Com as mãos debaixo do ombro e da cintura dele, ela o empurrou, o corpo se empilhando no chão aos pés de seu assento. Virando-o de costas, Jo levantou o quebrador de gelo com um arquejo, mas soube instantaneamente que não havia necessidade. Ele estava encharcado de sangue até o cinto, e algo saía de seu pescoço. Ela se inclinou para a frente, sem saber o que era no meio da sujeira de carne e sangue.

Ela soltou o quebrador de gelo e se virou para o assento à esquerda.

Em uma bola aos pés do assento, Bill não se movia. Jo passou sobre os controles com um joelho sobre o assento, subindo atrás de seu comandante.

Gritando o nome dele, ela tentou virá-lo. Conseguia ver o sangue se empoçando no chão – mas também via as costas dele subirem com a respiração. Gritou o nome dele mais alto, lutando para chegar até ele. Balançou o torso dele enquanto repetia seu nome, mas ele não respondia. Ela estava em um ângulo que não permitia que o estapeasse, então beliscou o braço dele com força. Um gemido leve escapou dos lábios dele. Ela gritou o nome dele mais uma vez e os olhos dele se abriram com o som. Enquanto Bill voltava à consciência, Jo se posicionou melhor e começou a se esforçar para levantá-lo. Ele tinha o dobro do tamanho dela, mas a adrenalina ajudou a comissária de bordo e, de algum jeito, ela conseguiu fazer com que ele se movesse. Juntos, com Jo fazendo a maior parte do trabalho, Bill voltou ao seu assento.

— Ainda não acabou — ela exigiu. — Diga-me o que fazer.

O avião comercial seguiu adiante enquanto Tink continuou a baixar a velocidade.

A voz em seu ouvido dizia:

— Todas as unidades sigam para posição de tiro.

— *Roger* — disse Tink.

A janela de escotilha na porta do avião era pequena demais para que ela visse alguma coisa. Mas, seguindo para trás, podia ver através das janelas dos passageiros. Um aperto inesperado fechou sua garganta.

Através da iluminação roxa da cabine, Tink enxergava os passageiros com suas máscaras de oxigênio apertadas contra a janela observando-a. Um homem perto da frente do avião empurrou os óculos para cima enquanto eles deslizavam pela máscara amarela. Algumas fileiras para trás, uma idosa colocou a mão na janela, um lenço de papel amassado contra a palma. Na fileira de trás da mulher, Tink só conseguia ver o topo de uma máscara de oxigênio enquanto a criança pequena que sentava ali se esforçava para olhar pela janela.

O aspecto civil da guerra era sempre o mais difícil de aceitar. Uma zona de guerra deveria ser um lugar para soldados e mais ninguém. Ela tinha acordado suada muitas noites, os olhos daquela menininha ou daquele idoso assombrando seu sono.

Mas aquilo não era uma zona de guerra. Era apenas um avião cheio de inocentes tentando chegar ao seu destino. Era ela quem não tinha lugar ali. Pela primeira vez em sua carreira, sentiu-se hesitante.

Conforme a última fileira do avião passou, ela viu um pedaço de papel preso em uma janela com uma palavra escrita em letras grandes.

"SOCORRO."

CAPÍTULO 39

Theo ficou longe do grupo, olhando para o telefone. Ele chamou Carrie.

A família e a equipe de filmagem estavam todos em torno da van da CNB com os olhos colados nas notícias que passavam pela TV. Alguns dos vizinhos haviam saído, oferecendo água e petiscos, mas ninguém tinha estômago para nada. Então ficaram todos ali, paralisados pela impotência, assistindo ao que acontecia no leste.

Carrie seguiu Theo para longe da van. Ele manteve a voz baixa.

— O quatro-um-seis está começando a sair da rota.

Carrie olhou para ele inexpressivamente.

— Como você...

— Rousseau está me mandando mensagens para me atualizar. Washington era um engodo. O alvo real é o estádio dos Yankees.

Carrie virou a cabeça, olhando para o nada, como se não entendesse as palavras que ele dissera. O telefone de Theo vibrou.

Ele leu a mensagem duas vezes antes de fechar os olhos com um suspiro. Não queria contar a ela o que dizia e não conseguia aguentar a visão de Carrie esperando para escutar.

— Theo, por favor — ele a ouviu dizer depois de um momento. — Não pode ficar muito pior, pode?

Ele manteve os olhos fechados ao dizer que um dos F-16 tinha tentado uma visualização – e que a cabine de comando parecia estar vazia. De acordo com a piloto do caça, ninguém comandava o avião.

Carrie não disse nada. Theo a ouviu começar a chorar.

— Mãe? — disse Scott.

Theo abriu os olhos para ver o menininho aproximando-se com a irmã aninhada nos braços.

A visão dos dois quase destruiu Theo. Carrie estava de costas para as crianças e enxugou os olhos rapidamente antes de se virar para elas.

Com um sorrisinho que parecia doloroso, ela tirou o cabelo dos olhos do menino e pegou a bebê dos braços dele. Tomando o filho pela mão, andaram juntos para a van da TV.

O sinal luminoso no radar se afastava cada vez mais do aeroporto, indo diretamente para o Bronx. O único som na torre era a tentativa ocasional de conseguir contato com a cabine de controle. Mas as transmissões haviam se tornado repetição sem esperança – ninguém esperava ouvir nada do 416.

O tenente-general Sullivan apertou um botão e falou claramente.

— Senhor? Estamos ficando sem tempo. Precisamos de uma decisão, presidente.

As luzes pareciam mais luminosas. A grama, mais verde. O ar, mais frio. O barulho, mais nítido. Para Bobby, tudo no estádio dos Yankees estava amplificado.

Ele e os outros jogadores no campo se curvaram a postos, colocando as luvas. Cuspiram no campo enquanto o batedor bateu o bastão no interior de cada sapato. O batedor exalou fundo antes de pisar na caixa e mexer os pés ao se acomodar.

O arremesso – bola rápida, fora.

O batedor acertou a bola, caindo de joelhos ao atirá-la para fora. Bobby sabia o quanto o homem desejava aquilo, pois sabia o quanto ele mesmo o desejava. Não era mais apenas a World Series. Era algo totalmente diferente. O batedor saiu da caixa, puxando o uniforme em um ombro, levantando o capacete um par de vezes.

Em todo o parque, os torcedores continuavam fugindo, empurrando uns aos outros para chegar mais perto das saídas. Pais seguravam os filhos contra o peito. Casais apertavam as mãos. As saídas continuavam congestionadas; as escadas, cheias.

Um grito agudo veio da parte superior à esquerda. Bobby olhou e viu uma mulher caindo pelas escadas, o corpo pegando velocidade em sua queda livre incontrolável. Bobby prendeu a respiração ao vê-la se aproximar da grade na base da seção, mas aí viu um homem grande se preparar e pegá-la no último instante, impedindo-a de cair mais de trinta metros na arquibancada abaixo.

Nas partes mais baixas do estádio, aglomerado nas fileiras em torno da quarta base, o azul dos Dodgers se misturava às listras dos Yankees. Enquanto os jogadores voltavam às suas posições no campo, muitos dos torcedores os seguiram. Não foi discutido e não foi planejado. Foi um entendimento coletivo.

Eles gritavam e torciam a cada arremesso, provocavam uns aos outros e viraram os bonés do avesso. Um cara grande desceu correndo de uma barraca de vendas com meia dúzia de latas de cerveja roubadas contra o peito. Seus amigos o celebraram como o herói que ele era e prontamente distribuíram a riqueza para o restante da área, seguindo-se um brinde desleixado.

Uma pequena parte do placar eletrônico estava reservada para os resultados do jogo, e o resto era uma imensa projeção do que acontecia fora da nova utopia deles. Carrie Hoffman implorando ao presidente. Equipes de resgate flanqueando as pistas do JFK. Repórteres apontando para o céu noturno. Passageiros usando máscaras de oxigênio. E uma câmera móvel dentro do estádio mostrando o rosto dos que eram sortudos o bastante para ir ao sétimo jogo da World Series e tinham ficado.

Uma batida do bastão, e a bola voou para a parte centro-esquerda.

Os defensores externos correram atrás dela, o campista esquerdo correndo para a área aberta, mas Bobby fez um sinal para que ele parasse, sem jamais tirar os olhos da bola. Quando chegou à parede, Bobby saltou para tentar o impossível.

Voltando ao chão, ele lentamente estendeu a luva no ar enquanto o assombro tomava seu rosto. A mão dentro ainda formigava pelo choque da bola.

Terceira eliminação. Fim de jogo. Os Yankees tinham vencido a World Series.

Ninguém se mexeu. Nem os jogadores nem os torcedores. Todos simplesmente olharam para o centro do campo.

Então soou uma batida de tambores pelos alto-falantes enquanto cornetas vitoriosas começaram a tocar.

Start spreading the news...[5]

Bobby ficou de costas para a parede com a bola na luva. O batedor, de pé no meio do caminho das bases, entre a primeira e a segunda, olhou para o defensor que falhara. Bobby olhou de volta. Depois de um momento, o corredor perdedor se virou e começou a andar na direção do arremessador vencedor. Ele era a única coisa que se movia em todo o estádio. Ninguém, a não ser Frank Sinatra, disse uma palavra.

No montinho, o batedor parou na frente do arremessador. Esticando-se para a frente, ele pegou o homem pelos ombros, puxando-o para um abraço com tanta força que derrubou a luva. Os dedos do arremessador ficaram brancos enquanto ele apertava as costas do homem.

Os dois times esvaziaram os vestiários enquanto Bobby e o resto dos defensores correram. Encontrando os dois jogadores no meio do diamante, todos eles se abraçaram. A maioria deles chorou. Tiraram os bonés e se curvaram para os torcedores.

Com o velho Blue Eyes cantando a música icônica dos Yankees – e da cidade –, cada um naquele estádio, jogadores e torcedores, se abraçou e fez as pazes com sua decisão de ficar.

Na cabine de comando, Jo tentou não olhar para os prédios adiante que se aproximavam pelo para-brisa. Tudo tremia e balançava.

Curvando-se para a frente, obviamente sentindo dor, Bill pegou o controle lateral. Sangue cobria sua mão.

Tomando fôlego, ele apertou o gatilho debaixo do controle.

A linha aberta zumbiu pela torre. Não com o ruído típico das comunicações de aeronave, mas com o zunido uniforme da tecnologia avançada. A comunicação com a Casa Branca, com o presidente, para todos ouvirem. Ninguém se moveu nem falou enquanto esperavam o veredicto sobre o voo 416.

O presidente pigarreou. Ele tinha tomado sua decisão.

---

5. Início da canção "New York/New York". Em tradução literal, "Comecem a espalhar as notícias...". (N. T.)

★★★

O eco da última nota de Frank Sinatra permaneceu por um segundo antes de se dissipar no silêncio. Todos olharam para o céu, observando, esperando, rezando.

Um ronco baixo a distância ficou mais alto.

O medo aumentava enquanto jogadores e torcedores mudaram o peso dos pés – mas todos ficaram no lugar.

Era o som inegável de um avião que se aproximava.

— Certo — começou o presidente. — Eu...

Uma explosão de estática interrompeu a ordem. Alguém tomou fôlego com dificuldade, e uma voz fraca sequestrou o momento.

— Aqui é o comandante Hoffman. Estou no controle.

CAPÍTULO 40

Cabeças se ergueram enquanto o avião rasgou o céu acima do estádio dos Yankees. Todos se abaixaram. O trem de pouso do avião estava bem acima deles, as asas balançando de um lado para outro em uma acrobacia maluca. Só quando a cauda passou pelo fim do estádio, perceberam que o avião não iria cair.

O estádio irrompeu em mais júbilo do que se todos os assentos estivessem cheios. Quatro F-16 apareceram, seguindo o avião. O barulho balançou o estádio.

Eles estavam em segurança.

— Repito! Não ataquem! Apenas acompanhem! — o tenente-general Sullivan gritou no microfone. — Estejam prontos, mas vamos dar uma chance a este avião.

Não havia tempo para comemorações. Os controladores ainda tinham um trabalho a fazer.

— Caia fora da minha cadeira, falcão — disse Dusty, colocando os fones de ouvido tão rápido que eles quase quebraram. — Coastal quatro-um-seis! Bem-vindo de volta! Está liberado para pouso.

A equipe de câmeras da CNB se abraçou enquanto os vizinhos batiam as mãos e davam tapinhas nas costas. Os joelhos de Carrie bambearam de alívio, mas Theo a pegou antes que ela caísse. Ela deu um sorriso lacrimejante para Scott, que pulava.

— Papai! — ele gritou com sua voz jovem perdida na confusão.

★★★

Bill puxou o controle lateral para trás o máximo que podia. O avião subiu quase verticalmente, o céu negro tomando a janela. Jo caiu para trás, batendo na porta aberta. Na cabine, os passageiros guinchavam com a mudança violenta de direção. Jo se levantou, arrancando a máscara de oxigênio e jogando-a com o tanque em cima do corpo de Ben.

Ela gritou para fora da porta:

— Paizão! Coloque Josip no assento dele! E segure firme!

Voltando-se para Bill, Jo procurou os ferimentos. O braço dele inteiro parecia molhado. Por fim, ela encontrou a fonte: a escápula direita. Jo olhou pela cabine de comando antes de arrancar o paletó do uniforme de Bill do cabide. Enrolando-o em uma bola apertada, ela o pressionou sobre a ferida, usando a outra mão para empurrar o ombro e criar pressão. Bill gritou de dor. O avião se inclinou para a direita quando a mão dele balançou no controle.

— Eu sei, querido, mas conte comigo — disse Jo. — Me diga o que fazer.

A voz de Bill estava fraca.

— Preciso que seja minha mão direita.

Na torre, todos observavam o sinal luminoso no radar. Ele virou e virou novamente, colocando-se na rota para leste, até que era inegável: o Coastal 416 estava a caminho do JFK. Um alívio terno se espalhou pelo corpo de Dusty quando George lhe deu um tapinha nas costas. O controlador ao lado dele caiu na cadeira com um suspiro.

Do lado de fora, as luzes piscantes das equipes de emergência começaram a se mover para uma posição de recepção.

— Coastal, está liberado para pousar na três-um direita — disse Dusty no microfone. — Continue a aproximação direta.

Ele soltou o dedo para uma barra lateral e falou com George:

— Eles estão liberados para a três-um direita, mas estão começando a voar alinhados com a dois-dois esquerda. Mudamos de pista?

George pensou.

— Não. A três-um direita já estava programada no plano de voo original. Vamos manter as coisas o mais simples possível para eles. Mas eles vão fazer o que quiserem, de qualquer jeito.

★★★

Bill instruiu Jo sobre como liberar o assento retrátil extra da cabine de comando. Ela o puxou até ouvir o clique do engate. Esticando o cinto de segurança ao máximo, ela o fechou, ficando o mais para a frente possível na cadeira. Estava agora atrás do assento do piloto, com uma visão central da cidade pela janela. Pegando o paletó do uniforme encharcado de sangue, ela reaplicou a pressão. Temia que Bill pudesse desmaiar.

— Certo — ela disse. — Como eu começo?

— Velocidade — respondeu Bill, indicando o painel. — Precisamos baixá-la. O botão que diz "MACH". Vire no sentido anti-horário até ver um-três-zero.

Jo se inclinou para a frente, examinando os painéis.

— Esse?

Bill assentiu, fazendo uma careta.

Girando o botão, ela observou os números diminuírem. Em um-três-zero, ela parou.

— Agora, puxe.

Jo puxou o botão. Imediatamente sentiu o avião desacelerar.

— E agora?

Bill olhou para o painel de navegação, depois pela janela.

— O trem de pouso. Do lado direito. Está vendo aquela alavanca? Não, para baixo. Olhe dois painéis para baixo. — Ele tentou apontar, mas o braço direito estava inutilizado. — Não. Não... Isso! Aquele. Empurre para baixo.

O avião vibrou. Debaixo deles, o trem de pouso lentamente desceu para sua posição.

MIL.

Jo pulou ao ouvir a voz robótica alta. Ela jamais ouvira a chamada de altitude dentro da cabine de comando, apenas abafada do outro lado da porta.

— Certo, acima do trem... — Bill caiu para a frente.

— Não! — Jo gritou, puxando-o de volta. Ela bateu no rosto dele com tanta força que temeu que pudesse nocauteá-lo. — Fique comigo, Bill!

Ele despertou, olhando em torno da cabine, confuso. Balançando a cabeça, ele abriu e fechou os olhos. Parecia tão fraco quanto sua voz estava.

— Freios automáticos. Sobre o trem de pouso... ali. Aperte o botão debaixo que diz "MED".

Jo o apertou, e o botão acionado por mola voltou à posição. Um ON azul apareceu debaixo dele.

Bill olhou para o painel de navegação e olhou pela janela. Jo seguiu o olhar dele.

As luzes do JFK piscavam dando boas-vindas.

Eles tinham contato visual.

Quando a aeronave que se aproximava foi avistada descendo e contornando em direção à pista, a torre irrompeu em celebração.

As luzes do avião ficavam mais brilhantes a cada segundo. Tempo estimado de chegada: um minuto. Todos que tinham binóculos tentavam ver as condições da aeronave. O trem de pouso apareceu, os pneus entraram em posição abaixo da estrutura do avião.

O avião se inclinou drasticamente para a direita, depois se corrigiu, indo para a esquerda em reação. Era uma noite de vento, mas Dusty sabia que não era essa a causa dos movimentos erráticos.

Ele olhou para o radar para verificar a velocidade. Cento e quarenta e cinco nós. Rápido. Rápido demais para um avião daquele tamanho e peso, àquela altura. Mas eles precisariam pousar no meio da pista.

— Boa, garota — ele murmurou. — *Flaps, flaps, flaps.*

Abas de metal na parte traseira das asas se estenderam ao comando dele como se o tivessem escutado. O aumento do arrasto desacelerou o avião quase o suficiente, e estavam alinhados com a pista. O JFK não proporcionava um pouso complicado, mas não havia muito espaço aberto após a pista. Pousar vindo do oeste na 31R significava que o fim da pista se abria para hangares de outras aeronaves, hotéis e estradas.

Iam pousar com pouco espaço, sendo que precisavam de muito.

Jo seguiu as instruções de Bill e observou o horizonte artificial do painel de voo principal sem piscar. Ela via o controle lateral tremer na mão dele, a orientação do avião no painel se movendo em resposta.

QUINHENTOS.

Ela olhou para a velocidade.

— Acionamos os *flaps* de novo?

Bill assentiu, e Jo empurrou a alavanca dos *flaps* para baixo. Ela apertou outro botão.

— Agora — disse Bill —, está vendo aquelas duas alavancas no centro? As grandes, ao lado das rodas com as marcas brancas.

— Estas? — Jo hesitou.

Bill assentiu.

— São os manetes. Coloque as mãos nelas e mantenha-as ali até eu dizer para soltar. Quando estivermos no chão, eu vou dizer, e você vai puxá-las. Na sua direção. Faça isso lentamente no começo. E, quando eu mandar, empurre para baixo até o fim.

— Até o fim. Certo.

O nariz do avião mergulhou. A descida não tinha nada a ver com a aproximação em geral firme, sem hesitações, das aeronaves. Cada agitação errática fazia os controladores da torre prenderem a respiração.

O avião estava a cerca de quinze segundos do pouso. Àquela altura, com os binóculos, conseguiam enxergar dentro da cabine de comando.

Bill. Jo. Um assento de primeiro oficial vazio.

Dez segundos para o pouso.

Ninguém na torre respirava, ninguém se movia. Ninguém queria ser a razão pela qual a tacada não entrasse, a bola batesse na trave, o *home run* tocasse no poste e fosse para fora.

Cinco segundos para o pouso.

CEM.

Jo observou as luzes no início da pista. Dois cinturões grossos de lâmpadas de aproximação vermelhas e amarelas. Então uma linha fina verde. Depois um longo trecho branco: a linha de aterrissagem. No meio, um único caminho. A faixa central.

CINQUENTA.

QUARENTA.

Jo e Bill observaram o horizonte se redimensionar. Ficou inclinado.

Ele corrigiu. Ficou inclinado outra vez. Ele corrigiu demais. Lutava para manter a mão firme.

TRINTA.

VINTE.

Havia acabado. Jo queria fechar os olhos, mas resistiu.

RETARDAR. RETARDAR. RETARDAR.

A voz os avisou calmamente de que o chão era iminente.

Naquele segundo final, ela ouviu Bill sussurrar para si mesmo:

— Cento e quarenta e nove almas a bordo.

CAPÍTULO 41

As rodas traseiras se chocaram contra a pista, e o avião levantou o nariz e balançou para trás. A cauda bateu no chão. Jo sentiu o engate do sistema de freios automáticos enquanto o avião tentava desacelerar.

— Agora! — gritou Bill.

Jo puxou os manetes.

O avião deu um solavanco, e o nariz foi violentamente para a frente em resposta. Batendo no chão, o trem de pouso da parte do nariz ruiu, e faíscas e fumaça saíram de baixo do avião. Rangendo contra o concreto, o avião zuniu pela pista.

Jo viu Bill apertar os pés nos pedais com o máximo de força que conseguia, mas ele estava tão fraco que ela imaginou que não fosse ter muito impacto. Ele trocou o pé da direita para a esquerda, girando o manche em uma tentativa desesperada de manter o avião na pista.

Ela via as chamas e faíscas pela janela. O avião estava fora de controle.

O fim da pista assomava diante deles, a fileira de luzes vermelhas dando uma ordem: *pare*.

Jo não sabia se conseguiriam.

Todos em torno da van da CNB cobriram as bocas abertas sem acreditar no que testemunhavam. O avião se movia muito rápido, rápido demais. Não havia possibilidade de que fosse parar a tempo.

Houve um estalo inesperado. O nariz foi para baixo, e a cauda subiu no ar. O tempo parou quando o avião também parou. Uma pausa. O avião ficou em uma estranha parada de mão, momentaneamente imóvel. Com um barulho alto, ele caiu de novo sobre a barriga.

Ninguém se moveu.

A nuvem de destroços e fumaça se dissipou momentos depois. Um avião comercial destroçado. Avariado e surrado na ponta extrema da pista. Mas inteiro.

Todos que assistiam reagiram no mesmo instante. Os vizinhos, a equipe de mídia; todos celebraram, levantaram os punhos, bateram as mãos, se abraçaram. Vanessa caiu sobre um joelho na calçada, cobrindo o rosto enquanto o câmera dava tapinhas em suas costas.

Carrie e Theo não reagiram. Lado a lado, não tiravam os olhos do avião. Até que vissem Bill e Jo, não se permitiriam respirar tranquilos.

Tudo ficou imóvel por alguns segundos. Então, em solavancos e movimentos robóticos, a porta dianteira se soltou e abriu. Um escorregador amarelo irrompeu da abertura, desdobrando-se desajeitadamente até tocar o chão. As saídas traseiras seguiram, assim como as que ficavam sobre as asas. Os passageiros apareceram, saindo das portas e pulando pelos escorregadores. Duas pessoas ficavam na base de cada escorregador ajudando as outras a saírem. Outra indicava aos passageiros para onde correr.

Paizão estava na porta dianteira, a mesma que os passageiros haviam usado para embarcar no avião menos de seis horas antes, do outro lado do país. Enquanto os passageiros pulavam da aeronave, ele estava visível de perfil, abanando os braços e gritando instruções inaudíveis para quem estava do lado de fora. A mão, enfaixada em uma gaze branca, apertava uma barra presa à parede interna da fuselagem, ancorando o homem com firmeza no chão.

Kellie estava na saída traseira, o rosto vermelho enquanto gritava. Um homem hesitou no topo, olhando para o rastro brilhante de sangue que um passageiro deixara no escorregador amarelo. Kellie colocou a mão na parte mais baixa das costas dele e empurrou. Ele rolou para a segurança, as pernas bambas quando o ajudaram a se levantar.

Veículos de emergência foram até a aeronave, luzes piscando azuis e vermelhas sobre o caos. Bombeiros circularam o avião, gritando uns para os outros com gestos amplos dos braços enquanto determinavam quais ações precisavam ser tomadas. Socorristas da equipe de materiais perigosos apareceram em seguida, pulando de seus veículos médicos com equipamento de proteção completo. Contra a escuridão da noite, as vestes brancas deles brilhavam como um par de tênis que acabara de sair da caixa. Logo estariam manchados pelas marcas do conflito: fumaça, sujeira, suor, sangue.

O fluxo de passageiros desacelerou. A evacuação havia acabado quase tão rapidamente quanto começara – procedimento-modelo sob circunstâncias sem precedentes. Alguns poucos passageiros desciam pelo escorregador de trás, mas ninguém emergia da frente.

De repente, um homem imensamente alto apareceu na frente do avião com outro homem adulto nos ombros como um pano de prato. O homem alto tirou o outro dos ombros, colocando-o não muito cuidadosamente no topo do escorregador. Sem cerimônias, usou os pés para fazer com que ele começasse a descer, os médicos no chão recebendo o homem corpulento, de rosto vermelho. Verificando se sofrera ferimentos, eles pediram uma maca, e a equipe de materiais perigosos o levou embora.

O homem alto desapareceu dentro do avião e logo reapareceu carregando um homem idoso nos braços como um bebê. O velho olhou para a cena abaixo e então para seu salvador com alívio. O homem alto se sentou com o senhor na beirada do escorregador, o mais cuidadosamente possível, verificando se os pés e a cabeça do cavalheiro estavam livres. Alguém dentro do avião deve ter dito algo, pois ele se virou de costas. O homem alto não disse nada, mas estava sorrindo ao baixar a cabeça em reverência. Remexendo-se cuidadosamente até a beirada, ele segurou o idoso no colo, e os dois desceram juntos pelo escorregador. Embaixo, o grandão colocou o velho de pé, segurando-lhe as mãos enrugadas enquanto as pernas dele se equilibravam.

Àquela altura, o fluxo de passageiros evacuando a aeronave havia parado por completo, mas a tripulação ainda estava a bordo. Ocasionalmente, os comissários de bordo eram vistos de relance por uma porta aberta ao se moverem pelo avião. Pelas janelinhas, era possível vê-los andando rapidamente pelo corredor verificando a aeronave para certificarem-se de que não restava ninguém a bordo.

Quando estavam certos de que todos haviam saído, correram para a parte dianteira. Paizão desapareceu na cabine de comando. Kellie esperou do lado de fora, na *galley*. Ela levantou a cabeça e acenou, tentando ver o que estava acontecendo lá dentro. Um momento depois, colocou-se em posição de atenção e correu para a frente, antes de recuar rapidamente para abrir caminho.

Paizão reapareceu da frente. Ele vinha de costas, curvado e seguindo em um progresso lento e desajeitado. Carregava algo pesado. Indo de costas na direção da abertura, ele virou à esquerda enquanto Kellie foi para a direita. Paizão segurava um par de pernas e, fazendo uma força tremenda, arrastava um corpo imóvel.

Conforme mais do corpo aparecia, Kellie correu para a frente para segurar algo. Um braço, a mão balançando, frouxa. Ela tentou pegá-lo de um jeito melhor, aparando o ombro quando Jo apareceu, sustentando o torso por trás, seus braços pequenos mal conseguindo abarcar o peito de Bill.

Theo cobriu a boca enquanto Carrie virou a cabeça de Scott para que ele não visse. A bebê gemeu no colo da mãe, que começou a niná-la com mais força.

Os três comissários de bordo se esforçaram para tirar o homem grande de um lugar tão pequeno e cheio de obstáculos em que era difícil andar em circunstâncias normais. Por fim, conseguiram, soltando o homem com um último empurrão, os três caindo de joelhos quando enfim o colocaram no chão.

Sem pausar por um momento, eles conversaram, assentindo e fazendo movimentos com braços e mãos enquanto formavam um plano de ação. Paizão ficou de pé e olhou pela saída para o escorregador, e os socorristas que se juntaram na base. Gritou alguma coisa para eles e fez gestos amplos, a equipe de emergência respondendo aos seus comandos e repassando-os aos gritos para outros mais à frente na fila.

Paizão e Kellie flanquearam Bill, enquanto Jo sentou-se atrás dele, subindo a saia para enganchar as pernas debaixo das costas dele, sacudindo o torso debaixo do corpo flácido e, lentamente, e se preparando para escorregar em dupla. Enquanto os comissários empurravam e se moviam para a saída, a vista foi finalmente desobstruída e o mundo todo arfou coletivamente com a camisa branca do piloto encharcada em sangue vermelho-vivo.

Carrie enfiou o rosto no ombro de Theo.

— Não olhe — ele sussurrou no ouvido dela. — Vou ver e te digo se é para você olhar também.

Ela assentiu e se escondeu nele antes de se virar novamente um momento depois.

Uma maca havia chegado à base do escorregador, com médicos em vestimentas de proteção. Outros socorristas se posicionaram em lados opostos para pegar a dupla quando chegasse ao chão. Paizão gritou, os lábios se movendo inconfundivelmente em contagem, piloto e comissária de bordo deslizando no "três" em uma descida pesada. Foram recebidos na base como crianças em um parquinho. O piloto foi levantado para a maca e afastado enquanto médicos corriam ao seu lado.

Jo aceitou as mãos que a ajudaram a se levantar, mas lutou contra elas quando tentaram levá-la embora. Soltando-se, ela se voltou para o escorregador, oferecendo uma mão para Kellie enquanto a moça se atrapalhava para ficar de pé. Ficando uma de frente para a outra, elas esperaram que Paizão escorregasse, ajudando-o a se levantar quando ele chegou ao chão.

Os três ficaram em um círculo, e Jo disse algo para os outros dois que fez ambos assentirem. Jo balançou a cabeça lentamente e se virou, fazendo um gesto para o avião com a mão, as palavras inaudíveis além dos ouvidos dos comissários de bordo. Paizão acrescentou algo, e as outras duas riram antes que Jo desse um passo à frente para abraçar Kellie, que tinha começado a chorar. Jo acariciou as costas dela suavemente enquanto olhava para os paramédicos que cuidavam de Bill. O rosto de Jo brilhava com lágrimas enquanto ela observava, impotente. Paizão se virou e olhou para o avião, as mãos enfaixadas cobrindo a boca.

Ficaram daquele jeito por um minuto, assimilando o que tinha acabado de acontecer. Por fim, todos se viraram juntos e começaram a mancar devagar na direção dos paramédicos que esperavam por eles.

Do outro lado do país, em um bairro de classe média cercado por fita amarela dessas usadas em cenas de crime, as pessoas reunidas também assimilavam o momento.

Havia acabado.

Uma vozinha dava gritinhos de emoção. Soava tão errado, tão fora de lugar um observador tão inocente estar presente em uma cena de tais horrores.

— Mamãe?

Carrie olhou para o filho antes de agachar na frente dele. Os olhos do menino estavam vermelhos e inchados, e a tentativa dela de sorrir era patética.

— Sim, meu amor?

— O papai está bem?

CAPÍTULO 42

Um bipe intermitente soava de uma das muitas máquinas que ladeavam a cama. O cheiro pungente da esterilidade enchia o quarto, e a cadeira em que Jo estava sentada era desconfortavelmente firme. No corredor, um médico era chamado para outra parte do hospital.

— Não pensei neles nenhuma vez, Bill — Jo disse em voz baixa.

O peito de Bill mal subia e descia. Hematomas cinzentos e roxos floresciam sob os tubos e curativos que cobriam seu corpo imóvel. Seus olhos estavam fechados, o direito, inchado e preto. A massa de gaze presa em seu ombro era do tom mais claro de branco, um contraste com os pontos debaixo que fechavam o ferimento de bala.

— Dizem — ela continuou, revivendo os momentos mais assustadores do voo na mente — que sua vida toda passa diante de seus olhos. Eu li todas aquelas histórias de experiências de quase morte. Ou de pessoas que morreram e voltaram. Todos dizem a mesma coisa. — Ela engoliu em seco. — Que, antes de morrerem, pensaram na família. Nos filhos. No cônjuge. Só conseguiam pensar nisso.

Jo foi até a janela e olhou o céu azul lá fora. De costas para a cama, as lágrimas caíram livres. Ela não as secou, e as lágrimas seguiram até o pescoço. A voz dela falhou.

— Nem mesmo naquela hora. Meu marido, meus filhos, meus pais, minha irmã, Theo, meus amigos… nenhum deles. Que tipo de mulher eu sou? Que tipo de esposa, que tipo de mãe?

Uma máquina soltou um bipe e outra fez o mesmo em resposta. Jo baixou a cabeça. O corpo tremia com os soluços.

— Obrigado — sussurrou uma voz fraca.

Jo se virou.

— Obrigado por ter tido tanta fé em mim.

Uma leveza inesperada lhe encheu o peito conforme a culpa que ela carregava desde o voo ia embora. Indo para a frente, ela pegou a mão dele e ambos choraram.

Jo enxugou o rosto antes de pegar um lenço de papel e limpar gentilmente as lágrimas do rosto dele.

— Você deveria estar dormindo.

A bochecha esquerda de Bill se levantou em um meio-sorriso.

— Sinto muito por decepcionar. Onde está Carrie?

— Na cafeteria com Theo e as crianças comprando *frozen yogurt*.

— Soube que ele foi promovido.

Jo sorriu com orgulho.

— É claro que foi. Também recebeu uma suspensão de um mês sem salário. Mas, depois disso, uma promoção.

— Uma coisa boa ao menos.

— Uma de muitas — disse Jo, com um gesto cômico na direção do buquê imenso de flores vermelhas e roxas na mesa do outro lado do quarto.

— A Coastal caprichou — comentou Bill. — Prefiro os quatro meses de folga com salário.

— Eu também. O chefe O'Malley assinou o cartão?

O rosto de Bill fechou.

— Difícil assinar na prisão.

A porta se abriu lentamente com uma batida. Paizão enfiou a cabeça para dentro e, vendo Bill acordado, abriu a porta inteira.

— Aleluia! Ele ressuscitou! — ele disse, levantando uma garrafa de champanhe acima da cabeça.

Kellie entrou no quarto atrás dele levando um buquê pequeno de flores com uma bexiga colorida pairando acima.

Os antídotos intravenosos e os tratamentos tópicos que a tripulação e os passageiros receberam dos paramédicos e da equipe do hospital imediatamente depois do voo tinham sido milagrosos. O rosto de Paizão tinha quase voltado à cor normal e, depois que ele tirou os óculos imensos, Jo viu que o branco dos olhos do colega estava branco de novo.

Jo não tinha certeza se já tinha visto Bill sorrir tanto. Ele tentou segurar as lágrimas, mas não conseguiu. Kellie perdeu a luta imediatamente, o balão oscilando com seus soluços. Jo riu e a abraçou. Paizão se ocupou de abrir a garrafa, as narinas se abrindo em sua tentativa fracassada de não chorar também.

Eles estavam tristes. Estavam confusos. Estavam com raiva. E Jo sabia que tinham apenas arranhado a superfície de processar o trauma pelo qual tinham passado. Mas também estavam alegres. Era uma alegria estarem juntos, estarem na companhia das únicas outras pessoas que sabiam o fardo que haviam carregado como equipe. Estar com uma família que realmente entendia quem você era e o que tinha visto.

A rolha saiu da garrafa com um estalo. Kellie tirou copos de plástico da bolsa. Paizão serviu. De pé dos lados da cama de Bill, a tripulação sobrevivente do voo 416 da Coastal Airlines levantou os copos.

— Às cicatrizes de guerra — disse Jo.

Eles sorriram. Eles beberam. Eles enxugaram as lágrimas.

Bill sentava-se em uma mesa redonda com Ben e Sam. Cada homem tinha uma xícara de chá vazia à sua frente, e um único bule estava no centro da mesa. Um a um, os homens despejaram do bule, cada um servindo o outro, o recipiente produzindo uma bebida diferente a cada vez. Sam recebeu uma xícara de chá-preto. Ben, café com creme e açúcar. Bill, café também – preto, do jeito que ele tomava. Os homens assopraram as xícaras, esperando que o líquido esfriasse o suficiente para beber. Sentavam-se em silêncio, apenas olhando uns para os outros. Esperando. Por fim, beberam. E, enquanto bebiam, os três começavam a sorrir. Logo, de modo contagiante, os sorrisos deram lugar ao riso. Os três riam tanto que choravam, e só quando batiam na mesa e jogavam as cabeças para trás em êxtase é que Bill acordou.

Encharcado de suor, seu peito subia e descia. Olhando para o ventilador por um tempo, ele esperou o pulso desacelerar, a adrenalina seguir seu curso.

Com cuidado para não acordar Carrie, jogou os pés sobre o lado da cama, o movimento gerando uma dor fria no ombro, a área sentindo uma umidade-fantasma enquanto os nervos continuavam a se realinhar, mesmo três meses depois. Sabia que levaria mais um tempo para receber a liberação médica. Nenhum médico julgaria seu atual estado como "apto para o trabalho". Mas ele ia se recuperar, ia chegar lá.

Andando silenciosamente pela casa alugada, ele foi dar uma olhada em Scott e Elise, encontrando os dois adormecidos, sem perturbações e o mais maravilhoso: crianças. Carrie e Bill tinham ficado assombrados com a resiliência deles, especialmente a de Scott. Sabiam que o garoto se lembraria do que acontecera pelo resto da vida, mas, até o momento, os efeitos pareceram administráveis. Na maior parte do tempo, ele ainda só queria brincar.

Bill acendeu a luminária da mesa do escritório no térreo e chacoalhou o mouse do computador. A tela se iluminou, mostrando uma dúzia ou mais de abas abertas no navegador. Pegando um livro na pilha atrás do monitor, ele o abriu onde havia parado, marcador e círculos vermelhos cobrindo a página.

Uma hora se passou. Ele baixou a caneta e esfregou os olhos.

— Daria qualquer coisa para entrar aqui e ver você mandando mensagem para outra mulher.

Carrie se encostou no batente da porta, usando sua camiseta grande demais e meias brancas nos pés.

Bill se recostou e reclinou a cadeira do escritório.

— Mais difícil acontecer isso do que o que aconteceu de verdade.

Carrie sorriu.

— O bule de chá de novo?

Bill assentiu.

Atravessando o escritório, ela subiu no colo dele, a cabeça descansando no ombro do marido enquanto ele balançava os dois. Ela olhou para os blocos de anotação cheios de rabiscos, as pilhas de livros com notas adesivas saindo por cima. Apontou para um deles.

— Chegou na parte em que ela fala sobre o que o Saddam Hussein fez?

Bill passou a mão pelo cabelo com um suspiro, relembrando as atrocidades que o livro descrevia. Cento e oitenta mil mortos com o mesmo gás venenoso que fora usado no avião. Quase todas as vilas daquela área do Curdistão tinham sido destruídas.

— E como o presidente Reagan não fez nada.

Carrie olhou para a capa do livro.

— Mas nós também não fizemos. Eu nem sabia que tinha acontecido até ler o livro. Cento e oitenta mil pessoas, Bill. — Ela balançou a cabeça. — Fico pensando no que estamos passando. Como é difícil lidar com a dor, com a raiva. Como é difícil lidar com o trauma. Mas pense nisto: todas as pessoas naquele avião saíram vivas.

Bill olhou para o par de asas prateadas que ficava na mesa ao lado dos livros, o nome BEN MIRO gravado em letras de fôrma debaixo do logo da Coastal.

— Nem todas — ele disse.

Carrie passou os braços em torno do pescoço dele. O hálito quente dela era úmido contra a pele do marido.

— Gostaria que ele ainda estivesse aqui — falou Bill.

— Eu sei.

— Eu me sinto tentando consertar algo que não sei como consertar.

Carrie se endireitou, rindo. Bill a observou com um sorriso espalhando-se por seu rosto.

— Qual é a graça?

Ela colocou uma mão no rosto dele.

— Bill. Você cresceu na parte rural de Illinois e agora mora em Los Angeles, é intolerante a lactose e passa com o carro em um lava-jato caro sábado sim, sábado não, e está me dizendo que *você* vai descobrir como consertar isso?

Ela fez um gesto para a pilha de pesquisas.

Bill a recordou da promessa que fizera a Ben.

— Você não prometeu a ele que *consertaria* isso. Ele teria rido da sua cara. Prometeu a ele que faria tudo que pudesse para *ajudar*. E é exatamente o que vamos fazer. Vamos continuar aprendendo e escutando e, quando acharmos que sabemos o suficiente, o que não vai acontecer, vamos procurar as pessoas que sabem consertar a situação. E vamos ajudá-las como pudermos.

Bill olhou para ela com reverência. Ela tinha razão. Aquela deusa articulada, sensível, intuitiva, que ele tinha sorte o suficiente de ter como norte na vida. Ele não tinha certeza de que a merecia.

— Você os odeia? — ele perguntou.

O sorriso dela desapareceu, e os olhos foram para outro lugar por um instante. Bill pensou na noite depois que voltara do hospital, quando se deitaram juntos na cama e ele a abraçou enquanto ela chorava, contando como tinha sido para ela e os filhos. A imagem de Sam limpando o nariz do filho o assombrava. O jeito que Carrie enrolou as mangas do terrorista também.

— Eu odeio o que eles fizeram — ela respondeu, depois de pensar um pouco. — Mas eu não os odeio. Você odeia?

Bill olhou para as asas.

— Ainda não decidi — ele disse.

Pegando a mão dela, ele lhe beijou gentilmente a ponta dos dedos um a um, antes de pousar os lábios na palma, o rosto coberto. Ele não se mexeu por um bom tempo. Por fim, tirou a mão dela e disse:

— Sinto muito, Carrie.

Ela franziu o cenho.

— Pelo quê?

— Por ter sido eu. Se eu não tivesse aceitado a viagem. Se eu tivesse ficado em casa…

Ela colocou a ponta dos dedos nos lábios dele.

— Eu sabia exatamente aonde estava me metendo quando escolhi uma vida com você. E foi a melhor decisão que já tomei.

O rosto dele se vincou de vergonha.

— Como pode dizer isso agora?

Ela sorriu.

— Digo isso especialmente agora.

Aninhando-se mais no corpo dele, ela colocou as pernas contra o peito, uma posição que ele sempre via Scott fazer no colo de Carrie. Bill a ninou do mesmo jeito que ela ninava o filho.

— Você acha que vamos ficar bem um dia? — ele disse.

Ela se afundou no peito dele enquanto Bill apertava os braços em torno dela.

— Nós já estamos.

AGRADECIMENTOS

Nas minhas tentativas de encontrar um agente para este livro, enviei quarenta e uma propostas. Todos declinaram. Aparentemente, uma comissária de bordo ainda sem publicações e anônima é difícil de vender. Quem diria?

Minha quadragésima segunda proposta foi para Shane Salerno.

Quando enviei meu material a ele, estava convencida de duas coisas: Shane seria a pessoa perfeita para esta história e o que eu imaginava que ela poderia ser, e não havia absolutamente nenhuma chance de que ele um dia desse uma olhada. Eu me recordo de rabiscar um bilhete em um bloco de folhas amarelas que coloquei com as primeiras vinte e cinco páginas. Não sei por que fiz aquilo. Não tinha feito em nenhum dos outros pedidos. E não consigo lembrar exatamente o que o bilhete dizia – mas me lembro de ter rido enquanto escrevia. A mensagem era uma apresentação ousada e confiante tanto de mim quanto da história.

Depois de quarenta e uma rejeições, acredite, não era assim que eu realmente me sentia.

Talvez tenha sido o bilhete. Talvez tenha sido algo que fiz certo em outra vida. Talvez os extraterrestres tenham feito parte. Olhe, eu não sei. Parei de tentar entender o que fez Shane me dar uma chance. A única coisa que sei é que a minha vida inteira mudou para melhor porque ele fez isso.

Shane não é apenas um agente. É um mestre da narrativa e do ofício. Um mentor e professor como o sr. Miyagi. Um defensor feroz e um amigo leal. Todos os dias, Shane me ajudou a descobrir não apenas a melhor versão desta história mas também a melhor versão de mim mesma. O trabalho e o aprendizado foram uma jornada inesquecível, Shane. Obrigada, obrigada, obrigada.

Meu profundo apreço por toda a equipe da The Story Factory, mais especificamente pelos esforços incansáveis de Jackson Keeler, Ryan

Coleman e Deborah Randall. Pensar nos outros escritores representados pela TSF é uma lição vertiginosa de humildade – mas ser recebida e apoiada por eles foi um privilégio inesperado. Adrian McKinty e Don Winslow: quando eu me senti empacada, suas sugestões inspiradas apontaram o caminho. E para Steve Hamilton: agradecimentos especiais por ser tão generoso com seu tempo e esforços. O livro é muito melhor por causa de seus comentários, e esta autora estreante está bem mais calma por causa de seu encorajamento. Sua bondade significou tudo para mim.

Esta é minha primeira empreitada no mundo editorial, e contar com a equipe qualificada, meticulosa e genuinamente amável da Avid Reader Press para me ajudar a navegar por ela vem sendo um grande alívio. Não posso imaginar uma casa melhor para este livro. Carolyn Kelly, Meredith Vilarello, Jordan Rodman, Ben Loehnen, Lauren Wein, Julianna Haubner, Amy Guay, Allie Lawrence, Morgan Hoit, Amanda Mulholland, Elizabeth Hubbard, Jessica Chin, Ruth Lee-Mui, Brigid Black, Cait Lamborne, Alison Forner, Sydney Newman, Paul O'Halloran, Cordia Leung e Linda Sawick: reconheço e agradeço todo o trabalho que vocês tiveram para transformar essa ideia em realidade. E para meu editor e *publisher* brilhante, Jofie Ferrari-Adler, seus olhos ávidos e seu entusiasmo desenfreado deixaram sua marca em cada página. Trabalhar com você tem sido um completo deleite. Obrigada.

Juntar-me aos autores da Simon & Schuster's é uma profunda honra, e quero agradecer a Liz Perl, Gary Urda, Paula Amendolara, Wendy Sheanin, Tracy Nelson, Colin Shields, Chrissy Festa, Stu Smith, Teresa Brumm, Lesley Collins, Leora Bernstein, Felice Javit, Rebecca Kaplan, Adam Rothberg, Irene Kheradi, Chris Lynch, Tom Spain, John Felice, Karen Fink e Sam Cohen pelo apoio. Sinto-me honrada por ser uma pequena parte do trabalho incrível que vocês dividem com o mundo. E agradecimentos especiais a Jonathan Karp pelas palavras de encorajamento em um momento crucial que levarei comigo para o resto de minha carreira.

Livrarias independentes têm um tipo de magia especial, e eu me sinto muito afortunada por meus manuscritos terem tido uma primeira plateia em quatro das melhores. Cindy Dach, Kyle Hague, Sarah "Buddha" Brown e Camilla Orr, valorizei o feedback de vocês como o ouro que era. E para minha base literária – Changing Hands Bookstore, no Arizona –, meu antigo crachá de funcionária segue sendo uma das minhas coisas mais estimadas.

O alicerce desta história é meu respeito pelos deveres inerentes dos envolvidos em aviação. Tenho reverência e apreço pelos pilotos e comissários de bordo que levam em segurança milhões de pessoas a seus destinos diariamente, e vem sendo uma alegria e um privilégio estar em suas fileiras pela última década. Que não haja dúvidas: não sou piloto, e esta é uma obra de ficção. Meu objetivo era torná-la correta o suficiente para ser convincente, mas distorcida o suficiente para não ser um manual de treinamento. Estou em dívida com todos os pilotos com quem voei e que responderam a minhas intermináveis perguntas, especialmente meus amigos "pergunte a um piloto": Mark Bregar, Fabrice Bosse, Brian Patterson e Jaimie Rousseau. Venho de uma família da aviação – minha mãe e minha irmã foram comissárias de bordo –, mas meu amor pela área realmente criou raízes quando me juntei à minha primeira companhia aérea, a Virgin America. Para as equipes, GTS, supervisores e membros da Triple Nickel (até você, CSS): tenho muito orgulho do que construímos e sinto falta disso todos os dias. A equipe do voo 416 foi inspirada por tantos dos colegas inteligentes, corajosos, engraçados e talentosos com quem voei ao longo dos anos, e espero que vocês se enxerguem nas melhores qualidades. Vocês sempre foram meu pó mágico.

Emily e Dominic Debonis, Sarah Braunstein, David e Susan Shuff (da sempre generosa Shuff Property Management Co.), Alok Patel, Jac Jemc, Jon Cable, Beth Hunt, Kellie Collins e Vanessa Bramlett: preparem-se para a gratidão em pessoa que pretendo despejar sobre todos vocês. Considerem-se avisados.

Meu "pessoal" merece mais crédito do que jamais serei capaz de dar, então serei breve. Meus pais, Ken e Denise. Minha irmã e o marido, Kellyn e Marty. E as duas doninhas, Grant e Davis. Obrigada por me manterem no caminho. Não sou nada sem o amor incondicional de vocês.

Por fim, três pessoas merecem uma menção especial.

Quando eu disse a Sheena Gaspar que estava escrevendo um livro, a reação dela foi tão encorajadora que seria de se pensar que o livro já estava terminado, publicado e em todas as listas de mais vendidos imagináveis. Se todos tivessem uma amiga que acreditasse neles de modo tão profundo e sem questionamentos como Sheena faz comigo, o mundo seria cheio de sonhos realizados.

Eu dou valor à opinião de Brian Shuff desde que estávamos no ensino médio. Entregar a ele o primeiro manuscrito foi assustador porque eu sabia que ele me destruiria. Esperei o pior. (Acredite em mim, aquele primeiro rascunho estava cru.) Em vez disso, ele me deu doze páginas de comentários e conversou comigo como se eu realmente fosse uma escritora. Eu não acreditava que tinha escrito um livro até Brian me dizer que eu tinha e serei eternamente grata pelo respeito e pela generosidade que ele me deu naquele momento e sempre.

Eu me inscrevi para trabalhar na Changing Hands por sugestão da minha mãe. Fiz uma entrevista na Virgin America porque minha mãe achou que seria uma boa escolha. Levei este livro de rascunho a rascunho porque minha mãe se recusou a permitir que eu me contentasse com qualquer coisa menos do que o que sempre quis. Minha vida inteira, minha mãe soube do que eu precisava mesmo quando eu não conseguia ver. Especialmente quando eu não conseguia ver. Ela sempre me diz: "Sua mãe está sempre certa". Eu viro os olhos toda vez... mas nós duas sabemos que eu concordo.

Isso, tudo isso, é por sua causa, mãe.

SOBRE A AUTORA

T.J. Newman, uma ex-vendedora de livros que se tornou comissária de bordo, trabalhou para a Virgin America e a Alaska Airlines de 2011 a 2021. Ela escreveu boa parte de *Em queda* durante voos noturnos cruzando o país enquanto seus passageiros dormiam. Ela mora em Phoenix, Arizona. Este é seu primeiro romance.

Leia também

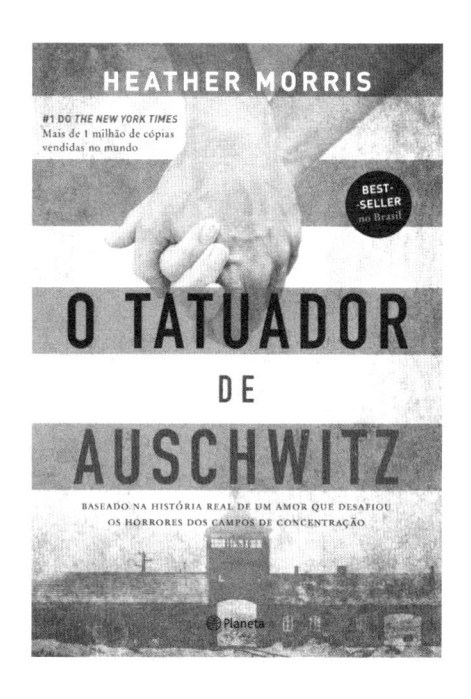

IMOGEN KEALEY

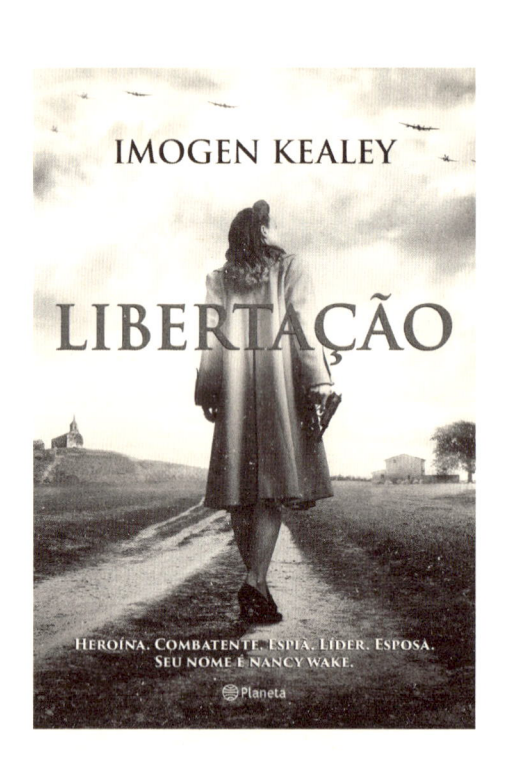

LIBERTAÇÃO

HEROÍNA. COMBATENTE. ESPIA. LÍDER. ESPOSA.
SEU NOME É NANCY WAKE.

Planeta

MARÍA DUEÑAS

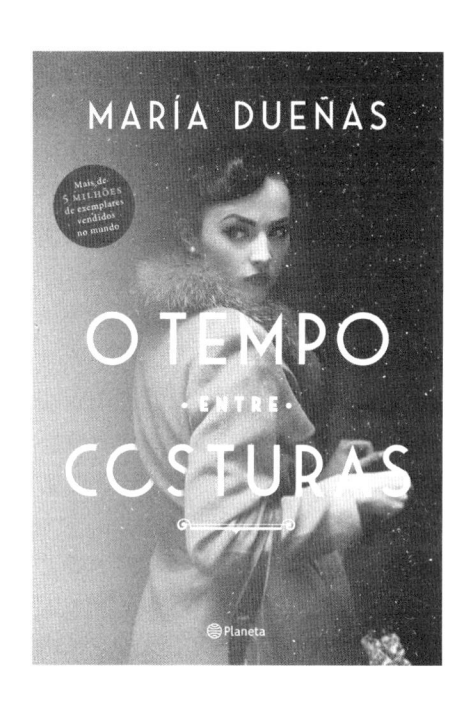

O TEMPO ENTRE COSTURAS

Mais de 5 MILHÕES de exemplares vendidos no mundo

Planeta

MARÍA DUEÑAS
SIRA

A continuação do best-seller
O TEMPO ENTRE COSTURAS

Planeta

**Acreditamos
nos livros**

Este livro foi composto em Dante MT Std
e impresso pela Geográfica para a Editora
Planeta do Brasil em agosto de 2021.